D1764617

"निर्मला चली, पति की इच्छा के विरुद्ध चली। जो नाते में उसका पुत्र होता था, उसी को मनाने जाते उसका हृदय कांप रहा था। उसने पहले रुक्मिणी के कमरे की ओर देखा, वह भोजन करके बेखबर सो रही थीं, फिर बाहर कमरे की ओर गई। वहां सन्नाटा था!"

पुनर्संस्करण: 2025

FiNGERPRINT! **HINDI**
प्रकाश बुक्स

Fingerprint Publishing
@FingerprintP
@fingerprintpublishingbooks
www.fingerprintpublishing.com

All rights reserved. No part of this publication may be reproduced, transmitted, or stored in a retrieval system, in any form or by any means—electronic, mechanical, photocopying, recording, printing, or otherwise—without prior permission from the publisher.

This edition, including cover © Prakash Books.

ISBN: 978 93 8881 048 7

निर्मला

लेखक

प्रेमचंद

FiNGERPRINT!

दो शब्द

निर्मलाः सामाजिक कुरीतियों पर तीक्ष्ण प्रहार

'**निर्मला**' मुंशी प्रेमचंद का यथार्थपरक और मनोवैज्ञानिक तथ्यों से परिपूर्ण उपन्यास है। सुधारवादी सामाजिक प्रवृत्ति के अनुकूल दहेज प्रथा और उसके दुष्परिणामों को मुंशी प्रेमचंद ने '**निर्मला**' की विषयवस्तु बनाया है। इस उपन्यास का मूल उद्देश्य समाज की कुरीतियों का परदाफाश करके उनका उन्मूलन करना है।

निर्मला के पिता बाबू उदयभानुलाल की विडंबनापूर्ण मृत्यु के बाद दहेज न मिलने की दशा में भालचंद अपने पुत्र भुवनमोहन का विवाह निर्मला से करने से मना कर देते हैं, तब विवशतावश निर्मला का विवाह उससे दुगनी से भी अधिक आयु के तोताराम से करना पड़ता है। दहेज के दंश और अनमेल विवाह के दुष्परिणाम ने न केवल निर्मला की जिंदगी में भयंकर तूफान ला दिया, बल्कि जिससे उसका विवाह हुआ, उस वकील तोताराम एवं उसके तीनों पुत्रों—मंशाराम, जियाराम और सियाराम आदि सभी की जिंदगियों को बरबाद करके रख दिया।

'**निर्मला**' की कथावस्तु इतनी सटीक, यथार्थवादी और समाज की कुरीतियों पर तीक्ष्ण प्रहार करनेवाली है कि लगभग एक सदी बाद आज भी इसकी यथार्थवादिता, मार्मिकता और सटीकता प्रासंगिक बनी हुई है।

प्रकाश बुक्स ने '**निर्मला**' को नए कलेवर और नए गेटअप के साथ अनुपम आयोजन के अंतर्गत '**फिंगरप्रिंट हिंदी**' में प्रकाशित किया है।

'**निर्मला**' एवं प्रेमचंद के अन्य उपन्यासों के साथ ही सुप्रसिद्ध उपन्यासकार शरतचंद्र, बंकिमचंद्र, नोबेल पुरस्कार विजेता रवींद्रनाथ टैगोर, आचार्य चाणक्य, स्वामी विवेकानंद, खलील जिब्रान, महात्मा गांधी, एडोल्फ हिटलर, डेल कार्नेगी, जोसेफ मर्फी, नेपोलियन हिल, शेक्सपियर आदि को भी '**फिंगरप्रिंट हिंदी**' के अंतर्गत प्रकाश बुक्स ने प्रकाशित करने का आयोजन किया है।

हमें आशा ही नहीं, बल्कि पूर्ण विश्वास है कि प्रस्तुत पुस्तक '**निर्मला**' एवं प्रकाश बुक्स द्वारा '**फिंगरप्रिंट हिंदी**' में प्रकाशित अन्य सभी पुस्तकें आपके लिए अत्यंत रोचक, रोमांचक एवं ज्ञानवर्द्धक सिद्ध होंगी।

—एम.आई. राजस्वी

धनपतराय से मुंशी प्रेमचंद तक

'कलम का सिपाही', **'कलम की शान'**, **'कलम का जादूगर'**, **'कथा सम्राट'** और **'उपन्यास सम्राट'** जैसी अनेक उपाधियों से अलंकृत मुंशी प्रेमचंद का जन्म वाराणसी के निकट 'लमही' नामक ग्राम में 31 जुलाई, 1881 को हुआ था। उनका वास्तविक नाम धनपतराय श्रीवास्तव था। उनके पिता अजायबराय डाकखाने में मुंशी के रूप में मामूली-सी नौकरी करते थे, जबकि उनकी माता आनंदी देवी एक सामान्य गृहिणी थीं।

धनपतराय की आयु जब मात्र 8 वर्ष थी तो उनकी माता का स्वर्गवास हो गया। 15 वर्ष की अल्पायु में धनपतराय का विवाह उनसे अधिक आयु की एक युवती से कर दिया गया। कदाचित् यह एक अनमेल विवाह था जिसे न चाहते हुए भी सामाजिक मर्यादा के लिए उन्हें स्वीकार करना पड़ा। विवाह के लगभग एक वर्ष बाद ही उनके पिता की मृत्यु हो गई। इस कारण घर का सारा बोझ उन्हें उठाना पड़ा। उस समय उनकी आर्थिक स्थिति अत्यंत दयनीय थी।

धनपतराय यानी प्रेमचंद ने प्रारंभिक शिक्षा के तौर पर अपने ही गांव लमही के एक छोटे-से मदरसे में मौलवी साहब से उर्दू और फारसी का ज्ञान प्राप्त किया। सन् 1890 में उन्होंने वाराणसी के क्वीन कॉलेज में एडमिशन लिया और सन् 1897 में इसी कॉलेज से दूसरी श्रेणी में मैट्रिक की परीक्षा उत्तीर्ण की। आर्थिक स्थिति अच्छी न होने के कारण उन्हें पढ़ाई छोड़ देनी पड़ी, लेकिन प्रतिकूल परिस्थितियों के बावजूद सन् 1919 में उन्होंने स्नातक की परीक्षा उत्तीर्ण की।

प्रेमचंद का पत्नी के साथ वैचारिक मतभेद होने के कारण दांपत्य जीवन सुखद न था। सन् 1905 में गृह-क्लेश होने पर उनकी पत्नी मायके चली गईं और फिर लौटकर नहीं आईं। प्रेमचंद ने भी पत्नी को लौटा लाने का प्रयास नहीं किया और अंततः इस अध्याय का पटाक्षेप हो गया।

प्रेमचंद आर्य समाज से अत्यंत प्रभावित थे और विधवा विवाह का समर्थन करते थे। इसी के प्रभाव में सन् 1906 में उन्होंने एक बाल विधवा शिवरानी देवी से विवाह कर लिया। शिवरानी देवी से उनकी 3 संतानें हुईं। इनमें दो बेटे श्रीपतराय और अमृतराय तथा एक बेटी कमला देवी थीं।

प्रेमचंद ने बिगड़ती घरेलू आर्थिक स्थिति को संभालने के लिए कड़ा संघर्ष किया। उन्होंने सबसे पहले एक वकील के यहां उसके बेटे को पढ़ाने के लिए

5 रुपये मासिक वेतन पर नौकरी की। धीरे-धीरे वे प्रत्येक विषय में पारंगत हो गए, बाद में इसी कारण उन्हें एक मिशनरी विद्यालय में प्रधानाचार्य के पद पर नियुक्ति मिली। स्नातक परीक्षा पास करने के बाद उन्हें शिक्षा विभाग में इंस्पेक्टर के पद पर नियुक्त किया गया। महात्मा गांधी से प्रभावित होने के कारण वे अधिक समय तक सरकारी नौकरी न कर सके और पद से त्यागपत्र देकर लेखन के माध्यम से देशसेवा में जुट गए।

प्रेमचंद आरंभिक दौर में अपने वास्तविक नाम धनपतराय के बजाय नवाबराय के नाम से लेखन कार्य करते थे। उनका **'नवाबराय'** नाम उनके चाचा महावीरराय द्वारा प्रेम से दिया गया संबोधन था। यद्यपि उन्होंने मात्र 13 वर्ष की आयु से ही लेखन कार्य आरंभ कर दिया था, तथापि उनके साहित्यिक जीवन का आरंभ सन् 1901 से माना जाता है। इस समय उन्होंने उर्दू में नाटक और उपन्यास लिखे।

प्रेमचंद का पहला अपूर्ण उपन्यास **'असरार-ए-मआबिद'** (देवस्थान रहस्य) उर्दू साप्ताहिक **'आवाज-ए-खल्क'** में 8 अक्तूबर, 1903 से 1 फरवरी, 1905 तक धारावाहिक रूप में लेखक नवाबराय के तौर पर प्रकाशित हुआ। उनका दूसरा उपन्यास उर्दू में **'हमखुरमा व हमसवाब'** और हिंदी में **'प्रेमा'** के नाम से सन् 1907 में प्रकाशित हुआ।

सन् 1910 में नवाबराय के नाम से प्रेमचंद की रचना **'सोज-ए-वतन'** (राष्ट्र का विलाप) अंग्रेज सरकार की आंख का शूल बन गई। हमीरपुर के जिला कलेक्टर ने प्रेमचंद को तलब करके उन पर सीधे-सीधे जनता को भड़काने का आरोप लगाया। उन्होंने **'सोज-ए-वतन'** की सभी प्रतियां जब्त कर लीं और सख्त हिदायत दी कि अब वे कुछ नहीं लिखेंगे। यदि उन्होंने शासनादेश का उल्लंघन किया तो उन्हें कारावास में डाल दिया जाएगा।

प्रेमचंद कलेक्टर साहब का यह शासनादेश सुनकर सन्न रह गए, तब उर्दू पत्रिका **'जमाना'** के संपादक और उनके मित्र मुंशी दयानारायण निगम ने उन्हें एक नए नाम से लेखन कार्य जारी रखने की सलाह दी। उन्होंने नए नाम के रूप में **'प्रेमचंद'** उपनाम भी सुझाया। अपने मित्र की सलाह मानते हुए इसके बाद प्रेमचंद ने इसी उपनाम को सदा-सर्वदा के लिए धारण कर लिया।

बहुमुखी प्रतिभा के धनी प्रेमचंद ने कहानी, उपन्यास, नाटक, समीक्षा, लेख, संस्मरण और संपादकीय जैसी विभिन्न विधाओं पर लेखनी चलाई। विशेष रूप से उनकी ख्याति कथाकार के रूप में हुई। उनके जीवनकाल में ही सुप्रसिद्ध उपन्यासकार शरत्चंद्र चट्टोपाध्याय ने प्रेमचंद को **'उपन्यास सम्राट'** कहकर संबोधित किया।

प्रेमचंद के उपन्यास और कहानियों में जीवन की यथार्थ वस्तुस्थिति, मार्मिक तथ्यों एवं गहन संवेदनाओं से ओत-प्रोत चरित्र-चित्रण मिलते हैं। प्रेमचंद के

प्रमुख उपन्यास **'प्रेमा'** (1907), **'सेवासदन'** (1918), **'प्रेमाश्रम'** (1922), **'रंगभूमि'** (1925), **'कायाकल्प'** (1926), **'निर्मला'** (1927), **'गबन'** (1931), **'कर्मभूमि'** (1932) और **'गोदान'** (1936) हैं। उनके अंतिम उपन्यास **'मंगलसूत्र'** पर लेखन कार्य चल ही रहा था कि लंबी बीमारी के बाद 8 अक्तूबर, 1936 को उनका देहावसान हो गया। इस उपन्यास का शेष भाग उनके पुत्र अमृतराय ने पूरा किया।

प्रेमचंद के प्रथम कहानी संग्रह **'सोज-ए-वतन'** की पहली कहानी **'दुनिया का अनमोल रतन'** को सामान्यत: उनकी प्रथम कहानी माना जाता है, लेकिन प्रेमचंद कहानी रचनावली के संकलनकर्ता डॉ. कमल किशोर गोयनका के अनुसार, **'जमाना'** उर्दू पत्रिका में प्रकाशित **'इश्क-ए-दुनिया और हुब्ब-ए-वतन'** (सांसारिक प्रेम और देश-प्रेम) प्रेमचंद की पहली प्रकाशित कहानी है।

प्रेमचंद के जीवनकाल में उनके कुल नौ कहानी संग्रह–**सप्त सरोज**, **नवनिधि**, **प्रेम पूर्णिमा**, **प्रेम पचीसी**, **प्रेम प्रतिमा**, **प्रेम द्वादशी**, **समरयात्रा**, **मानसरोवर** (भाग–1 व 2) और **कफन** प्रकाशित हुए। उनकी मृत्यु के उपरांत उनकी कहानियों को **'मानसरोवर'** शीर्षक से 8 भागों में प्रकाशित किया गया।

प्रेमचंद के नाम के साथ मुंशी संबोधन कब और कैसे जुड़ गया, इस बारे में यह मत दिया जाता है कि प्रेमचंद ने आरंभिक दौर में कुछ समय तक अध्यापन कार्य किया था। उस समय अध्यापक के लिए प्राय: **'मुंशीजी'** कहा जाता था। अत: प्रेमचंद को भी **'मुंशी प्रेमचंद'** कहा गया। एक अन्य मत के अनुसार, कायस्थों में नाम के आगे 'मुंशी' लिखने की परंपरा के कारण प्रेमचंद के प्रशंसकों ने उनके नाम के आगे भी मुंशी लिखकर उन्हें सम्मानित किया।

एक तार्किक और प्रामाणिक मत इस बारे में यह भी है कि **'हंस'** नामक पत्र प्रेमचंद और कन्हैयालाल माणिकलाल मुंशी के सह-संपादन में निकलता था। इस पत्र में संपादक के रूप में **'मुंशी, प्रेमचंद'** छपा होता था। यहां 'मुंशी' से अभिप्राय के.एम. मुंशी से था। कालांतर में **'मुंशी, प्रेमचंद'** का कौमा विस्मृत कर केवल **'मुंशी प्रेमचंद'** लिखा जाने लगा। इससे आभास हुआ कि प्रेमचंद ही मुंशी हैं। अब 'मुंशी' की उपाधि प्रेमचंद के नाम के साथ इतनी रूढ़ हो चुकी है कि मात्र 'मुंशी' से ही प्रेमचंद की विद्यमानता का बोध होने लगता है।

प्रेमचंद के विभिन्न उपन्यासों एवं कहानियों का न केवल भारतीय और विदेशी भाषाओं में अनुवाद हो चुका है, बल्कि उन पर बहुत-सी लोकप्रिय फिल्में और धारावाहिक भी बन चुके हैं। सन् 1938 में प्रेमचंद के उपन्यास **'सेवासदन'** पर, सन् 1963 में **'गोदान'** पर और सन् 1966 में **'गबन'** पर लोकप्रिय फिल्में बनीं। सन् 1977 में उनकी कहानी **'शतरंज के खिलाड़ी'** पर, सन् 1981 में **'सद्गति'** पर और सन् 1977 में **'कफन'** पर तेलुगु में बनी **'ओका उरी कथा'** फिल्में लोकप्रिय

हुईं। सन् 1980 में उनके बहुचर्चित उपन्यास **'निर्मला'** पर बना धारावाहिक दर्शकों द्वारा बहुत सराहा गया।

प्रेमचंद यद्यपि आज हमारे बीच में नहीं हैं, तथापि उनका रचना-संसार भारत की ही नहीं, वरन् विश्व की अनेक भाषाओं में अमरत्व प्राप्त कर चुका है। विश्व के हर स्थान, हर वर्ग और हर व्यक्ति में प्रेमचंद की कोई-न-कोई कथावस्तु मंडराती, चहलकदमी करती नजर आती है। कोई भी पाठक इस अहसास को अपने आसपास, इर्द-गिर्द और नजदीक से महसूस करना चाहे तो प्रस्तुत पुस्तक **'निर्मला'** इसका जीता-जागता प्रमाण है।

1

एकाएक उसे एक सुंदर नौका घाट की ओर आती दिखाई देती है। वह खुशी से उछल पड़ती है और ज्यों ही नाव घाट पर आती है, वह उस पर चढ़ने के लिए बढ़ती है, लेकिन जब नाव के पटरे पर पैर रखना चाहती है, तो उसका मल्लाह बोल उठता है–"तेरे लिए यहां जगह नहीं है!"

यों तो बाबू उदयभानुलाल के परिवार में बीसों ही प्राणी थे, कोई ममेरा भाई था, कोई फुफेरा, कोई भांजा था, कोई भतीजा, लेकिन यहां हमें उनसे कोई प्रयोजन नहीं, वह अच्छे वकील थे, लक्ष्मी प्रसन्न थीं और कुटुंब के दरिद्र प्राणियों को आश्रय देना उनका कर्तव्य ही था। हमारा संबंध तो केवल उनकी दोनों कन्याओं से है, जिनमें बड़ी का नाम निर्मला और छोटी का कृष्णा था। अभी कल दोनों साथ-साथ गुड़िया खेलती थीं।

निर्मला का पंद्रहवां साल था, कृष्णा का दसवां, फिर भी उनके स्वभाव में कोई विशेष अंतर न था। दोनों बहनें चंचल, खिलाड़िन और सैर-तमाशे पर जान देती थीं। दोनों गुड़िया का धूमधाम से ब्याह करती थीं, सदा काम से जी चुराती थीं। मां पुकारती रहती थीं, पर दोनों कोठे पर छिपी बैठी रहती थीं कि न जाने किस काम के लिए बुलाती हैं। दोनों अपने भाइयों से लड़ती थीं, नौकरों को डांटती थीं और बाजे

की आवाज सुनते ही द्वार पर आकर खड़ी हो जाती थीं, पर आज एकाएक एक ऐसी बात हो गई है, जिसने बड़ी को बड़ी और छोटी को और छोटी बना दिया है। कृष्णा वही है, पर निर्मला बड़ी गंभीर, एकांतप्रिय और लज्जाशील हो गई है।

इधर महीनों से बाबू उदयभानुलाल निर्मला के विवाह की बातचीत कर रहे थे। आज उनकी मेहनत ठिकाने लगी है। बाबू भालचंद्र सिन्हा के ज्येष्ठ पुत्र भुवनमोहन सिन्हा से बात पक्की हो गई है। वर के पिता ने कह दिया है कि आपकी खुशी हो तो दहेज दें या न दें, मुझे इसकी परवाह नहीं; हां, बरात में जो लोग जाएं, उनका आदर-सत्कार अच्छी तरह होना चहिए, जिससे मेरी और आपकी जग-हंसाई न हो। बाबू उदयभानुलाल थे तो वकील, पर संचय करना न जानते थे। दहेज उनके सामने कठिन समस्या थी। इसलिए जब वर के पिता ने स्वयं कह दिया कि मुझे दहेज की परवाह नहीं, तो मानो उन्हें आंखें मिल गईं। डरते थे, न जाने किस-किसके सामने हाथ फैलाना पड़े, दो-तीन महाजनों को ठीक कर रखा था। उनका अनुमान था कि हाथ रोकने पर भी बीस हजार से कम खर्च न होंगे। यह आश्वासन पाकर वे खुशी के मारे फूले न समाए।

इसकी सूचना ने अज्ञान बलिका को मुंह ढांपकर एक कोने में बिठा रखा है। उसके हृदय में एक विचित्र शंका समा गई है, रोम-रोम में एक अज्ञात भय का संचार हो गया है, न जाने क्या होगा! उसके मन में वे उमंगें नहीं हैं, जो युवतियों की आंखों में तिरछी चितवन बनकर, होंठों पर मधुर हास्य बनकर और अंगों में आलस्य बनकर प्रकट होती हैं। नहीं, वहां अभिलाषाएं नहीं हैं, वहां केवल शंकाएं, चिंताएं और भीरू कल्पनाएं हैं। यौवन का अभी तक पूर्ण प्रकाश नहीं हुआ है।

कृष्णा कुछ-कुछ जानती है, कुछ-कुछ नहीं जानती। जानती है, बहन को अच्छे-अच्छे गहने मिलेंगे, द्वार पर बाजे बजेंगे, मेहमान आएंगे, नाच होगा—यह जानकर प्रसन्न है और यह भी जानती है कि बहन सबके गले मिलकर रोएगी, यहां से रो-धोकर विदा हो जाएगी, मैं अकेली रह जाऊंगी—यह जानकर दुःखी है, पर यह नहीं जानती कि यह किसलिए हो रहा है! माताजी और पिताजी क्यों बहन को इस घर से निकालने को इतने उत्सुक हो रहे हैं! बहन ने तो किसी को कुछ नहीं कहा, किसी से लड़ाई नहीं की, क्या इसी तरह एक दिन मुझे भी ये लोग निकाल देंगे? मैं भी इसी तरह कोने में बैठकर रोऊंगी और किसी को मुझ पर दया न आएगी? इसलिए वह भयभीत भी है।

संध्या का समय था। निर्मला छत पर जाकर अकेली बैठी आकाश की ओर तृषित नेत्रों से ताक रही थी। ऐसा मन होता था कि पंख होते, तो वह उड़ जाती और इन सारे झंझटों से छूट जाती। इस समय बहुधा दोनों बहनें कहीं सैर करने

जाया करती थीं। बग्घी खाली न होती, तो बगीचे में ही टहला करतीं, इसलिए कृष्णा उसे खोजती फिरती थी। जब कहीं न पाया, तो छत पर आई और उसे देखते ही हंसकर बोली—"तुम यहां आकर छिपी बैठी हो और मैं तुम्हें ढूंढती फिरती हूं। चलो, बग्घी तैयार करा आई हूं।"

निर्मला ने उदासीन भाव से कहा—"तू जा, मैं न जाऊंगी।"

कृष्णा—नहीं, मेरी अच्छी दीदी, आज जरूर चलो। देखो, कैसी ठंडी-ठंडी हवा चल रही है।

निर्मला—मेरा मन नहीं चाहता, तू चली जा।

कृष्णा कांपती हुई आवाज से बोली—"आज तुम क्यों नहीं चलतीं? मुझसे क्यों नहीं बोलतीं? क्यों इधर-उधर छिपी-छिपी फिरती हो? मेरा जी अकेले बैठे-बैठे घबराता है। तुम न चलोगी, तो मैं भी न जाऊंगी। यहीं तुम्हारे साथ बैठी रहूंगी।"

निर्मला—और जब मैं चली जाऊंगी, तब क्या करेगी? तब किसके साथ खेलेगी और किसके साथ घूमने जाएगी, बता?

कृष्णा—मैं भी तुम्हारे साथ चलूंगी। अकेले मुझसे यहां न रहा जाएगा।

निर्मला मुस्कराकर बोली—"तुझे अम्मा न जाने देंगी।"

कृष्णा—तो मैं भी तुम्हें न जाने दूंगी। तुम अम्मा से कह क्यों नहीं देती कि मैं न जाऊंगी?

निर्मला—कह तो रही हूं, कोई सुनता है!

कृष्णा—तो क्या यह तुम्हारा घर नहीं है?

निर्मला—नहीं, मेरा घर होता, तो कोई क्यों जबर्दस्ती निकाल देता?

कृष्णा—इसी तरह किसी दिन मैं भी निकाल दी जाऊंगी?

निर्मला—और नहीं तो क्या तू बैठी रहेगी! हम लड़कियां हैं, हमारा घर कहीं नहीं होता।

कृष्णा—चंदर भी निकाल दिया जाएगा?

निर्मला—चंदर तो लड़का है, उसे कौन निकालेगा?

कृष्णा—तो लड़कियां बहुत खराब होती होंगी?

निर्मला—खराब न होतीं, तो घर से भगाई क्यों जातीं?

कृष्णा—चंदर इतना बदमाश है, उसे कोई नहीं भगाता। हम-तुम तो कोई बदमाशी भी नहीं करतीं।

एकाएक चंदर धम-धम करता हुआ छत पर आ पहुंचा और निर्मला को देखकर बोला—"अच्छा आप यहां बैठी हैं। ओहो! अब तो बाजे बजेंगे, दीदी दुल्हन बनेंगी, पालकी पर चढ़ेंगी, ओहो! ओहो!"

चंदर का पूरा नाम चंद्रभानु सिन्हा था। निर्मला से तीन साल छोटा और कृष्णा से दो साल बड़ा।

निर्मला—चंदर, मुझे चिढ़ाओगे तो अभी जाकर अम्मा से कह दूंगी।

चंदर—तो चिढ़ती क्यों हो, तुम भी बाजे सुनना। ओ हो-हो! अब आप दुल्हन बनेंगी। क्यों किशनी, तू बाजे सुनेगी न, वैसे बाजे तूने कभी न सुने होंगे।

कृष्णा—क्या बैंड से भी अच्छे होंगे?

चंदर—हां-हां, बैंड से भी अच्छे, हजार गुने अच्छे, लाख गुने अच्छे। तुम जानो क्या एक बैंड सुन लिया, तो समझने लगीं कि उससे अच्छे बाजे नहीं होते। बाजे बजानेवाले लाल-लाल वर्दियां और काली-काली टोपियां पहने होंगे। ऐसे खूबसूरत मालूम होंगे कि तुमसे क्या कहूं! आतिशबाजियां भी होंगी, हवाइयां आसमान में उड़ जाएंगी और वहां तारों में लगेंगी तो लाल, पीले, हरे, नीले तारे टूट-टूटकर गिरेंगे। बड़ा मजा आएगा।

कृष्णा—और क्या-क्या होगा चंदर, बता दे मेरे भैया?

चंदर—मेरे साथ घूमने चल, तो रास्ते में सारी बातें बता दूं। ऐसे-ऐसे तमाशे होंगे कि देखकर तेरी आंखें खुल जाएंगी। हवा में उड़ती हुई परियां होंगी, सचमुच की परियां।

कृष्णा—अच्छा चलो, लेकिन न बताओगे, तो मारूंगी।

चंदर और कृष्णा चले गए, पर निर्मला अकेली बैठी रह गई। कृष्णा के चले जाने से इस समय उसे बड़ा क्षोभ हुआ। कृष्णा, जिसे वह प्राणों से भी अधिक प्यार करती थी, आज इतनी निष्ठुर हो गई। अकेली छोड़कर चली गई। बात कोई न थी, लेकिन दु:खी हृदय दुखती हुई आंख है, जिसमें हवा से भी पीड़ा होती है। निर्मला बड़ी देर तक बैठी रोती रही। भाई-बहन, माता-पिता, सभी इसी भांति मुझे भूल जाएंगे, सबकी आंखें फिर जाएंगी, फिर शायद इन्हें देखने को भी तरस जाऊं।

बाग में फूल खिले हुए थे। मीठी-मीठी सुगंध आ रही थी। चैत की शीतल मंद समीर चल रही थी। आकाश में तारे छिटके हुए थे।

निर्मला इन्हीं शोकमय विचारों में पड़ी-पड़ी सो गई और आंख लगते ही उसका मन स्वप्न-देश में विचरने लगा। क्या देखती है कि सामने एक नदी लहरें मार रही है और वह नदी के किनारे नाव की बाट देख रही है। संध्या का समय है। अंधेरा किसी भयंकर जंतु की भांति बढ़ता चला आता है। वह घोर चिंता में पड़ी हुई है कि कैसे यह नदी पार होगी, कैसे घर पहुंचूंगी! रो रही है कि कहीं रात न हो जाए, नहीं तो मैं अकेली यहां कैसे रहूंगी!

एकाएक उसे एक सुंदर नौका घाट की ओर आती दिखाई देती है। वह खुशी

से उछल पड़ती है और ज्यों ही नाव घाट पर आती है, वह उस पर चढ़ने के लिए बढ़ती है, लेकिन जब नाव के पटरे पर पैर रखना चाहती है, तो उसका मल्लाह बोल उठता है–"तेरे लिए यहां जगह नहीं है!"

वह मल्लाह की खुशामद करती है, उसके पैरों पड़ती है, रोती है, लेकिन वह यह कहे जाता है, तेरे लिए यहां जगह नहीं है। एक क्षण में नाव खुल जाती है। वह चिल्ला-चिल्लाकर रोने लगती है। नदी के निर्जन तट पर रात-भर कैसे रहेगी, यह सोच वह नदी में कूदकर उस नाव को पकड़ना चाहती है कि इतने में कहीं से आवाज आती है–"ठहरो, ठहरो, नदी गहरी है, डूब जाओगी। वह नाव तुम्हारे लिए नहीं है। मैं आता हूं, मेरी नाव में बैठ जाओ। मैं उस पार पहुंचा दूंगा।"

वह भयभीत होकर इधर-उधर देखती है कि यह आवाज कहां से आई? थोड़ी देर के बाद एक छोटी-सी डोंगी आती दिखाई देती है। उसमें न पाल है, न पतवार और न मस्तूल। पेंदा फटा हुआ, तख्ते टूटे हुए, नाव में पानी भरा हुआ है और एक आदमी उसमें से पानी उलीच रहा है। वह उससे कहती है–"यह तो टूटी हुई है, यह कैसे पार लगेगी?"

मल्लाह कहता है–"तुम्हारे लिए यही भेजी गई है, आकर बैठ जाओ!" वह एक क्षण सोचती है–इसमें बैठूं या न बैठूं? अंत में वह निश्चय करती है–बैठ जाऊं। यहां अकेली पड़ी रहने से नाव में बैठ जाना फिर भी अच्छा है। किसी भयंकर जंतु के पेट में जाने से तो यही अच्छा है कि नदी में डूब जाऊं। कौन जाने, नाव पार पहुंच ही जाए। यह सोचकर वह प्राणों को मुट्ठी में लिए हुए नाव पर बैठ जाती है।

कुछ देर तक नाव डगमगाती हुई चलती है, लेकिन प्रतिक्षण उसमें पानी भरता जाता है। वह भी मल्लाह के साथ दोनों हाथों से पानी उलीचने लगती है। यहां तक कि उसके हाथ थक जाते हैं, पर पानी बढ़ता ही चला जाता है। आखिर नाव चक्कर खाने लगती है, मालूम होता है–अब डूबी, अब डूबी। वह किसी अदृश्य सहारे के लिए दोनों हाथ फैलाती है, नाव नीचे जाती है और उसके पैर उखड़ जाते हैं।

वह जोर से चिल्लाई और चिल्लाते ही उसकी आंखें खुल गईं। देखा, तो माता सामने खड़ी उसका कंधा पकड़कर हिला रही थी।

बाबू उदयभानुलाल का मकान बाजार बना हुआ है। बरामदे में सुनार के हथौड़े और कमरे में दर्जी की सुइयां चल रही हैं। सामने नीम के नीचे बढ़ई चारपाइयां

बना रहा है। खपरैल में हलवाई के लिए भट्ठी खोदी गई है। मेहमानों के लिए अलग एक मकान ठीक किया गया है। यह प्रबंध किया जा रहा है कि हरेक मेहमान के लिए एक-एक चारपाई, एक-एक कुर्सी और एक-एक मेज हो। हर तीन मेहमानों के लिए एक-एक कहार रखने की तजवीज हो रही है। अभी बरात आने में एक महीने की देर है, लेकिन तैयारियां अभी से हो रही हैं। बरातियों का ऐसा सत्कार किया जाए कि किसी को जबान हिलाने का मौका न मिले। वे लोग भी याद करें कि किसी के यहां बरात में गए थे। पूरा मकान बर्तनों से भरा हुआ है। चाय के सेट हैं, नाश्ते की तश्तरियां, थाल, लोटे, गिलास।

जो लोग नित्य खाट पर पड़े हुक्का पीते रहते थे, बड़ी तत्परता से काम में लगे हुए हैं। अपनी उपयोगिता सिद्ध करने का ऐसा अच्छा अवसर उन्हें फिर बहुत दिनों के बाद मिलेगा। जहां एक आदमी को जाना होता है, पांच दौड़ते हैं। काम कम होता है, हुल्लड़ अधिक। जरा-जरा सी बात पर घंटों तर्क-वितर्क होता है और अंत में वकील साहब को आकर निर्णय करना पड़ता है। एक कहता है, यह घी खराब है। दूसरा कहता है, इससे अच्छा बाजार में मिल जाए तो टांग की राह से निकल जाऊं। तीसरा कहता है, इसमें तो हीक आती है। चौथा कहता है, तुम्हारी नाक ही सड़ गई है। तुम क्या जानो, घी किसे कहते हैं। जब से यहां आए हो, घी मिलने लगा है, नहीं तो घी के दर्शन भी न होते थे! इस पर तकरार बढ़ जाती है और वकील साहब को झगड़ा चुकाना पड़ता है।

रात के नौ बजे थे। उदयभानुलाल अंदर बैठे हुए खर्च का तखमीना लगा रहे थे। वह प्राय: रोज ही तखमीना लगाते थे, पर रोज ही उसमें कुछ-न-कुछ परिवर्तन और परिवर्धन करना पड़ता था। सामने कल्याणी भौंहे सिकोड़े हुए खड़ी थी। बाबू साहब ने बड़ी देर के बाद सिर उठाया और बोले–"दस हजार से कम नहीं होता, बल्कि शायद और बढ़ जाए।"

कल्याणी–दस दिन में पांच से दस हजार हुए। एक महीने में तो शायद एक लाख की नौबत आ जाए।

उदयभानुलाल–क्या करूं, जग-हंसाई भी तो अच्छी नहीं लगती। कोई शिकायत हुई तो लोग कहेंगे, नाम बड़े दर्शन थोड़े। फिर जब वह मुझसे दहेज की एक पाई नहीं लेते तो मेरा भी कर्तव्य है कि मेहमानों के आदर-सत्कार में कोई बात उठा न रखूं।

कल्याणी–जब से ब्रह्मा ने सृष्टि रची, तब से आज तक कभी बरातियों को कोई प्रसन्न नहीं रख सका। उन्हें दोष निकालने और निंदा करने का कोई-न-कोई अवसर मिल ही जाता है। जिसे अपने घर सूखी रोटियां भी मयस्सर नहीं, वह भी

बरात में जाकर तानाशाह बन बैठता है। तेल खुशबूदार नहीं, साबुन टके सेर का, जाने कहां से बटोर लाए, कहार बात नहीं सुनते, लालटेनें धुआं देती हैं, कुर्सियों में खटमल हैं, चारपाइयां ढीली हैं, जनवासे की जगह हवादार नहीं। ऐसी-ऐसी हजारों शिकायतें होती रहती हैं। उन्हें आप कहां तक रोकिएगा? अगर यह मौका न मिला, तो और कोई ऐब निकाल लिए जाएंगे। भई, यह तेल तो रंडियों के लगाने लायक है, हमें तो सादा तेल चाहिए। जनाब ने यह साबुन नहीं भेजा है, अपनी अमीरी की शान दिखाई है मानो हमने साबुन देखा ही नहीं। ये कहार नहीं यमदूत हैं, जब देखिए सिर पर सवार! लालटेनें ऐसी भेजी हैं कि आंखें चमकने लगती हैं, अगर दस-पांच दिन इस रोशनी में बैठना पड़े तो आंखें फूट जाएं। जनवासा क्या है, अभागे का भाग्य है, जिस पर चारों तरफ से झोंके आते रहते हैं। मैं तो फिर यही कहूंगी कि बारतियों के नखरों का विचार ही छोड़ दो।

उदयभानुलाल–तो आखिर तुम मुझे क्या करने को कहती हो?

कल्याणी–कह तो रही हूं, पक्का इरादा कर लो कि मैं पांच हजार से अधिक न खर्च करूंगा। घर में तो टका है नहीं, कर्ज ही का भरोसा ठहरा, तो इतना कर्ज क्यों लें कि जिंदगी में अदा न हो। आखिर मेरे और बच्चे भी तो हैं, उनके लिए भी तो कुछ चाहिए।

उदयभानुलाल–तो क्या आज मैं मरा जाता हूं?

कल्याणी–जीने-मरने का हाल कोई नहीं जानता।

उदयभानुलाल–तो तुम बैठी यही मनाया करती हो?

कल्याणी–इसमें बिगड़ने की तो कोई बात नहीं। मरना एक दिन सभी को है। कोई यहां अमर होकर थोड़े ही आया है। आंखें बंद कर लेने से तो होने वाली बात न टलेगी। रोज आंखों देखती हूं, बाप का देहांत हो जाता है, उसके बच्चे गली-गली ठोकरें खाते फिरते हैं। आदमी ऐसा काम ही क्यों करे?

उदयभानुलाल ने जलकर कहा–"तो अब समझ लूं कि मेरे मरने के दिन निकट आ गए, यही तुम्हारी भविष्यवाणी है! सुहाग से स्त्रियों का जी ऊबते नहीं सुना था, आज यह नई बात मालूम हुई। रंडापे में भी कोई सुख होगा ही!

कल्याणी–तुमसे दुनिया की कोई भी बात कही जाती है, तो जहर उगलने लगते हो। इसलिए न कि जानते हो, इसे कहीं टिकना नहीं है, मेरी ही रोटियों पर पड़ी हुई है या और कुछ! जहां कोई बात कही, बस सिर हो गए मानो मैं घर की लौंडी हूं, मेरा केवल रोटी और कपड़े का नाता है। जितना ही मैं दबती हूं, तुम और भी दबाते हो। मुफ्तखोर माल उड़ाएं, कोई मुंह न खोले, शराब-कबाब में रुपये लुटें, कोई जबान न हिलाए। ये सारे कांटे मेरे बच्चों ही के लिए तो बोए जा रहे हैं।

उदयभानुलाल–तो क्या मैं तुम्हारा गुलाम हूं?

कल्याणी–तो क्या मैं तुम्हारी लौंडी हूं?

उदयभानुलाल–ऐसे मर्द और होंगे, जो औरतों के इशारों पर नाचते हैं।

कल्याणी–तो ऐसी स्त्रियां भी और होंगी, जो मर्दों की जूतियां सहा करती हैं।

उदयभानुलाल–मैं कमाकर लाता हूं, जैसे चाहूं खर्च कर सकता हूं। किसी को बोलने का अधिकार नहीं।

कल्याणी–तो आप अपना घर संभलिए! ऐसे घर को मेरा दूर ही से सलाम है, जहां मेरी कोई पूछ नहीं। घर में तुम्हारा जितना अधिकार है, उतना ही मेरा भी। इससे जौ भर भी कम नहीं। अगर तुम अपने मन के राजा हो, तो मैं भी अपने मन की रानी हूं। तुम्हारा घर तुम्हें मुबारक रहे। मेरे लिए पेट की रोटियों की कमी नहीं है। तुम्हारे बच्चे हैं, मारो या जिलाओ। न आंखों से देखूंगी, न पीड़ा होगी। आंखें फूटीं, पीर गई!

उदयभानुलाल–क्या तुम समझती हो कि तुम न संभालेगी तो मेरा घर ही न संभलेगा? मैं अकेले ऐसे-ऐसे दस घर संभाल सकता हूं।

कल्याणी–कौन? अगर आज के महीने दिन मिट्टी में न मिल जाए, तो कहना कोई कहती थी!

यह कहते–कहते कल्याणी का चेहरा तमतमा उठा, वह झमककर उठी और कमरे के द्वार की ओर चली। वकील साहब मुकदमे में तो खूब मीन-मेख निकालते थे, लेकिन स्त्रियों के स्वभाव का उन्हें कुछ यों ही–सा ज्ञान था। यही एक ऐसी विद्या है, जिसमें आदमी बूढ़ा होने पर भी कोरा रह जाता है। अगर वे अब भी नरम पड़ जाते और कल्याणी का हाथ पकड़कर बिठा लेते, तो शायद वह रुक जाती, लेकिन आपसे यह तो हो न सका, उल्टे चलते-चलते एक और चरका दिया। बोले–"मैके का घमंड होगा?"

कल्याणी ने द्वारा पर रुककर पति की ओर लाल-लाल नेत्रों से देखा और बिफरकर बोली–"मैके वाले मेरे तकदीर के साथी नहीं हैं और न मैं इतनी नीच हूं कि उनकी रोटियों पर जा पड़ूं।"

उदयभानुलाल–तब कहां जा रही हो?

कल्याणी–तुम यह पूछने वाले कौन होते हो? ईश्वर की सृष्टि में असंख्य प्राणियों के लिए जगह है। क्या मेरे ही लिए जगह नहीं है?

यह कहकर कल्याणी कमरे से बाहर निकल गई। आंगन में आकर उसने एक बार आकाश की ओर देखा, मानो तारागण को साक्षी दे रही है कि मैं इस घर में कितनी निर्दयता से निकाली जा रही हूं। रात के ग्यारह बज गए थे। घर

में सन्नाटा छा गया था, दोनों बेटों की चारपाई उसी के कमरे में रहती थी। वह अपने कमरे में आई, देखा चंद्रभानु सोया है, सबसे छोटा सूर्यभानु चारपाई पर उठ बैठा है। माता को देखते ही वह बोला–"तुम तहां दई तीं अम्मां?"

कल्याणी दूर ही से बोली–"कहीं तो नहीं बेटा, तुम्हारे बाबूजी के पास गई थी।"

सूर्यभानु–तुम तली दई, मुधे अतेले दर लदता था। तुम क्यों तली दई तीं, बताओ?

यह कहकर बच्चे ने गोद में चढ़ने के लिए दोनों हाथ फैला दिए।

कल्याणी अब अपने को न रोक सकी। मातृ-स्नेह के सुधा-प्रवाह से उसका संतप्त हृदय परिप्लावित हो गया। हृदय के कोमल पौधे, जो क्रोध के ताप से मुरझा गए थे, फिर हरे हो गए। आंखें सजल हो गईं। उसने बच्चे को गोद में उठा लिया और छाती से लगाकर बोली–"तुमने पुकार क्यों न लिया, बेटा?"

सूर्यभानु–पुतालता तो ता, तुम थुनती न तीं, बताओ अब तो कबी न दाओगी?

कल्याणी–नहीं भैया, अब नहीं जाऊंगी।

यह कहकर कल्याणी सूर्यभानु को लेकर चारपाई पर लेटी। मां के हृदय से लिपटते ही बालक नि:शंक होकर सो गया, कल्याणी के मन में संकल्प-विकल्प होने लगे। पति की बातें याद आतीं तो मन होता–'घर को तिलांजलि देकर चली जाऊं, लेकिन बच्चों का मुंह देखती, तो वात्सल्य से चित्त गद्गद हो जाता। बच्चों को किस पर छोड़कर जाऊं? मेरे इन लालों को कौन पालेगा, ये किसके होकर रहेंगे? कौन प्रात:काल इन्हें दूध और हलवा खिलाएगा, कौन इनकी नींद सोएगा, इनकी नींद जागेगा? बेचारे कौड़ी के तीन हो जाएंगे। नहीं प्यारो, मैं तुम्हें छोड़कर नहीं जाऊंगी। तुम्हारे लिए सब कुछ सह लूंगी। निरादर-अपमान, जली-कटी, खोटी-खरी, घुड़की-झिड़की सब तुम्हारे लिए सहूंगी।'

कल्याणी तो बच्चे को लेकर लेटी, पर बाबू साहब को नींद न आई। उन्हें चोट करनेवाली बातें बड़ी मुश्किल से भूलती थीं। उफ, यह मिजाज! मानो मैं ही इनकी स्त्री हूं। बात मुंह से निकालनी मुश्किल है। अब मैं इनका गुलाम होकर रहूं। घर में अकेली यह रहें और बाकी जितने अपने-बेगाने हैं, सब निकाल दिए जाएं। जला करती हैं। मनाती हैं कि यह किसी तरह मरें, तो मैं अकेली आराम करूं। दिल की बात मुंह से निकल ही आती है, चाहे कोई कितना ही छिपाए। कई दिन से देख रहा हूं, ऐसी ही जली-कटी सुनाया करती हैं। मैके का घमंड होगा, लेकिन वहां कोई भी न पूछेगा, अभी सब आवभगत करते हैं। जब जाकर सिर पड़ जाएंगी तो आटे-दाल का भाव मालूम हो जाएगा। रोती हुई आएंगी। वाह

रे घमंड! सोचती हैं—मैं ही यह गृहस्थी चलाती हूं। अभी चार दिन को कहीं चला जाऊं, तो मालूम हो जाएगा, सारी शेखी किरकिरी हो जाएगी। एक बार इनका घमंड तोड़ ही दूं। जरा वैधव्य का मजा भी चखा दूं। न जाने इनकी हिम्मत कैसे पड़ती है कि मुझे यों कोसने लगती हैं। मालूम होता है, प्रेम इन्हें छू नहीं गया या समझती हैं, यह घर से इतना चिमटा हुआ है कि इसे चाहे जितना कोसूं, टलने का नाम न लेगा। यही बात है, पर यहां संसार से चिमटनेवाले जीव नहीं हैं! जहन्नुम में जाए यह घर, जहां ऐसे प्राणियों से पाला पड़े। घर है या नरक! आदमी बाहर से थका-मांदा आता है, तो उसे घर में आराम मिलता है। यहां आराम के बदले कोसने सुनने पड़ते हैं। मेरी मृत्यु के लिए व्रत रखे जाते हैं। यह है पच्चीस वर्ष के दांपत्य जीवन का अंत! बस, चल ही दूं। जब देख लूंगा कि इनका सारा घमंड धूल में मिल गया और मिजाज ठंडा हो गया, तो लौट आऊंगा। चार-पांच दिन काफी होंगे। लो, तुम भी याद करोगी कि किसी से पाला पड़ा था।

यही सोचते हुए बाबू साहब उठे, रेशमी चादर गले में डाली, कुछ रुपये लिये, अपना कार्ड निकालकर दूसरे कुर्ते की जेब में रखा, छड़ी उठाई और चुपके से बाहर निकले। सब नौकर नींद में मस्त थे। कुत्ता आहट पाकर चौंक पड़ा और उनके साथ हो लिया, पर यह कौन जानता था कि यह सारी लीला विधि के हाथों रची जा रही है। जीवन-रंगशाला का वह निर्दयी सूत्रधार किसी अगम गुप्त स्थान पर बैठा हुआ अपनी जटिल, क्रूर क्रीड़ा दिखा रहा है। यह कौन जानता था कि नकल असल होने जा रही है, अभिनय सत्य का रूप ग्रहण करने वाला है। निशा ने इंदु को परास्त करके अपना साम्राज्य स्थापित कर लिया था। उसकी पैशाचिक सेना ने प्रकृति पर आतंक जमा रखा था। सद्वृत्तियां मुंह छिपाए पड़ी थीं और कुवृत्तियां विजय-गर्व से इठलाती फिरती थीं। वन में वन्यजंतु शिकार की खोज में विचर रहे थे और नगरों में नर-पिशाच गलियों में मंडराते फिरते थे।

बाबू उदयभानुलाल लपके हुए गंगा की ओर चले जा रहे थे। उन्होंने अपना कुर्ता घाट के किनारे रखकर पांच दिन के लिए मिर्जापुर चले जाने का निश्चय किया था। उनके कपड़े देखकर लोगों को डूब जाने का विश्वास हो जाएगा, कार्ड कुर्ते की जेब में था। पता लगाने में कोई दिक्कत न हो सकती थी। दम-के-दम में सारे शहर में खबर मशहूर हो जाएगी। आठ बजते-बजते तो मेरे द्वार पर सारा शहर जमा हो जाएगा, तब देखूं, देवीजी क्या करती हैं?

यही सोचते हुए बाबू साहब गलियों में चले जा रहे थे, सहसा उन्हें अपने पीछे किसी दूसरे आदमी के आने की आहट मिली, समझे कोई होगा। आगे बढ़े, लेकिन जिस गली में वह मुड़ते, उसी तरफ यह आदमी भी मुड़ता था, तब बाबू साहब

को आशंका हुई कि यह आदमी मेरा पीछा कर रहा है। ऐसा आभास हुआ कि इसकी नीयत साफ नहीं है। उन्होंने तुरंत जेबी लालटेन निकाली और उसके प्रकाश में उस आदमी को देखा। एक बलिष्ठ मनुष्य कंधे पर लाठी रखे चला आता था। बाबू साहब उसे देखते ही चौंक पड़े। यह शहर का छंटा हुआ बदमाश था। तीन साल पहले उस पर डाके का अभियोग चला था। उदयभानुलाल ने उस मुकदमे में सरकार की ओर से पैरवी की थी और इस बदमाश को तीन साल की सजा दिलाई थी। तभी से वह इनके खून का प्यासा हो रहा था। कल ही वह छूटकर आया था। आज दैवात् साहब अकेले रात को दिखाई दिए, तो उसने सोचा, यह इनसे दांव चुकाने का अच्छा मौका है। ऐसा मौका शायद ही फिर कभी मिले। तुरंत पीछे हो लिया और वार करने की घात ही में था कि बाबू साहब ने जेबी लालटेन जलाई। बदमाश जरा ठिठककर बोला–"क्यों बाबूजी, पहचानते हो? मैं हूं मतई।"

बाबू साहब ने डपटकर कहा–"तुम मेरे पीछे-पीछे क्यों आ रहे हो?"

मतई–क्यों, किसी को रास्ता चलने की मनाही है? यह गली तुम्हारे बाप की है?

बाबू साहब जवानी में कुश्ती लड़े थे, अब भी हृष्ट–पुष्ट आदमी थे। दिल के भी कच्चे न थे। छड़ी संभालकर बोले–"अभी शायद मन नहीं भरा। अबकी सात साल को जाओगे।"

मतई–मैं सात साल को जाऊंगा या चौदह साल को, पर तुम्हें जिंदा न छोडूंगा। हां, अगर तुम मेरे पैरों पर गिरकर कसम खाओ कि अब किसी को सजा न कराऊंगा, तो छोड़ दूं। बोलो मंजूर है?

उदयभानुलाल–तेरी शामत तो नहीं आई?

मतई–शामत मेरी नहीं आई, तुम्हारी आई है। बोलो, खाते हो कसम-एक!

उदयभानुलाल–तुम हटते हो कि मैं पुलिसमैन को बुलाऊं?

मतई–दो!

उदयभानुलाल–(गरजकर) हट जा बदमाश, सामने से!

मतई–तीन!

मुंह से 'तीन' शब्द निकालते ही बाबू साहब के सिर पर लाठी का ऐसा तुला हाथ पड़ा कि वह अचेत होकर जमीन पर गिर पड़े। मुंह से केवल इतना ही निकला–"हाय! मार डाला!"

मतई ने समीप आकर देखा, तो सिर फट गया था और खून की धार निकल रही थी। नाड़ी का कहीं पता न था। समझ गया कि काम तमाम हो गया। उसने कलाई से सोने की घड़ी खोल ली, कुर्ते से सोने के बटन निकाल लिये, उंगली

से अंगूठी उतारी और अपनी राह चला गया मानो कुछ हुआ ही नहीं। हां, इतनी दया की कि लाश रास्ते से घसीटकर किनारे डाल दी।

हाय, बेचारे क्या सोचकर चले थे, क्या हो गया! जीवन, तुमसे ज्यादा असार भी दुनिया में कोई वस्तु है? क्या वह उस दीपक की भांति ही क्षणभंगुर नहीं है, जो हवा के एक झोंके से बुझ जाता है! पानी के एक बुलबुले को देखते हो, लेकिन उसे टूटते भी कुछ देर लगती है, जीवन में उतना सार भी नहीं। सांस का भरोसा ही क्या और इसी नश्वरता पर हम अभिलाषाओं के कितने विशाल भवन बनाते हैं! नहीं जानते, नीचे जानेवाली सांस ऊपर आएगी या नहीं, पर सोचते इतनी दूर की हैं मानो हम अमर हैं।

2

बाबू भालचंद्र दीवानखाने के सामने एक आरामकुर्सी पर नंग-धड़ंग लेटे हुए हुक्का पी रहे थे। बहुत ही स्थूल, ऊंचे कद के आदमी थे। ऐसा मालूम होता था कि काला देव है या कोई हब्शी अफ्रीका से पकड़कर लाया गया है। सिर से पैर तक एक ही रंग था—काला। चेहरा इतना स्याह था कि मालूम न होता था कि माथे का अंत कहां है और सिर का आरंभ कहां! बस, कोयले की एक सजीव मूर्ति थी।

विधवा का विलाप और अनाथों का रोना सुनाकर हम पाठकों का दिल न दुखाएंगे। जिसके ऊपर पड़ती है, वह रोता है, विलाप करता है, पछाड़ें खाता है। यह कोई नई बात नहीं। हां, अगर आप चाहें तो कल्याणी की उस घोर मानसिक यातना का अनुमान कर सकते हैं, जो उसे इस विचार से हो रही थी कि मैं ही अपने प्राणाधार की घातिका हूं। वे वाक्य जो क्रोध के आवेश में उसके असंयत मुख से निकले थे, अब उसके हृदय को बाणों की भांति छेद रहे थे।

अगर पति ने उसकी गोद में कराह-कराहकर प्राण त्याग दिए होते, तो उसे संतोष होता कि मैंने उनके प्रति अपने कर्तव्य का पालन किया। शोकाकुल हृदय को इससे ज्यादा सांत्वना और किसी बात से नहीं होती। उसे इस विचार से कितना संतोष होता कि मेरे स्वामी

मुझसे प्रसन्न गए, अंतिम समय तक उनके हृदय में मेरा प्रेम बना रहा। कल्याणी को यह संतोष न था। वह सोचती थी–हा! मेरी पच्चीस बरस की तपस्या निष्फल हो गई। मैं अंत समय अपने प्राणपति के प्रेम से वंचित हो गई। अगर मैंने उन्हें ऐसे कठोर शब्द न कहे होते, तो वह कदापि रात को घर से न जाते। न जाने उनके मन में क्या-क्या विचार आए हों? उनके मनोभावों की कल्पना करके और अपने अपराध को बढ़ा-बढ़ाकर वह आठों पहर कुढ़ती रहती थी। जिन बच्चों पर वह प्राण देती थी, अब उनकी सूरत से चिढ़ती। इन्हीं के कारण मुझे अपने स्वामी से रार मोल लेनी पड़ी। यही मेरे शत्रु हैं।

जहां आठों पहर कचहरी-सी लगी रहती थी, वहां अब खाक उड़ती है। वह मेला ही उठ गया। जब कोई खिलानेवाला ही न रहा, तो खानेवाले कैसे पड़े रहते! धीरे-धीरे एक महीने के अंदर सभी भांजे-भतीजे विदा हो गए। जिनका दावा था कि हम पानी की जगह खून बहानेवालों में हैं, वे ऐसा सरपट भागे कि पीछे फिरकर भी न देखा। दुनिया ही दूसरी हो गई। जिन बच्चों को देखकर प्यार करने को जी चाहता था, उनके चेहरे पर अब मक्खियां भिनभिनाती थीं। न जाने वह कांति कहां चली गई?

शोक का आवेग कम हुआ, तो निर्मला के विवाह की समस्या उपस्थित हुई। कुछ लोगों की सलाह हुई कि विवाह इस साल रोक दिया जाए, लेकिन कल्याणी ने साफ-साफ कहा–"इतनी तैयारियों के बाद विवाह को रोक देने से सब किया-धरा मिट्टी में मिल जाएगा और दूसरे साल फिर यही तैयारियां करनी पड़ेंगी, जिसकी कोई आशा नहीं। विवाह कर ही देना अच्छा है। कुछ लेना-देना तो है ही नहीं। बरातियों के सेवा-सत्कार का काफी सामान हो चुका है, विलंब करने में हानि-ही-हानि है। अतएव महाशय भालचंद्र को शोक-सूचना के साथ यह संदेश भी भेज दिया गया।

कल्याणी ने अपने पत्र में लिखा–

इस अनाथिनी पर दया कीजिए और डूबती हुई नाव को पार लगाइए। स्वामीजी के मन में बड़ी-बड़ी कामनाएं थीं, किंतु ईश्वर को कुछ और ही मंजूर था। अब मेरी लाज आपके हाथ है। कन्या आपकी हो चुकी है। मैं लोगों के सेवा-सत्कार करने को अपना सौभाग्य समझती हूं, लेकिन यदि इसमें कुछ कमी हो, कुछ त्रुटि पड़े, तो मेरी दशा का विचार करके क्षमा कीजिएगा। मुझे विश्वास है कि आप इस अनाथिनी की निंदा न होने देंगे, आदि।

कल्याणी ने यह पत्र डाक से न भेजा, बल्कि पुरोहित से कहा–"आपको कष्ट तो होगा, पर आप स्वयं जाकर यह पत्र दीजिए और मेरी ओर से बहुत विनय

के साथ कहिएगा कि जितने कम आदमी आए, उतना ही अच्छा। यहां कोई प्रबंध करनेवाला नहीं है।"

पुरोहित मोटेराम यह संदेश लेकर तीसरे दिन लखनऊ जा पहुंचे।

संध्या का समय था। बाबू भालचंद्र दीवानखाने के सामने एक आरामकुर्सी पर नंग-धड़ंग लेटे हुए हुक्का पी रहे थे। बहुत ही स्थूल, ऊंचे कद के आदमी थे। ऐसा मालूम होता था कि काला देव है या कोई हब्शी अफ्रीका से पकड़कर लाया गया है। सिर से पैर तक एक ही रंग था—काला। चेहरा इतना स्याह था कि मालूम न होता था कि माथे का अंत कहां है और सिर का आरंभ कहां! बस, कोयले की एक सजीव मूर्ति थी। आपको गर्मी बहुत सताती थी। दो आदमी खड़े पंखा झल रहे थे, उस पर भी पसीने का तार बंधा हुआ था।

आप आबकारी के विभाग में एक ऊंचे ओहदे पर थे। पांच सौ रुपये वेतन मिलता था। ठेकेदारों से खूब रिश्वत लेते थे। ठेकेदार शराब के नाम पानी बेचें, चौबीसों घंटे दुकान खुली रखें, आपको केवल खुश रखना काफी था। सारा कानून आपकी खुशी थी। इतनी भयंकर मूर्ति थी कि चांदनी रात में लोग उन्हें देखकर सहसा चौंक पड़ते थे—बालक और स्त्रियां ही नहीं, पुरुष तक सहम जाते थे। चांदनी रात इसलिए कहा गया कि अंधेरी रात में तो उन्हें कोई देख ही न सकता था—श्यामलता अंधकार में विलीन हो जाती थी। केवल आंखों का रंग लाल था। जैसे पक्का मुसलमान पांच बार नमाज पढ़ता है, वैसे ही आप भी पांच बार शराब पीते थे, मुफ्त की शराब तो काजी को हलाल है, फिर आप तो शराब के अफसर ही थे, जितनी चाहें पिएं, कोई हाथ पकड़ने वाला न था। जब प्यास लगती शराब पी लेते। जैसे कुछ रंगों में परस्पर सहानुभूति है, उसी तरह कुछ रंगों में परस्पर विरोध है। लालिमा के संयोग से कालिमा और भी भयंकर हो जाती है।

बाबू साहब ने पंडितजी को देखते ही कुर्सी से उठकर कहा—"अक्खाह! आप हैं? आइए—आइए। धन्य भाग हमारे, जो आप पधारे! अरे कोई है। कहां चले गए सब-के-सब, झगडू, गुरदीन, छकौड़ी, भवानी, रामगुलाम कोई है घर में? क्या सब-के-सब मर गए! चलो रामगुलाम, भवानी, छकौड़ी, गुरदीन, झगडू, कोई भी नहीं बोलता, सब मर गए! दर्जन-भर आदमी हैं, पर मौके पर एक की भी सूरत नहीं नजर आती, न जाने सब कहां गायब हो जाते हैं! कोई आपके वास्ते कुर्सी लाओ।"

बाबू साहब ने ये पांचों नाम कई बार दुहराए, लेकिन यह न हुआ कि पंखा झलने वाले दोनों आदमियों में से किसी को कुर्सी लाने को भेज देते। तीन-चार मिनट के बाद एक काना आदमी खांसता हुआ आकर बोला—"सरकार, ईतना

की नौकरी हमार कीन न होई! कहां तक उधार-बाढ़ी लै-लै खाई, मांगत-मांगत थेथर होय गएन।"

भालचंद्र–बको मत, जाकर कुर्सी लाओ। जब कोई काम करने को कहा गया, तो रोने लगता है। कहिए पंडितजी, वहां सब कुशल है?

मोटेराम–क्या कुशल कहूं बाबूजी, अब कुशल कहां? सारा घर मिट्टी में मिल गया।

इतने में कहार ने एक टूटा हुआ चीड़ का पुराना-सा संदूक लाकर रख दिया और बोला–"कुर्सी-मेज हमारे उठाए नाहीं उठत है।"

पंडितजी शरमाते हुए डरते-डरते उस पर बैठे कि कहीं टूट न जाए और कल्याणी का पत्र बाबू साहब के हाथ में रख दिया।

भालचंद्र–अब और कैसे मिट्टी में मिलेगा? इससे बड़ी और कौन विपत्ति पड़ेगी? बाबू उदयभानुलाल से मेरी पुरानी दोस्ती थी। आदमी नहीं, हीरा था! क्या दिल था, क्या हिम्मत थी, (आंखें पोंछकर) मेरा तो जैसे दाहिना हाथ ही कट गया। विश्वास मानिए, जब से यह खबर सुनी है, आंखों में अंधेरा-सा छा गया है। खाने बैठता हूं, तो कौर मुंह में नहीं जाता। उनकी सूरत आंखों के सामने खड़ी रहती है। मुंह जूठा करके उठ जाता हूं। किसी काम में दिल नहीं लगता। भाई के मरने का रंज भी इससे कम ही होता है। आदमी नहीं, हीरा था!

मोटेराम–सरकार, नगर में अब ऐसा कोई रईस नहीं रहा।

भालचंद्र–मैं खूब जानता हूं पंडितजी, आप मुझसे क्या कहते हैं। ऐसा आदमी लाख-दो लाख में एक होता है। जितना मैं उनको जानता था, उतना दूसरा नहीं जान सकता। दो-ही-तीन बार की मुलाकात में उनका भक्त हो गया और मरते दम तक रहूंगा। आप समधिन साहिबा से कह दीजिएगा, मुझे दिली रंज है।

मोटेराम–आपसे ऐसी ही आशा थी! आप जैसे सज्जनों के दर्शन दुर्लभ हैं। नहीं तो आज कौन बिना दहेज के पुत्र का विवाह करता है!

भालचंद्र–महाराज, दहेज की बातचीत ऐसे सत्यवादी पुरुषों से नहीं की जाती। उनसे संबंध हो जाना ही लाख रुपये के बराबर है। मैं इसी को अपना अहोभाग्य समझता हूं। हा! कितनी उदार आत्मा थी। रुपये को तो उन्होंने कुछ समझा ही नहीं, तिनके के बराबर भी परवाह नहीं की। बुरा रिवाज है, बेहद बुरा! मेरा बस चले, तो दहेज लेनेवालों और दहेज देनेवालों दोनों ही को गोली मार दूं। हां साहब, साफ गोली मार दूं, फिर चाहे फांसी ही क्यों न हो जाए! पूछो, आप लड़के का विवाह करते हैं कि उसे बेचते हैं? अगर आपको लड़के की शादी में दिल खोलकर खर्च करने का अरमान है, तो शौक से खर्च कीजिए, लेकिन जो कुछ

कीजिए, अपने बल पर। यह क्या कि कन्या के पिता का गला रेतिए। नीचता है, घोर नीचता! मेरा बस चले, तो इन पाजियों को गोली मार दूं।

मोटेराम–धन्य हो सरकार! भगवान ने आपको बड़ी बुद्धि दी है। यह धर्म का प्रताप है। मालकिन की इच्छा है कि विवाह का मुहूर्त वही रहे और तो उन्होंने सारी बातें पत्र में लिख दी हैं। बस, अब आप ही उबारें तो हम उबर सकते हैं। इस तरह तो बरात में जितने सज्जन आएंगे, उनकी सेवा-सत्कार हम करेंगे ही, लेकिन परिस्थिति अब बहुत बदल गई है सरकार, कोई करने-धरनेवाला नहीं है। बस ऐसी बात कीजिए कि वकील साहब के नाम पर बट्टा न लगे।

भालचंद्र एक मिनट तक आंखें बंद किए बैठे रहे, फिर एक लंबी सांस खींचकर बोले–"ईश्वर को मंजूर ही न था कि वह लक्ष्मी मेरे घर आती, नहीं तो क्या यह वज्र गिरता? सारे मनसूबे खाक में मिल गए। फूला न समाता था कि वह शुभ अवसर निकट आ रहा है, पर क्या जानता था कि ईश्वर के दरबार में कुछ और षड्यंत्र रचा जा रहा है। मरनेवाले की याद ही रुलाने के लिए काफी है। उसे देखकर तो जख्म और भी हरा हो जाएगा। उस दशा में न जाने क्या कर बैठूं। इसे गुण समझिए, चाहे दोष कि जिससे एक बार मेरी घनिष्ठता हो गई, फिर उसकी याद चित्त से नहीं उतरती। अभी तो खैर इतना ही है कि उनकी सूरत आंखों के सामने नाचती रहती है, लेकिन यदि वह कन्या घर में आ गई, तब मेरा जिंदा रहना कठिन हो जाएगा। सच मानिए, रोते-रोते मेरी आंखें फूट जाएंगी। जानता हूं, रोना-धोना व्यर्थ है। जो मर गया, वह लौटकर नहीं आ सकता। सब्र करने के सिवा और कोई उपाय नहीं है, लेकिन दिल से मजबूर हूं। उस अनाथ बालिका को देखकर मेरा कलेजा फट जाएगा।

मोटेराम–ऐसा न कहिए सरकार! वकील साहब नहीं तो क्या, आप तो हैं। अब आप ही उसके पिता-तुल्य हैं। वह अब वकील साहब की कन्या नहीं, आपकी कन्या है। आपके हृदय के भाव तो कोई जानता नहीं, लोग समझेंगे, वकील साहब का देहांत हो ज़ाने के कारण आप अपने वचन से फिर गए। इसमें आपकी बदनामी है। चित्त को समझाइए और हंसी-खुशी कन्या का पाणिग्रहण करा लीजिए। हाथी मरे तो नौ लाख का। लाख विपत्ति पड़ी है, लेकिन मालकिन आप लोगों की सेवा-सत्कार करने में कोई बात न उठा रखेंगी।

बाबू साहब समझ गए कि पंडित मोटेराम कोरे पोथी के ही पंडित नहीं, वरन् व्यवहार-नीति में भी चतुर हैं। बोले–"पंडितजी, हलफ से कहता हूं, मुझे उस लड़की से जितना प्रेम है, उतना अपनी लड़की से भी नहीं है, लेकिन जब ईश्वर को मंजूर नहीं है, तो मेरा क्या बस है? वह मृत्यु एक प्रकार की अमंगल

सूचना है, जो विधाता की ओर से हमें मिली है। यह किसी आनेवाली मुसीबत की आकाशवाणी है। विधाता स्पष्ट रीति से कह रहा है कि यह विवाह मंगलमय न होगा। ऐसी दशा में आप ही सोचिए, यह संयोग कहां तक उचित है! आप तो विद्वान आदमी हैं। सोचिए, जिस काम का आरंभ ही अमंगल से हो, उसका अंत मंगलमय हो सकता है? नहीं, जानबूझकर मक्खी नहीं निगली जाती। समधिन साहिबा को समझाकर कह दीजिएगा, मैं उनकी आज्ञापालन करने को तैयार हूं, लेकिन इसका परिणाम अच्छा न होगा। स्वार्थ के वश में होकर मैं अपने परम मित्र की संतान के साथ यह अन्याय नहीं कर सकता।"

इस तर्क ने पंडितजी को निरुत्तर कर दिया। वादी ने वह तीर छोड़ा था, जिसकी उनके पास कोई काट न थी। शत्रु ने उन्हीं के हथियार से उन पर वार किया था और वह उसका प्रतिकार न कर सकते थे। वह अभी कोई जवाब सोच ही रहे थे कि बाबू साहब ने फिर नौकरों को पुकारना शुरू किया–"अरे, तुम सब फिर गायब हो गए- झगडू, छकौड़ी, भवानी, गुरदीन, रामगुलाम! एक भी नहीं बोलता, सब-के-सब मर गए। पंडितजी के वास्ते पानी-वानी की फिक्र है? ना जाने इन सबों को कोई कहां तक समझाए। अक्ल छू तक नहीं गई। देख रहे हैं कि एक महाशय दूर से थके-मांदे चले आ रहे हैं, पर किसी को जरा भी परवाह नहीं। लाओ, पानी-वानी रखो। पंडितजी, आपके लिए शरबत बनवाऊं या फलाहारी मिठाई मंगवा दूं?"

मोटेरामजी मिठाइयों के विषय में किसी तरह का बंधन न स्वीकार करते थे। उनका सिद्धांत था कि घृत से सभी वस्तुएं पवित्र हो जाती हैं। रसगुल्ले और बेसन के लड्डू उन्हें बहुत प्रिय थे, पर शरबत से उन्हें रुचि न थी। पानी से पेट भरना उनके नियम के विरुद्ध था।

सकुचाते हुए बोले–"शरबत पीने की तो मुझे आदत नहीं, मिठाई खा लूंगा।"

भालचंद्र–फलाहारी न?

मोटेराम–इसका मुझे कोई विचार नहीं।

भालचंद्र–है तो यही बात। छूत–छात सब ढकोसला है। मैं स्वयं नहीं मानता। अरे, अभी तक कोई नहीं आया? छकौड़ी, भवानी, गुरदीन, रामगुलाम, कोई तो बोलो!

अबकी भी वही बूढ़ा कहार खांसता हुआ आकर खड़ा हो गया और बोला–"सरकार, मोर तलब दै दीन जाए। ऐसी नौकरी मोसे न होई। कहां लो दौरी, दौरत-दौरत गोड़ पिराय लागत है।"

भालचंद्र–काम कुछ करो या न करो, पर तलब पहिले चाहिए! दिन भर

पड़े-पड़े खांसा करो, तलब तो तुम्हारी चढ़ रही है। जाकर बाजार से एक आने की ताजी मिठाई ला। दौड़ता हुआ जा।

कहार को यह हुक्म देकर बाबू साहब घर में गए और स्त्री से बोले-"वहां से एक पंडितजी आए हैं। यह खत लाए हैं, जरा पढ़ो तो।"

पत्नी का नाम रंगीलीबाई था। गोरे रंग की प्रसन्न-मुख महिला थीं। रूप और यौवन उनसे विदा हो रहे थे, पर किसी प्रेमी मित्र की भांति मचल-मचलकर तीस साल तक जिसके गले से लगे रहे, उसे छोड़ते न बनता था।

रंगीलीबाई बैठी पान लगा रही थीं। बोली-"कह दिया न कि हमें वहां ब्याह करना मंजूर नहीं।"

भालचंद्र-हां, कह तो दिया, पर मारे संकोच के मुंह से शब्द न निकलता था। झूठ-मूठ का हीला करना पड़ा।

रंगीलीबाई-साफ बात करने में संकोच क्या? हमारी इच्छा है, नहीं करते। किसी का कुछ लिया तो नहीं है? जब दूसरी जगह दस हजार नगद मिल रहे हैं, तो वहां क्यों करूं? उनकी लड़की कोई सोने की थोड़े ही है। वकील साहब जीते होते, तो शरमाते-शरमाते पंद्रह-बीस हजार दे मरते। अब वहां क्या रखा है?

भालचंद्र-एक दफा जबान देकर मुकर जाना अच्छी बात नहीं। कोई मुख से कुछ न कहे, पर बदनामी हुए बिना नहीं रहती, मगर तुम्हारी जिद से मजबूर हूं।

रंगीलीबाई ने पान खाकर खत खोला और पढ़ने लगीं। हिंदी का अभ्यास बाबू साहब को तो बिलकुल न था और यद्यपि रंगीलीबाई भी शायद ही कभी किताब पढ़ती हों, पर खत-वत पढ़ लेती थीं। पहली ही पंक्ति पढ़कर उनकी आंखें सजल हो गईं और पत्र समाप्त किया तो उनकी आंखों से आंसू बह रहे थे। एक-एक शब्द करुणा के रस में डूबा था। एक-एक अक्षर से दीनता टपक रही थी।

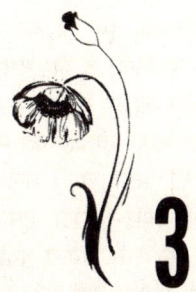

3

"...ढोंगी आदमियों से मुझे चिढ़ है। जो बात करो, साफ करो, बुरा हो या अच्छा। हाथी के दांत दिखाने के और, खिलाने के और वाली नीति पर चलना तुम्हें शोभा नहीं देता। बोलो, अब भी वहां शादी करते हो या नहीं?"

रंगीलीबाई की कठोरता पत्थर की नहीं, लाख की थी, जो एक आंच से पिघल जाती है। कल्याणी के करुणोत्पादक शब्दों ने उनके स्वार्थ-मंडित हृदय को पिघला दिया। रुंधे हुए कंठ से बोली–"अभी ब्राह्मण बैठा है न?"

भालचंद्र पत्नी के आंसुओं को देख-देख सूखे जाते थे। अपने ऊपर बार-बार झल्ला रहे थे कि नाहक मैंने यह खत इसे दिखाया। इसकी जरूरत ही क्या थी? इतनी बड़ी भूल उनसे कभी नहीं हुई थी। संदिग्ध भाव से बोले–"शायद बैठा हो, मैंने तो जाने को कह दिया था।"

रंगीली ने खिड़की से झांककर देखा। पंडित मोटेरामजी बगुले की तरह ध्यान लगाए बाजार के रास्ते की ओर ताक रहे थे। लालसा से व्यग्र होकर कभी यह पहलू बदलते, कभी वह पहलू। 'एक आने की मिठाई' ने तो आशा की कमर पहले ही तोड़ दी थी, उसमें भी यह विलंब? दारुण दशा थी।

पंडित को बैठे देखकर रंगीलीबाई बोली—"है, अभी है। जाकर कह दो, हम विवाह करेंगे। बेचारी बड़ी मुसीबत में है।"

भालचंद्र—तुम भी कभी-कभी बच्चों की-सी बातें करने लगती हो। अभी उससे कह आया हूं कि मुझे विवाह मंजूर नहीं। एक लम्बी-चौड़ी भूमिका बांधनी पड़ी। अब जाकर यह संदेश कहूंगा, तो वह अपने दिल में क्या कहेगा, जरा सोचो तो? यह शादी-विवाह का मामला है। लड़कों का खेल नहीं कि अभी एक बात की, अभी पलट गए। भले आदमी की बात न हुई, दिल्लगी हुई।

रंगीलीबाई—अच्छा, तुम अपने मुंह से न कहो। उस ब्राह्मण को मेरे पास भेज दो। मैं इस तरह समझा दूंगी कि तुम्हारी बात भी रह जाए और मेरी भी। इसमें तो कोई आपत्ति नहीं है?

भालचंद्र—तुम अपने सिवा सारी दुनिया को नादान समझती हो। तुम कहो या मैं कहूं, बात एक हैं। जो बात तय हो गई है, अब मैं उसे फिर नहीं उठाना चाहता। तुम्हीं तो बार-बार कहती थी कि मैं वहां न करूंगी। तुम्हारे ही कारण मुझे अपनी बात खोनी पड़ी। अब तुम फिर रंग बदलती हो। यह तो मेरी छाती पर मूंग दलना है। आखिर तुम्हें कुछ तो मेरे मान-अपमान का विचार करना चाहिए।

रंगीलीबाई—तो मुझे क्या मालूम था कि विधवा की दशा इतनी दीन हो गई है? तुम्हीं ने तो कहा था कि उसने पति की सारी संपत्ति छिपा रखी है और अपनी गरीबी का ढोंग रचकर काम निकालना चाहती है। एक ही छंटी हुई औरत है। तुमने जो कहा, वह मैंने मान लिया। भलाई करके बुराई करने में तो लज्जा और संकोच है। बुराई करके भलाई करने में कोई संकोच नहीं। अगर तुम 'हां' कर आए होते और मैं 'नहीं करने को कहती, तो तुम्हारा संकोच उचित होता। 'नहीं' करने के बाद 'हां' करने में तो अपना बड़प्पन है।

भालचंद्र—तुम्हें बड़प्पन मालूम होता हो, मुझे तो लुच्चापन ही मालूम होता है। फिर तुमने यह कैसे मान लिया कि मैंने वकीलाइन के विषय में जो बात कही थी, वह झूठी थी? क्या यह पत्र देखकर? तुम जैसी खुद सरल हो, वैसी ही दूसरों को भी सरल समझती हो।

रंगीलीबाई—इस पत्र में बनावट नहीं मालूम होती। बनावट की बात दिल में चुभती नहीं। उसमें बनावट की गंध अवश्य रहती है।

भालचंद—बनावट की बात ऐसी चुभती है कि सच्ची बात उसके सामने बिलकुल फीकी मालूम होती है। यह किस्से-कहानियां लिखने वाले, जिनकी किताबें पढ़-पढ़कर तुम घंटों रोती रहो, क्या सच्ची बातें लिखते हैं? सरासर झूठ का तुमार बांधते हैं! यह भी एक कला है।

रंगीलीबाई–क्यों जी, तुम मुझसे उड़ते हो, दाई से पेट छिपाते हो? मैं तुम्हारी बात मान जाती हूं तो तुम समझते हो, इसे चकमा दिया; मगर मैं तुम्हारी एक-एक नस पहचानती हूं। तुम अपना ऐब मेरे सिर मढ़कर खुद बेदाग बचना चाहते हो। बोलो, कुछ झूठ कहती हूं? जब वकील साहब जीते थे तो तुमने सोचा था कि ठहराव की जरूरत ही क्या है, वह खुद ही जितना उचित समझेंगे देंगे, बल्कि बिना ठहराव के और भी ज्यादा मिलने की आशा होगी। अब वकील साहब का देहांत हो गया तो तरह-तरह के हीले-हवाले करने लगे। यह भलमनसी नहीं, छोटापन है। इसका इलाज भी तुम्हारे सिर है। मैं शादी-विवाह के नगीच न जाऊंगी। तुम्हारी जैसी इच्छा हो, करो। ढोंगी आदमियों से मुझे चिढ़ है। जो बात करो, साफ करो, बुरा हो या अच्छा। हाथी के दांत दिखाने के और, खिलाने के और वाली नीति पर चलना तुम्हें शोभा नहीं देता। बोलो, अब भी वहां शादी करते हो या नहीं?

भालचंद्र–जब मैं बेईमान, दगाबाज़ और झूठा ठहरा, तो मुझसे पूछना ही क्या! मगर खूब पहचानती हो आदमियों को। क्या कहना है, तुम्हारी इस सूझ-बूझ की बलैया ले लें।

रंगीलीबाई–हो बड़े हयादार, अब भी नहीं शरमाते। ईमान से कहो, मैंने बात ताड़ ली कि नहीं?

भालचंद्र–अजी जाओ, वह दूसरी औरतें होती हैं, जो मर्दों को पहचानती हैं। अब तक मैं यह समझता था कि औरतों की दृष्टि बड़ी सूक्ष्म होती है; पर आज यह विश्वास उठ गया और महात्माओं ने औरतों के विषयों में जो तत्त्व की बातें कहीं हैं, उनको मानना पड़ा।

रंगीलीबाई–जरा आईने में अपनी सूरत तो देख आओ, तुम्हें मेरी कसम है! जरा देख लो, कितना झेंपे हुए हो।

भालचंद्र–सच कहना, कितना झेंपा हूं?

रंगीलीबाई–उतना ही, जितना कोई भलामानस चोर चोरी खुल जाने पर झेंपता है।

भालचंद्र–खैर, मैं झेंपा ही सही; पर शादी वहां न होगी।

रंगीलीबाई–मेरी बला से, जहां चाहो करो। क्यों, भुवन से एक बार क्यों नहीं पूछ लेते?

भालचंद्र–अच्छी बात है, उसी पर फैसला रहा।

रंगीलीबाई–जरा इशारा न करना।

भालचंद्र–अजी, मैं उसकी तरफ ताकूंगा भी नहीं।

संयोग से ठीक इसी वक्त भुवनमोहन भी आ पहुंचा। ऐसे सुंदर, सुडौल, बलिष्ठ युवक कॉलेजों में बहुत कम देखने में आते हैं। बिलकुल मां को पड़ा था,

वही गोरा-चिट्टा रंग, वही पतले-पतले गुलाब की पत्ती के-से होंठ, वही चौड़ा माथा, वही बड़ी-बड़ी आंखें, डील-डौल बाप का-सा था। ऊंचा कोट, ब्रीचेज टाई, बूट, हैट उस पर खूब खिल रहे थे। हाथ में एक स्टिक थी। चाल में जवानी का गरूर था, आंखों में आत्मगौरव।

रंगीलीबाई ने कहा–"आज बड़ी देर लगाई तुमने। यह देखो, तुम्हारी ससुराल से यह खत आया है। तुम्हारी सास ने लिखा है। साफ-साफ बतला दो, अभी सवेरा है। तुम्हें वहां शादी करना मंजूर है या नहीं?"

भुवन–शादी करनी तो चाहिए अम्मां, पर मैं करूंगा नहीं।

रंगीली–क्यों?

भुवन–इसमें शरम की कौन-सी बात है? रुपये किसे काटते हैं? लाख रुपये तो लाख जन्म में भी न जमा कर पाऊंगा। इस साल पास भी हो गया, तो कम-से-कम पांच साल तक रुपये की सूरत नजर न आएगी। फिर सौ-दो सौ रुपये महीने कमाने लगूंगा। पांच-छः सौ तक पहुंचते-पहुंचते उम्र के तीन भाग बीत जाएंगे। रुपये जमा करने की नौबत न आएगी। दुनिया का कुछ मजा न उठा सकूंगा। किसी धनी लड़की से शादी हो जाती, तो चैन से कटती। मैं ज्यादा नहीं चाहता, बस एक लाख नगद हो या फिर कोई जायदादवाली बेवा मिले, जिसके एक ही लड़की हो।

रंगीलीबाई–चाहे औरत कैसी ही मिले?

भुवन–धन सारे ऐबों को छिपा देगा। मुझे वह गालियां भी सुनाए, तो भी चूं न करूं। दुधारू गाय की लात किसे बुरी मालूम होती है?

बाबू साहब ने प्रशंसासूचक भाव से कहा–"हमें उन लोगों के साथ सहानुभूति है और दुःख है कि ईश्वर ने उन्हें विपत्ति में डाला; लेकिन बुद्धि से काम लेकर ही कोई निश्चय करना चाहिए। हम कितने फटेहाल हो जाएं, फिर भी अच्छी-खासी बरात हो जाएगी। वहां भोजन का ठिकाना नहीं। सिवा इसके कि लोग हंसे और कोई नतीजा न निकलेगा।"

रंगीलीबाई–तुम बाप-पूत एक ही थैली के चट्टे-बट्टे हो। दोनों उस गरीब लड़की के ऊपर छुरी फेरना चाहते हो।

भुवन–जो गरीब है, उसे गरीबों ही के यहां संबंध करना चाहिए। अपनी हैसियत से बढ़कर...।

रंगीलीबाई–चुप भी रह, आया है कहां से हैसियत लेकर! तुम कहां के ऐसे धन्नासेठ हो? कोई आदमी द्वार पर आ जाए, तो एक लोटे पानी को तरस जाए। बड़ी हैसियत वाले बनते हो!

यह कहकर रंगीलीबाई वहां से उठकर रसोई का प्रबंध करने चली गई।

भुवनमोहन मुस्कराता हुआ अपने कमरे में चला गया और बाबू साहब मूंछों पर ताव देते हुए बाहर आए कि मोटेराम को अंतिम निश्चय सुना दें, पर उनका कहीं पता न था।

मोटेरामजी कुछ देर तक तो कहार की बाट देखते रहे, जब उसके आने में बहुत देर हुई तो उनसे बैठा न गया। सोचा, यहां बैठे-बैठे काम न चलेगा, कुछ उद्योग करना चाहिए। भाग्य के भरोसे यहां अड़ी किए बैठे रहे तो भूखों मर जाएंगे। यहां तुम्हारी दाल नहीं गलने की! चुपके से लकड़ी उठाई और जिधर कहार गया था, उसी तरफ चले। बाजार थोड़ी दूर पर था, एक क्षण में जा पहुंचे। देखा तो बुड्ढा एक हलवाई की दुकान पर बैठा चिलम पी रहा था। उसे देखते ही आपने बेतकल्लुफी से कहा–"अभी कुछ तैयार नहीं है क्या महाराज? सरकार वहां बैठे बिगड़ रहे हैं कि जाकर सो गया या कहीं ताड़ी पीने लगा। मैंने कहा–'सरकार यह बात नहीं, बुड्ढा आदमी है, आते-ही-आते तो आएगा।' बड़े विचित्र जीव हैं। न जाने, इनके यहां कैसे नौकर टिकते हैं?"

कहार–मुझे छोड़कर आज तक दूसरा कोई टिका नहीं और न टिकेगा। साल-भर से तलब नहीं मिली। किसी को तलब नहीं देते। जहां किसी ने तलब मांगी और वे लगे उसे डांटने। बेचारा नौकरी छोड़कर भाग जाता है। वे दोनों आदमी जो पंखा झल रहे थे, सरकारी नौकर हैं। सरकार से दो अर्दली मिले हैं न! इसी से पड़े हुए हैं। मैं भी सोचता हूं, जैसा तेरा ताना-बाना, वैसी मेरी भरनी। दस कट गए हैं, साल-दो साल और इसी तरह कट जाएंगे।

मोटेराम–तो तुम्हीं अकेले हो? नाम तो कई कहारों का लेते हैं।

कहार–यह सब इन दो-तीन महीनों के अंदर आए और छोड़-छाड़कर चले गए। यह अपना रोब जमाने को अभी तक उनका नाम जपा करते हैं। कहीं नौकरी दिखाइएगा, तो मैं भी चलूं?

मोटेराम–अजी, बहुत नौकरी हैं। कहार तो आजकल ढूंढे नहीं मिलते। तुम तो बहुत पुराने आदमी हो। तुम्हारे लिए नौकरी की क्या कमी है! यहां कोई ताजी चीज है? मुझसे कहने लगे, खिचड़ी बनाइएगा या बाटी लगाइएगा? मैंने कह दिया, सरकार बुड्ढा आदमी है, रात को उसे मेरा भोजन बनाने में कष्ट होगा। मैं कुछ बाजार से ही खा लूंगा। इसकी आप चिंता न करें। बोले, अच्छी बात है, कहार आपको दुकान पर मिलेगा। बोलो साहजी, कुछ तर माल तैयार है। लड्डू तो ताजे मालूम होते हैं। तोल दो एक सेर-भर, आऊं वहीं ऊपर न?

यह कहकर मोटेरामजी हलवाई की दुकान पर जा बैठे और तर माल चखने लगे, खूब छककर खाया। ढाई-तीन सेर चट कर गए। खाते थे और हलवाई की तारीफ

करते जाते थे–"साहजी, तुम्हारी दुकान का जैसा नाम सुना था, वैसा ही माल पाया। बनारसवाले रसगुल्ले नहीं बना पाते, कलाकंद अच्छी बनाते हैं, पर तुम्हारी उनसे बुरी नहीं। माल डालने से अच्छी चीज नहीं बन जाती, विद्या चाहिए।"

हलवाई–कुछ और लीजिए, महाराज! थोड़ी-सी रबड़ी मेरी तरफ से लीजिए।

मोटेराम–इच्छा तो नहीं है, लेकिन दे दो पाव-भर।

हलवाई–पाव-भर क्या कीजिएगा? चीज अच्छी है, आधा सेर तो लीजिए।

खूब इच्छापूर्ण भोजन करके पंडितजी ने थोड़ी देर तक बाहर की सैर की और नौ बजते-बजते मकान पर आए। यहां सन्नाटा-सा छाया हुआ था। एक लालटेन जल रही थी। आपने चबूतरे पर बिस्तर जमाया और सो गए।

सवेरे अपने नियमानुसार कोई आठ बजे उठे, तो देखा कि बाबू साहब टहल रहे हैं। इन्हें जगा देखकर पालागन कर बोले–"महाराज, आप रात कहां चले गए? मैं बड़ी रात आपकी राह देखता रहा। भोजन का सब सामान बड़ी देर तक रखा रहा। जब आप न आए तो रखवा दिया गया। आपने कुछ भोजन किया था या नहीं?"

मोटेराम–हलवाई की दुकान से कुछ खा आया था।

भालचंद्र–अजी, पूरी-मिठाई में वह आनंद कहां, जो बाटी और दाल में है। दस-बारह आने खर्च हो गए होंगे, फिर भी पेट न भरा होगा। आप मेरे मेहमान हो, जितने पैसे हों, ले लीजिएगा।

मोटेराम–आप ही के हलवाई की दुकान पर खा आया था, वह जो नुक्कड़ पर बैठता है।

भालचंद्र–कितने पैसे देने पड़े?

मोटेराम–आपके हिसाब में लिखा दिए हैं।

भालचंद्र–जितनी मिठाइयां ली हों, मुझे बता दीजिए, नहीं तो पीछे से बेईमानी करने लगेगा। एक ही ठग है।

मोटेराम–कोई ढाई सेर मिठाई थी और आधा सेर रबड़ी।

बाबू साहब ने विस्फारित नेत्रों से पंडितजी को देखा मानो कोई अचंभे की बात सुनी हो। तीन सेर तो कभी यहां महीने-भर का टोटल भी न होता था और यह महाशय एक बार में कोई चार रुपये का माल उड़ा गए। अगर एक-आध दिन रह गए, तो बधिया बैठ जाएगी। पेट है या शैतान की कब्र? तीन सेर! कुछ ठिकाना है। उद्विग्न दशा में दौड़े हुए अंदर गए और रंगीलीबाई से बोले–"कुछ सुनती हो, यह महाशय कल तीन सेर मिठाई उड़ा गए। तीन सेर पक्की तौल।"

रंगीलीबाई ने विस्मित होकर कहा–"अजी नहीं, तीन सेर भला खा जाएगा! आदमी है या बैल?"

भालचंद्र–तीन सेर तो अपने मुंह से कह रहा है। चार से कम न खाई होगी, पक्की तौल!

रंगीलीबाई–पेट में सनीचर है क्या?

भालचंद्र–आज और रह गया, तो छह सेर पर हाथ फेरेगा।

रंगीलीबाई–तो आज रहे ही क्यों, खत का जो जवाब देना हो, देकर विदा करो। अगर रहे, तो साफ कह देना कि हमारे यहां मिठाई मुफ्त नहीं आती। खिचड़ी बनाना हो बनावे, नहीं तो अपनी राह ले। जिन्हें ऐसे पेटुओं को खिलाने से मुक्ति मिलती हो तो खिलावें, हमें ऐसी मुक्ति न चाहिए, मगर पंडितजी विदा होने को तैयार बैठे थे, इसलिए बाबू साहब को कौशल से काम लेने की जरूरत न पड़ी। पूछा–"क्या तैयारी कर दी महाराज?"

मोटेराम–हां सरकार, अब चलूंगा। नौ बजे की गाड़ी मिलेगी न?

भालचंद्र–भला आज तो रहिए।

यह कहते-कहते बाबू साहब को भय हुआ कि कहीं यह महाराज सचमुच न रह जाएं, इसलिए वाक्य को यों पूरा किया–"हां, वहां भी लोग आपका इंतजार कर रहे होंगे।"

मोटेराम–एक-दो दिन की तो कोई बात न थी। हमारा विचार भी यही था कि त्रिवेणी का स्नान करूंगा, पर बुरा न मानिए तो कहूं आप लोगों को ब्राह्मणों के प्रति लेश-मात्र भी श्रद्धा नहीं है। हमारे यजमान हैं, तो हमारा मुंह जोहते रहते हैं कि पंडितजी कोई आज्ञा दें तो उसका पालन करें। हम उनके द्वार पर पहुंच जाते हैं, तो अपना धन्य भाग्य समझते हैं और सारा घर, छोटे से बड़े तक हमारे सेवा-सत्कार में मग्न हो जाता है। जहां अपना आदर नहीं, वहां एक क्षण ठहरना असह्य है। जहां ब्राह्मण का आदर नहीं, वहां कल्याण नहीं हो सकता।

भालचंद्र–महाराज! हमसे तो ऐसा अपराध नहीं हुआ।

मोटेराम–अपराध नहीं हुआ! और अपराध कहते किसे हैं? अभी आप ही ने घर में जाकर कहा कि यह महाशय तीन सेर मिठाई चट कर गए। पक्की तौल! आपने अभी खानेवाले देखें कहां? एक बार खिलाइए तो आंखें खुल जाएं। ऐसे-ऐसे महान पुरुष पड़े हुए हैं, जो पंसेरी-भर मिठाई खा जाएं और डकार तक न लें। मिठाई खाने के लिए हमारी चिरौरी की जाती है। हम भिक्षुक ब्राह्मण नहीं हैं, जो आपके द्वार पर खड़े रहें। आपका नाम सुनकर आए थे, यह न जानते थे कि यहां मेरे भोजन के भी लाले पड़ेंगे। भगवान आपका भला करे।

बाबू साहब ऐसा झेंपे कि मुंह से बात न निकली। जिंदगी-भर में उन पर कभी ऐसी फटकार न पड़ी थी। बहुत बातें बनाईं–आपकी चर्चा न थी, एक दूसरे

महाशय की बात थी, लेकिन पंडितजी का क्रोध शांत न हुआ। वह सब-कुछ सह सकते थे, पर अपने पेट की निंदा न सह सकते थे। औरत को रूप की निंदा जितनी अप्रिय लगती है, उससे कहीं अधिक अप्रिय पुरुष को अपने पेट की निंदा लगती है। बाबू साहब मानते तो थे, पर यह धड़का भी समाया हुआ था कि यह टिक न जाएं। अपनी कृपणता को छिपाने के लिए उन्होंने कोई बता उठा न रखी, पर होने वाली बात होकर रही। पछता रहे थे कि कहां से घर में इसकी बात करने गया और कहा भी तो उच्च स्वर में। यह दुष्ट भी कान लगा सुनता रहा; किंतु अब पछताने से क्या हो सकता था! जाने किस मनहूस की सूरत देखी थी कि यह विपत्ति गले पड़ी। अगर इस वक्त यहां से रुष्ट होकर चला गया, तो वहां जाकर बदनाम करेगा और मेरा सारा कौशल खुल जाएगा। अब तो इसका मुंह बंद कर देना ही पड़ेगा।

यह सोच-विचार करते हुए घर में जाकर रंगीलीबाई से बोले–"इस दुष्ट ने हमारी-तुम्हारी बातें सुन लीं। रूठकर चला जा रहा है।"

रंगीलीबाई–जब तुम जानते थे कि द्वार पर खड़ा है, तो धीरे से क्यों न बोले?

भालचंद्र–विपत्ति आती है, तो अकेले नहीं आती। मैं क्या यह जानता था कि द्वार पर कान लगाए खड़ा है।

रंगीलीबाई–न जाने किसका मुंह देखा था।

भालचंद्र–वहीं दुष्ट सामने लेटा हुआ था। जानता तो उधर ताकता ही नहीं। अभी तो इसे कुछ दे-दिलाकर राजी करना पड़ेगा।

रंगीलीबाई–ऊंह, जाने भी दो। जब तुम्हें वहां विवाह ही नहीं करना है, तो क्या परवाह है? जो चाहे कहे।

भालचंद्र–यों जान न बचेगी। दस रुपये विदाई के बहाने दे दूं। ईश्वर फिर इस मनहूस की सूरत न दिखाए। रंगीली ने बहुत पछताते-पछताते दस रुपये निकाले और बाबू साहब ने उन्हें ले जाकर पंडितजी के चरणों पर रख दिया। पंडितजी ने दिल में कहा–धत्तेरे मक्खीचूस की–ऐसा रगड़ा कि याद ही करोगे! तुम समझते हो कि दस रुपये देकर उसे उल्लू बना लूंगा। इस फेर में न रहना। यहां तुम्हारी नस-नस पहचानते हैं। रुपये जेब में रख लिए और आशीर्वाद देकर अपनी राह ली।

बाबू साहब बड़ी देर तक खड़े सोच रहे थे–मालूम नहीं, अब भी मुझे कृपण ही समझ रहा है या परदा ढक गया। कहीं ये रुपये भी तो पानी में नहीं गिर पड़े।

4

अभागिनी को अच्छा घर-वर कहां मिलता? अब किसी भांति सिर का बोझा उतारना था, किसी भांति लड़की को पार लगाना था! उसे कुएं में झोंकना था। वह रूपवती है, गुणशील है, चतुर है, कुलीन है, तो हुआ करे, दहेज हो तो सारे दोष गुण हैं। प्राणों का कोई मूल्य नहीं, केवल दहेज का मूल्य है। कितनी विषम भाग्यलीला है!

कल्याणी का दोष कुछ कम न था। अबला विधवा होना उसे दोषों से मुक्त नहीं कर सकता। उसे अपने लडके लड़कियों से कहीं ज्यादा प्यारे थे। लड़के हल के बैल हैं; भूसे-खली पर पहला हक उनका है। उनके खाने से जो बचे, वह गायों का।

कल्याणी के सामने अब एक समस्या आ खड़ी हुई। पति के देहांत के बाद उसे अपनी दुरावस्था का यह पहला और बहुत ही कड़वा अनुभव हुआ। दरिद्र विधवा के लिए इससे बड़ी और क्या विपत्ति हो सकती है, चौका-बर्तन भी अपने हाथ से किया जा सकता है, रूखा-सूखा खाकर निर्वाह किया जा सकता है, झोंपड़े में दिन काटे जा सकते हैं; लेकिन युवती कन्या घर में नहीं बैठाई जा सकती।

कल्याणी को भालचंद्र पर ऐसा क्रोध आता था कि स्वयं जाकर

उसके मुंह में कालिख लगाऊं, सिर के बाल नोंच लूं, कहूं कि तू अपनी बात से फिर गया, तू अपने बाप का बेटा नहीं।

पंडित मोटेराम ने उनकी कपट-लीला का नग्न वृत्तांत साफ-स्पष्ट रूप से कल्याणी को सुना दिया था। वह इस क्रोध में बैठी थी कि इसी बीच कृष्णा खेलती हुई आई और बोली–"कै दिन में बरात आएगी अम्मां? पंडितजी तो आ गए।"

कल्याणी–बरात का सपना देख रही है क्या?

कृष्णा–वही चंदर तो कह रहा है कि दो-तीन दिन में बरात आएगी। क्या न आएगी अम्मां?

कल्याणी–एक बार तो कह दिया, सिर क्यों खाती है?

कृष्णा–सबके घर तो बरात आ रही है, हमारे घर क्यों नहीं आती?

कल्याणी–तेरे घर जो बरात लानेवाला था, उसके घर में आग लग गई।

कृष्णा–सच अम्मां, तब तो सारा घर जल गया होगा। कहां रहते होंगे?, बहन कहां जाकर रहेगी?

कल्याणी–अरे पगली, तू तो बात ही नहीं समझती। आग लगी, वह अब हमारे यहां ब्याह न करेगा।

कृष्णा–यह क्यों अम्मां? पहले तो ठीक हो गया था?

कल्याणी–बहुत से रुपये मांगता है। मेरे पास उसे देने को रुपये नहीं है।

कृष्णा–क्या बड़े लालची हैं, अम्मां?

कल्याणी–लालची नहीं तो और क्या! पूरा कसाई, निर्दयी, दगाबाज!

कृष्णा–तब तो अम्मां बहुत अच्छा हुआ कि उसके घर बहन का ब्याह नहीं हुआ। बहन उसके साथ कैसे रहती? यह तो खुश होने की बात है अम्मां, तुम रंज क्यों करती हो? कल्याणी ने पुत्री को स्नेहमयी दृष्टि से देखा। उसका कथन कितना सत्य है! भोले शब्दों में समस्या का कितना मार्मिक निरूपण है! सचमुच यह तो प्रसन्न होने की बात है कि ऐसे कुपात्रों से संबंध नहीं हुआ, रंज की कोई बात नहीं। ऐसे कुमानुसों के बीच में बेचारी निर्मला की न जाने क्या गति होती! जरा-सा घी दाल में अधिक पड़ जाता, तो सारे घर में शोर मच जाता। जरा खाना ज्यादा पक जाता तो सास दुनिया सिर पर उठा लेती। लड़का भी ऐसा लोभी है। बड़ी अच्छी बात हुई, नहीं तो बेचारी को उम्र-भर रोना पड़ता।

कल्याणी यहां से उठी, तो उसका हृदय हल्का हो गया, लेकिन विवाह तो करना ही था और हो सके तो इसी साल, नहीं तो दूसरे साल फिर नए सिरे से तैयारियां करनी पड़ेंगी। अब अच्छे घर की जरूरत नहीं थी। अच्छे वर की जरूरत

न थी। अभागिनी को अच्छा घर-वर कहां मिलता? अब किसी भांति सिर का बोझा उतारना था, किसी भांति लड़की को पार लगाना था! उसे कुएं में झोंकना था। वह रूपवती है, गुणशील है, चतुर है, कुलीन है, तो हुआ करे, दहेज हो तो सारे दोष गुण हैं। प्राणों का कोई मूल्य नहीं, केवल दहेज का मूल्य है। कितनी विषम भाग्यलीला है!

कल्याणी का दोष कुछ कम न था। अबला विधवा होना उसे दोषों से मुक्त नहीं कर सकता। उसे अपने लड़के लड़कियों से कहीं ज्यादा प्यारे थे। लड़के हल के बैल हैं; भूसे-खली पर पहला हक उनका है। उनके खाने से जो बचे, वह गायों का। मकान था, कुछ नकद था, कई हजार के गहने थे, उन्हें पढ़ाना-लिखाना था। एक कन्या और भी चार-पांच साल में विवाह करने योग्य हो जाएगी, इसलिए वह कोई बड़ी रकम दहेज में न दे सकती थी। आखिर लड़कों को भी तो कुछ चाहिए। वे क्या समझेंगे कि हमारा भी कोई बाप था।

पंडित मोटराम को लखनऊ से लौटे पंद्रह दिन बीत चुके थे। लौटने के बाद दूसरे दिन वर की खोज में निकले थे। उन्होंने प्रण किया था कि मैं लखनऊ वालों को दिखा दूंगा कि संसार में तुम्हीं अकेले नहीं हो, तुम्हारे जैसे और भी कितने पड़े हुए हैं। कल्याणी रोज दिन गिना करती थी। आज उसने उन्हें पत्र लिखने का निश्चय किया और कलम-दवात लेकर बैठी ही थी कि पंडित मोटेराम ने पदार्पण किया।

कल्याणी-आइए पंडितजी, मैं तो आपको खत लिखने जा रही थी। कब लौटे?

मोटेराम-एक निमंत्रण आ गया था। कई दिन से तर माल न मिले थे। मैंने सोचा, लगे हाथ यह भी काम निपटाता चलूं। अभी उधर से लौटा आ रहा हूं, कोई पांच सौ ब्राह्मणों की पंगत थी।

कल्याणी-कुछ कार्य सिद्ध हुआ या रास्ता ही नापना पड़ा?

मोटेराम-कार्य क्यों न सिद्ध होता? भला यह भी कोई बात है! पांच जगह बातचीत कर आया हूं। पांचों की नकल लाया हूं। उनमें से आप चाहे जिसे पसंद करें। यह देखिए, लड़के का बाप डाके सीगे में 100 रुपये महीने का नौकर है। लड़का अभी कॉलेज में पढ़ रहा है, मगर नौकरी का भरोसा है। घर में कोई जायदाद नहीं है। लड़का होनहार मालूम होता है। खानदान भी अच्छा है। 2000 रुपये में तय हो जाएगी, मांगते तो वह तीन हजार हैं।

कल्याणी-लड़के के कोई भाई हैं?

मोटेराम-नहीं; मगर तीन बहनें हैं और तीनों क्वारी। माता जीवित हैं। अच्छा, अब दूसरी नकल देखिए। यह लड़का रेल के सीगे में 50 रुपये महीना पाता

है। मां-बाप नहीं हैं। बहुत ही रूपवान, सुशील और शरीर से हृष्ट-पुष्ट, कसरती जवान है, मगर खानदान अच्छा नहीं। कोई कहता था-मां नाइन थी; कोई कहता था, ठकुराइन थी। बाप किसी रियासत में मुख्तार थे। घर पर थोड़ी-सी जमींदारी है, मगर उस पर कई हजार का कर्ज है। वहां कुछ लेना-देना न पड़ेगा। उम्र कोई 20 साल होगी।

कल्याणी-खाऩदान में दाग न होता, तो मंजूर कर लेती। देखकर तो मक्खी नहीं निगली जाती।

मोटेराम-तीसरी नकल देखिए। एक जमींदार का लड़का है, कोई एक हजार सालाना नफा है। कुछ खेती-बाड़ी भी होती है, लड़का पढ़ा-लिखा तो थोड़ा है, पर कचहरी अदालत के काम में चतुर है। दुहाजू है, पहली स्त्री को मरे दो साल हुए कोई संतान नहीं, लेकिन रहन-सहन मोटा है, पीसना-कूटना घर में ही होता है।

कल्याणी-कुछ दहेज मांगते हैं?

मोटेराम-इसकी कुछ न पूछिए। चार हजार सुनाते हैं। अच्छा, यह चौथी नकल देखिए। लड़का वकील है, उम्र कोई पैंतीस साल होगी।। तीन-चार सौ की आमदनी है पहली स्त्री मर चुकी है। उसके तीन लड़के भी हैं। अपना घर बनवाया है। कुछ जायदाद भी खरीदी है। यहां भी लेन-देन का झगड़ा नहीं है।

कल्याणी-खानदान कैसा है?

मोटेराम-बहुत ही उत्तम, पुराने रईस हैं। अच्छा, यह पांचवीं नकल देखिए। बाप का छापाखाना है, लड़का पढ़ा तो बी.ए. तक है, पर उसी छापेखाने में काम करता है, उम्र अठारह साल की होगी। घर में प्रेस के सिवा कोई जायदाद नहीं है, मगर किसी का कर्ज सिर पर नहीं। खानदान न बहुत अच्छा है, न बहुत बुरा। लड़का बहुत सुंदर और सच्चरित्र है, मगर एक हजार से कम में मामला तय न होगा। मांगते तो वह तीन हजार है। अब बताइए, आप कौन-सा वर पसंद करती हैं?

कल्याणी-आपको सबों में कौन पसंद है?

मोटेराम-मुझे तो दो वर पसंद है। एक वह जो रेलवे में है और दूसरा वह जो छापेखाना में काम करता है।

कल्याणी-मगर पहले के तो खानदान में दोष बताते हैं?

मोटेराम-हां, यह दोष है। तो छापेखाने को ही रहने दीजिए।

कल्याणी-वहां एक हजार देने को कहां से आएगा? एक हजार तो आपका अनुमान है, रुपये कहां से आएंगे? जमींदार साहब चार हजार सुनाते हैं, डाकबाबू भी दो हजार का सवाल करते हैं। इनको जाने दीजिए। बस, वकील साहब ही बच रहे, पैंतीस साल की उम्र भी कोई ऐसी ज्यादा नहीं। इन्हीं को क्यों न रखिए?

मोटेराम—आप खूब सोच-विचार लें। मैं यों आपकी मर्जी का ताबेदार हूं। जहां कहिएगा, वहां टीका कर आऊंगा, मगर एक हजार का मुंह न देखिए, छापेखानेवाला लड़का रत्न है। उसके साथ कन्या का जीवन सफल हो जाएगा। जैसी वह रूप और गुण की पूरी है, वैसा ही लड़का भी सुंदर और सुशील है।

कल्याणी—पसंद तो मुझे भी यही है महाराज, पर रुपये किसके घर से आएं? कौन देखने वाला है? खानेवाले तो खा-पीकर चंपत हुए। अब किसी की भी सूरत दिखाई नहीं देती, बल्कि और मुझसे बुरा मानते हैं कि हमें निकाल दिया। जो बात अपने बस के बाहर है, उसके लिए हाथ ही क्यों फैलाऊं? संतान किसको प्यारी नहीं होती? कौन उसे सुखी नहीं देखना चाहता? पर जब अपना काबू भी हो! ईश्वर का नाम लेकर वकील साहब को टीका कर आइए। आयु कुछ अधिक है; लेकिन मरना-जीना विधि के हाथ है। पैंतीस साल का आदमी बुड्ढा नहीं कहलाता। अगर लड़की के भाग्य में सुख भोगना बदा है, तो जहां जाएगी, सुखी रहेगी; दुख भोगना है, तो जहां जाएगी, दु:ख झेलेगी। हमारी निर्मला को बच्चों से प्रेम है, उनके बच्चों को अपना समझेगी। आप शुभ मुहूर्त देखकर टीका कर आएं।

5

मातृ-प्रेम में कठोरता होती थी, लेकिन मृदुलता से मिली हुई। इस प्रेम में करुणा थी, पर वह कठोरता न थी, जो आत्मीयता का गुप्त संदेश है। स्वस्थ अंग की परवाह कौन करता है? लेकिन वही अंग जब किसी वेदना से टपकने लगता है, तो उसे ठेस और धक्के से बचाने का यत्न किया जाता है। बालक का करुण रोदन निर्मला को उसके अनाथ होने की सूचना दे रहा था।

निर्मला का विवाह हो गया। ससुराल आ गई। वकील साहब का नाम था मुंशी तोताराम। सांवले रंग के मोटे-ताजे आदमी थे। उम्र तो अभी चालीस से अधिक न थी, पर वकालत के कठिन परिश्रम ने सिर के बाल पका दिए थे। व्यायाम करने का उन्हें अवकाश न मिलता था। यहां तक कि कभी कहीं घूमने भी न जाते, इसलिए तोंद निकल आई थी। देह के स्थूल होते हुए भी आए दिन कोई-न-कोई शिकायत रहती थी। मंदाग्नि और बवासीर से तो उनका चिरस्थाई संबंध था। अत: बहुत फूंक-फूंककर कदम रखते थे। उनके तीन लड़के थे। बड़ा मंसाराम सोलह वर्ष का था, मंझला जियाराम बारह और सियाराम सात वर्ष का। तीनों अंग्रेजी पढ़ते थे। घर में वकील साहब की विधवा बहन के सिवा और कोई औरत न थी।

वही घर की मालकिन थी। उनका नाम था रुक्मिणी और अवस्था पचास से ऊपर थी। ससुराल में कोई न था। स्थाई रीति से यहीं रहती थीं।

तोताराम दंपती-विज्ञान में कुशल थे। निर्मला को प्रसन्न रखने के लिए उनमें जो स्वाभाविक कमी थी, उसे वह उपहारों से पूरी करना चाहते थे। यद्यपि वह बहुत ही मितव्ययी पुरुष थे, पर निर्मला के लिए कोई-न-कोई तोहफा रोज लाया करते। मौके पर धन की परवाह न करते थे। लड़के के लिए थोड़ा दूध आता था, पर निर्मला के लिए मेवे, मुरब्बे, मिठाइयां-किसी चीज की कमी न थी। अपनी जिंदगी में कभी सैर-तमाशे देखने न गए थे, पर अब छुट्टियों में निर्मला को सिनेमा, सरकस, थिएटर दिखाने ले जाते थे। अपने बहुमूल्य समय का थोड़ा-सा हिस्सा उसके साथ बैठकर ग्रामोफोन बजाने में व्यतीत किया करते थे।

लेकिन निर्मला को न जाने क्यों तोताराम के पास बैठने और हंसने-बोलने में संकोच होता था। इसका कदाचित् यह कारण था कि अब तक ऐसा ही एक आदमी उसका पिता था, जिसके सामने वह सिर झुकाकर, देह चुराकर निकलती थी, अब उनकी अवस्था का एक आदमी उसका पति था। वह उसे प्रेम की वस्तु नहीं, सम्मान की वस्तु समझती थी। उनसे भागती फिरती, उनको देखते ही उसकी प्रफुल्लता पलायन कर जाती थी।

वकील साहब को उनके दंपती-विज्ञान ने सिखाया था कि युवती के सामने खूब प्रेम की बातें करनी चाहिए। दिल निकालकर रख देना चहिए, यही उसके वशीकरण का मुख्य मंत्र है। इसलिए वकील साहब अपने प्रेम-प्रदर्शन में कोई कसर न रखते थे, लेकिन निर्मला को इन बातों से घृणा होती थी। वही बातें, जिन्हें किसी युवक के मुख से सुनकर उनका हृदय प्रेम से उन्मत्त हो जाता, वकील साहब के मुंह से निकलकर उसके हृदय पर शर के समान आघात करती थीं। उनमें रस न था, उल्लास न था, उन्माद न था, हृदय न था, केवल बनावट थी, धोखा था और शुष्क, नीरस शब्दाडंबर। उसे इत्र और तेल बुरा न लगता, सैर-तमाशे बुरे न लगते, बनाव-सिंगार भी बुरा न लगता था, बुरा लगता था, तो केवल तोताराम के पास बैठना। वह अपना रूप और यौवन उन्हें न दिखाना चाहती थी, क्योंकि वहां देखने वाली आंखें न थीं। वह उन्हें इन रसों का आस्वादन लेने योग्य न समझती थी। कली प्रभात-समीर ही के स्पर्श से खिलती है। दोनों में समान सारस्य है। निर्मला के लिए वह प्रभात समीर कहां था?

पहला महीना गुजरते ही तोताराम ने निर्मला को अपना खजांची बना लिया। कचहरी से आकर दिन-भर की कमाई उसे दे देते। उनका ख्याल था कि निर्मला इन रुपयों को देखकर फूली न समाएगी। निर्मला बड़े शौक से इस पद का काम

अंजाम देती। एक-एक पैसे का हिसाब लिखती, अगर कभी रुपये कम मिलते, तो पूछती आज कम क्यों हैं? गृहस्थी के संबंध में उनसे खूब बातें करती। इन्हीं बातों के लायक वह उनको समझती थी। ज्यों ही कोई विनोद की बात उनके मुंह से निकल जाती, उसका मुख मलिन हो जाता था।

निर्मला जब वस्त्राभूषणों से अलंकृत होकर आईने के सामने खड़ी होती और उसमें अपने सौंदर्य की सुषमापूर्ण आभा देखती, तो उसका हृदय एक सतृष्ण कामना से तड़प उठता था। उस वक्त उसके हृदय में एक ज्वाला-सी उठती। मन में आता इस घर में आग लगा दूं। अपनी माता पर क्रोध आता, पर सबसे अधिक क्रोध बेचारे निरपराध तोताराम पर आता। वह सदैव इस ताप से जला करती। बांका सवार लद्दू-टट्टू पर सवार होना कब पसंद करेगा, चाहे उसे पैदल ही क्यों न चलना पड़े? निर्मला की दशा उसी बांके सवार की-सी थी। वह उस पर सवार होकर उड़ना चाहती थी, उस उल्लासमयी विद्युत गति का आनंद उठाना चाहती थी, टट्टू के हिनहिनाने और कनौतियां खड़ी करने से क्या आशा होती? संभव था कि बच्चों के साथ हंसने-खेलने से वह अपनी दशा को थोड़ी देर के लिए भूल जाती, कुछ मन हरा हो जाता, लेकिन रुक्मिणी देवी लड़कों को उसके पास फटकने तक न देतीं मानो वह कोई पिशाचिनी है, जो उन्हें निगल जाएगी।

रुक्मिणी देवी का स्वभाव सारे संसार से निराला था, यह पता लगाना कठिन था कि वह किस बात से खुश होती थीं और किस बात से नाराज। एक बार जिस बात से खुश हो जाती थीं, दूसरी बार उसी बात से जल जाती थीं। अगर निर्मला अपने कमरे में बैठी रहती, तो कहतीं कि न जाने कहां की मनहूसिन है! अगर वह कोठे पर चढ़ जाती या मेहरियों से बातें करती, तो छाती पीटने लगतीं–'न लाज है, न शरम, निगोड़ी ने हया भून खाई! अब क्या कुछ दिनों में बाजार में नाचेगी!'

जब से वकील साहब ने निर्मला के हाथ में रुपये-पैसे देने शुरू किए थे, रुक्मिणी उसकी आलोचना करने पर आरूढ़ हो गई। उन्हें मालूम होता था कि अब प्रलय होने में बहुत थोड़ी कसर रह गई है। लड़कों को बार-बार पैसों की जरूरत पड़ती। जब तक खुद स्वामिनी थीं, उन्हें बहला दिया करती थीं। अब सीधे निर्मला के पास भेज देतीं। निर्मला को लड़कों का चटोरापन अच्छा न लगता था। कभी-कभी पैसे देने से इन्कार कर देती। रुक्मिणी को अपने वाग्बाण शर करने का अवसर मिल जाता–"अब तो मालकिन हुई है, लड़के काहे को जिएंगे। बिना मां के बच्चे को कौन पूछे? रुपयों की मिठाइयां खा जाते थे, अब धेले-धेले को तरसते हैं।"

निर्मला अगर चिढ़कर किसी दिन बिना कुछ पूछे-ताछे पैसे दे देती, तो देवीजी

उसकी दूसरी ही आलोचना करतीं–"इन्हें क्या, लड़के मरे या जिएं, इनकी बला से, मां के बिना कौन समझाए कि बेटा, बहुत मिठाइयां मत खाओ। आई-गई तो मेरे सिर जाएगी, इन्हें क्या?"

यहीं तक होता, तो निर्मला शायद जब्त कर जाती, पर देवीजी तो खुफिया पुलिस के सिपाही की भांति निर्मला का पीछा करती रहती थीं। अगर वह कोठे पर खड़ी है, तो अवश्य ही किसी पर निगाह डाल रही होगी, मेहरी से बातें करती है, तो अवश्य ही उनकी निंदा करती होगी। बाजार से कुछ मंगवाती है, तो अवश्य कोई विलास वस्तु होगी। वह बराबर उसके पत्र पढ़ने की चेष्टा किया करतीं। छिप-छिपकर बातें सुना करती।

निर्मला उनकी दोधारी तलवार से कांपती रहती थी। यहां तक कि उसने एक दिन पति से कहा–"आप जरा जीजी को समझा दीजिए, क्यों वह सदा मेरे पीछे पड़ी रहती हैं?"

तोताराम ने तेज होकर कहा–"तुम्हें कुछ कहा है क्या?"

"रोज ही कहती हैं। बात मुंह से निकालना मुश्किल है। अगर उन्हें इस बात की जलन हो कि यह मालकिन क्यों बनी हुई है, तो आप उन्हीं को रुपये-पैसे दीजिए, मुझे न चाहिए, वही मालकिन बनी रहें। मैं तो केवल इतना चाहती हूं कि कोई मुझे ताने-मेहने न दिया करे।"

यह कहते-कहते निर्मला की आंखों से आंसू बहने लगे।

तोताराम को अपना प्रेम दिखाने का यह बहुत ही अच्छा मौका मिला। बोले–"मैं आज ही उनकी खबर लूंगा। साफ कह दूंगा, मुंह बंद करके रहना है, तो रहो, नहीं तो अपनी राह लो। इस घर की स्वामिनी वह नहीं हैं, तुम हो। वह केवल तुम्हारी सहायता के लिए हैं। अगर सहायता करने के बदले तुम्हें दिक करती हैं, तो उनके यहां रहने की जरूरत नहीं। मैंने सोचा था कि विधवा हैं, अनाथ हैं, पाव-भर आटा खाएंगी, पड़ी रहेंगी। जब और नौकर-चाकर खा रहे हैं, तो वह तो अपनी बहन ही हैं। लड़कों की देखभाल के लिए एक औरत की जरूरत भी थी, रख लिया, लेकिन इसके यह माने नहीं कि वह तुम्हारे ऊपर शासन करें।"

निर्मला ने फिर कहा–"लड़कों को सिखा देती हैं कि जाकर मां से पैसे मांगो, कभी कुछ–कभी कुछ। लड़के आकर मेरी जान खाते हैं। घड़ी-भर लेटना मुश्किल हो जाता है। डांटती हूं, तो वह आंखें लाल-पीली करके दौड़ती हैं। मुझे समझती हैं कि लड़कों को देखकर जलती है। ईश्वर जानते होंगे कि मैं बच्चों को कितना प्यार करती हूं। आखिर मेरे ही बच्चे तो हैं। मुझे उनसे क्यों जलन होने लगी?"

तोताराम क्रोध से कांप उठे। बोले–"तुम्हें जो लड़का दिक करे, उसे पीट

दिया करो। मैं भी देखता हूं कि लौंडे शरीर हो गए हैं। मंसाराम को तो में बोर्डिंग हाउस में भेज दूंगा। बाकी दोनों को आज ही ठीक किए देता हूं।"

उस वक्त तोताराम कचहरी जा रहे थे, डांट-डपट करने का मौका न था, लेकिन कचहरी से लौटते ही उन्होंने घर में रुक्मिणी से कहा–"क्यों बहन, तुम्हें इस घर में रहना है या नहीं? अगर रहना है, शांत होकर रहो। यह क्या कि दूसरों का रहना मुश्किल कर दो।"

रुक्मिणी समझ गईं कि बहू ने अपना वार किया, पर वह दबने वाली औरत न थीं। एक तो उम्र में बड़ी तिस पर इसी घर की सेवा में जिंदगी काट दी थी। किसकी मजाल थी कि उन्हें बेदखल कर दे! उन्हें भाई की इस क्षुद्रता पर आश्चर्य हुआ। बोलीं–"तो क्या लौंडी बनाकर रखोगे? लौंडी बनकर रहना है, तो इस घर की लौंडी न बनूंगी। अगर तुम्हारी यह इच्छा हो कि घर में कोई आग लगा दे और मैं खड़ी देखा करूं, किसी को बेराह चलते देखूं; तो चुप साध लूं, जो जिसके मन में आए करे, मैं मिट्टी की देवी बनी रहूं, तो यह मुझसे न होगा। यह हुआ क्या, जो तुम इतना आपे से बाहर हो रहे हो? निकल गई सारी बुद्धिमानी, कल की लौंडिया चोटी पकड़कर नचाने लगी? कुछ पूछना न ताछना, बस, उसने तार खींचा और तुम काठ के सिपाही की तरह तलवार निकालकर खड़े हो गए।"

तोताराम–सुनता हूं कि तुम हमेशा खुचर निकालती रहती हो, बात-बात पर ताने देती हो। अगर कुछ सीख देनी हो, तो उसे प्यार से, मीठे शब्दों में देनी चाहिए। तानों से सीख मिलने के बदले उल्टा और जी जलने लगता है।

रुक्मिणी–तो तुम्हारी यह मर्जी है कि किसी बात में न बोलूं, यही सही, लेकिन फिर यह न कहना कि तुम घर में बैठी थीं, क्यों नहीं सलाह दी। जब मेरी बातें जहर लगती हैं, तो मुझे क्या कुत्ते ने काटा है, जो बोलूं? मसल है–'नाटों खेती, बहुरियों घर।' मैं भी देखूं, बहुरिया कैसे घर चलाती है!

इतने में सियाराम और जियाराम स्कूल से आ गए। आते ही आते दोनों बुआजी के पास जाकर खाने को मांगने लगे। रुक्मिणी ने कहा–"जाकर अपनी नई अम्मां से क्यों नहीं मांगते, मुझे बोलने का हुक्म नहीं है।"

तोताराम–अगर तुम लोगों ने उस घर में कदम रखा, तो टांग तोड़ दूंगा। बदमाशी पर कमर बांधी है।

जियाराम जरा शोख था। बोला–"उनको तो आप कुछ नहीं कहते, हमीं को धमकाते हैं। कभी पैसे नहीं देतीं।"

सियाराम ने इस कथन का अनुमोदन किया–"कहती हैं, मुझे दिक करोगे तो कान काट लूंगी। कहती हैं कि नहीं जिया?"

निर्मला अपने कमरे से बोली–"मैंने कब कहा था कि तुम्हारे कान काट लूंगी? अभी से झूठ बोलने लगे!"

इतना सुनना था कि तोताराम ने सियाराम के दोनों कान पकड़कर उठा लिया। लड़का जोर से चीख मारकर रोने लगा।

रुक्मिणी ने दौड़कर बच्चे को मुंशीजी के हाथ से छुड़ा लिया और बोलीं–"बस, रहने भी दो, क्या बच्चे को मार डालोगे? हाय-हाय! कान लाल हो गया। सच कहा है, नई बीवी पाकर आदमी अंधा हो जाता है। अभी से यह हाल है, तो इस घर के भगवान ही मालिक हैं।"

निर्मला अपनी विजय पर मन-ही-मन प्रसन्न हो रही थी, लेकिन जब मुंशी जी ने बच्चे का कान पकड़कर उठा लिया, तो उससे न रहा गया। छुड़ाने को दौड़ी, पर रुक्मिणी पहले ही पहुंच गई थीं। बोलीं–"पहले आग लगा दी, अब बुझाने दौड़ी हो। जब अपने लड़के होंगे, तब आंखें खुलेंगी। पराई पीर क्या जानो?"

निर्मला–खड़े तो हैं, पूछ लो न, मैंने क्या आग लगा दी? मैंने इतना ही कहा था कि लड़के मुझे पैसों के लिए बार-बार दिक करते हैं, इसके सिवा जो मेरे मुंह से कुछ निकला हो, तो मेरी आंखें फूट जाएं।

तोताराम–मैं खुद इन लौंडों की शरारत देखा करता हूं, अंधा थोड़े ही हूं। तीनों जिद्दी और शरीर हो गए हैं। बड़े मियां को तो मैं आज ही होस्टल में भेजता हूं।

रुक्मिणी–अब तक तुम्हें इनकी कोई शरारत न सूझी थी, आज आंखें क्यों इतनी तेज हो गईं?

तोताराम–तुम्हीं ने इन्हें इतना शोख कर रखा है।

रुक्मिणी–तो मैं ही विष की गांठ हूं। मेरे ही कारण तुम्हारा घर चौपट हो रहा है। लो मैं जाती हूं, तुम्हारे लड़के हैं, मारो, चाहे काटो, न बोलूंगी।

यह कहकर वह वहां से चली गईं।

निर्मला बच्चे को रोते देखकर विह्वल हो उठी। उसने उसे छाती से लगा लिया और गोद में लिए हुए अपने कमरे में लाकर उसे चुमकारने लगी, लेकिन बालक और भी सिसक-सिसककर रोने लगा। उसका अबोध हृदय इस प्यार में वह मातृ-स्नेह न पाता था, जिससे दैव ने उसे वंचित कर दिया था। यह वात्सल्य न था, केवल दया थी। यह वह वस्तु थी, जिस पर उसका कोई अधिकार न था, जो केवल भिक्षा के रूप में उसे दी जा रही थी। पिता ने पहले भी दो-एक बार मारा था, जब उसकी मां जीवित थी, लेकिन तब उसकी मां उसे छाती से लगाकर रोती न थी। वह अप्रसन्न होकर उससे बोलना छोड़ देती, यहां तक कि वह स्वयं थोड़ी ही देर के बाद कुछ भूलकर फिर माता के पास दौड़ा जाता था।

निर्मला ❖ प्रेमचंद

शरारत के लिए सजा पाना तो उसकी समझ में आता था, लेकिन मार खाने पर चुमकारा जाना उसकी समझ में न आता था।

मातृ-प्रेम में कठोरता होती थी, लेकिन मृदुलता से मिली हुई। इस प्रेम में करुणा थी, पर वह कठोरता न थी, जो आत्मीयता का गुप्त संदेश है। स्वस्थ अंग की परवाह कौन करता है? लेकिन वही अंग जब किसी वेदना से टपकने लगता है, तो उसे ठेस और धक्के से बचाने का यत्न किया जाता है। बालक का करुण रोदन निर्मला को उसके अनाथ होने की सूचना दे रहा था। वह बड़ी देर तक निर्मला की गोद में बैठा रोता रहा और रोते-रोते सो गया। निर्मला ने उसे चारपाई पर सुलाना चाहा, तो बालक ने सुषुप्तावस्था में अपनी दोनों कोमल बांहें उसकी गरदन में डाल दीं और ऐसा चिपट गया मानो नीचे कोई गढ़ा हो। शंका और भय से उसका मुख विकृत हो गया।

निर्मला ने फिर बालक को गोद में उठा लिया, चारपाई पर न सुला सकी। इस समय बालक को गोद में लिए हुए उसे वह तुष्टि हो रही थी, जो अब तक कभी न हुई थी, आज पहली बार उसे आत्मवेदना हुई, जिसके बिना आंख नहीं खुलती, अपना कर्तव्य-मार्ग नहीं समझता। वह मार्ग अब दिखाई देने लगा।

उस दिन अपने प्रगाढ़ प्रणय का सबल प्रमाण देने के बाद मुंशी तोताराम को आशा हुई थी कि निर्मला के मर्मस्थल पर मेरा सिक्का जम जाएगा, लेकिन उनकी यह आशा लेश-मात्र भी पूरी न हुई बल्कि पहले तो वह कभी-कभी उनसे हंसकर बोला भी करती थी, अब बच्चों ही के लालन-पालन में व्यस्त रहने लगी। जब घर आते, तो बच्चों को उसके पास बैठे पाते। कभी देखते कि उन्हें ला रही है, कभी कपड़े पहना रही है, कभी कोई खेल खेला रही है और कभी कोई कहानी कह रही है।

निर्मला का तृषित ह्रदय प्रणय की ओर से निराश होकर इस अवलंब ही को गनीमत समझने लगा। बच्चों के साथ हंसने-बोलने में उसकी मातृ-कल्पना तृप्त होती थीं पति के साथ हंसने-बोलने में उसे जो संकोच, जो अरुचि तथा जो अनिच्छा होती थी, यहां तक कि वह उठकर भाग जाना चाहती, उसके बदले बालकों के सच्चे, सरल स्नेह से चित्त प्रसन्न हो जाता था। पहले मंसाराम उसके पास आते हुए झिझकता था, लेकिन अब वह भी कभी-कभी आ बैठता। वह निर्मला का हमसिन था, लेकिन मानसिक विकास में पांच साल छोटा। हॉकी और फुटबाल ही उसका संसार, उसकी कल्पनाओं का मुक्त-क्षेत्र तथा उसकी कामनाओं का हरा-भरा बाग था। इकहरे बदन का छरहरा, सुंदर, हंसमुख, लज्जाशील बालक था, जिसका घर से केवल भोजन का नाता था, बाकी सारे दिन न जाने कहां घूमा

करता। निर्मला उसके मुंह से खेल की बातें सुनकर थोड़ी देर के लिए अपनी चिंताओं को भूल जाती और चाहती थी कि एक बार फिर वही दिन आ जाते, जब वह गुड़िया खेलती और उसके ब्याह रचाया करती थी और जिसे अभी छोड़े बहुत ही थोड़े दिन गुजरे थे।

मुंशी तोताराम अन्य एकांत-सेवी मनुष्यों की भांति विषयी जीव थे। कुछ दिनों तो वह निर्मला को सैर-तमाशे दिखाते रहे, लेकिन जब देखा कि इसका कुछ फल नहीं होता, तो फिर एकांत-सेवन करने लगे।

दिन-भर के कठिन मानसिक परिश्रम के बाद उनका चित्त आमोद-प्रमोद के लिए लालायित हो जाता, लेकिन जब अपनी विनोद-वाटिका में प्रवेश करते और उसके फूलों को मुरझाया, पौधों को सूखा और क्यारियों से धूल उड़ती हुई देखते, तो उनका जी चाहता, क्यों न इस वाटिका को उजाड़ दूं?

निर्मला उनसे क्यों विरक्त रहती है, इसका रहस्य उनकी समझ में न आता था। दंपती शास्त्र के सारे मंत्रों की परीक्षा कर चुके, पर मनोरथ पूरा न हुआ। अब क्या करना चाहिए, यह उनकी समझ में न आता था।

एक दिन वह इसी चिंता में बैठे हुए थे कि उनके सहपाठी मित्र नयनसुखराम आकर बैठ गए और सलाम-वलाम के बाद मुस्कराकर बोले–"आजकल तो खूब गहरी छनती होगी। नई बीवी का आलिंगन करके जवानी का मजा आ जाता होगा? बड़े भाग्यवान हो! भई रूठी हुई जवानी को मनाने का इससे अच्छा कोई उपाय नहीं कि नया विवाह हो जाए। यहां तो जिंदगी बवाल हो रही है। पत्नीजी इस बुरी तरह चिमटी हैं कि किसी तरह पिंड ही नहीं छोड़ती। मैं तो दूसरी शादी की फिक्र में हूं। कहीं डौल हो, तो ठीक-ठाक करा दो। दस्तूरी में एक दिन तुम्हें उसके हाथ के बने हुए पान खिला देंगे।"

तोताराम ने गंभीर भाव से कहा–"कहीं ऐसी हिमाकत न कर बैठना, नहीं तो पछताओगे। लौंडियां तो लौंडों से ही खुश रहती हैं। हम तुम अब उस काम के नहीं रहे। सच कहता हूं, मैं तो शादी करके पछता रहा हूं, बुरी बला गले पड़ी! सोचा था, दो-चार साल और जिंदगी का मजा उठा लूं, पर उल्टी आंतें गले पड़ीं।"

नयनसुख–तुम क्या बातें करते हो। लौंडियों को पंजों में लाना क्या मुश्किल बात है, जरा सैर-तमाशे दिखा दो, उनके रूप-रंग की तारीफ कर दो, बस, रंग जम गया।

तोताराम–यह सब कुछ कर-करके हार गया।

नयनसुख–अच्छा, कुछ इत्र-तेल, फूल-पत्ते, चाट-वाट का भी मजा चखाया?

तोताराम–अजी, यह सब कर चुका। दंपती शास्त्र के सारे मंत्रों का इम्तहान ले चुका, सब कोरी गप्पे हैं।

नयनसुख–अच्छा, तो अब मेरी एक सलाह मानो, जरा अपनी सूरत बनवा लो। आजकल यहां एक बिजली के डॉक्टर आए हुए हैं, जो बुढ़ापे के सारे निशान मिटा देते हैं। क्या मजाल कि चेहरे पर एक झुर्री या सिर का बाल पका रह जाए। न जाने क्या जादू कर देते हैं कि आदमी का चोला ही बदल जाता है।

तोताराम–फीस क्या लेते हैं?

नयनसुख–फीस तो सुना है, शायद पांच सौ रुपये!

तोताराम–अजी, कोई पाखंडी होगा, बेवकूफों को लूट रहा होगा। कोई रोगन लगाकर दो-चार दिन के लिए जरा चेहरा चिकना कर देता होगा। इश्तहारी डॉक्टरों पर तो अपना विश्वास ही नहीं। दस-पांच की बात होती, तो कहता, जरा दिल्लगी ही सही। पांच सौ रुपये बड़ी रकम है।

नयनसुख–तुम्हारे लिए पांच सौ रुपये कौन बड़ी बात है। एक महीने की आमदनी है। मेरे पास तो भाई पांच सौ रुपये होते, तो सबसे पहला काम यही करता। जवानी के एक घंटे की कीमत पांच सौ रुपये से कहीं ज्यादा है।

तोताराम–अजी, कोई सस्ता नुस्खा बताओ, कोई फकीरी जड़ी-बूटी जो कि बिना हर्र-फिटकरी के रंग चोखा हो जाए। बिजली और रेडियम बड़े आदमियों के लिए रहने दो। उन्हीं को मुबारक हो।

नयनसुख–तो फिर रंगीलेपन का स्वांग रचो। यह ढीला-ढाला कोट फेंको, तंजेब की चुस्त अचकन हो, चुन्नटदार पाजामा, गले में सोने की जंजीर पड़ी हुई, सिर पर जयपुरी साफा बंधा हुआ, आंखों में सुरमा और बालों में हिना का तेल पड़ा हुआ। तोंद का पिचकना भी जरूरी है। दोहरा कमरबंद बांधो। जरा तकलीफ तो होगी, अचकन सज उठेगी। खिजाब मैं ला दूंगा। सौ-पचास गजलें याद कर लो और मौके-मौके से शेर पढ़ो। बातों में रस भरा हो। ऐसा मालूम हो कि तुम्हें दीन और दुनिया की कोई फिक्र नहीं है, बस, जो कुछ है, प्रियतमा ही है। जवांमर्दी और साहस के काम करने का मौका ढूंढते रहो। रात को झूठ-मूठ शोर करो–चोर-चोर और तलवार लेकर अकेले पिल पड़ो। हां, जरा मौका देख लेना, ऐसा न हो कि सचमुच कोई चोर आ जाए और तुम उसके पीछे दौड़ो, नहीं तो सारी कलई खुल जाएगी और मुफ्त के उल्लू बनोगे। उस वक्त तो जवांमर्दी इसी में है कि दम साधे खड़े रहो, जिससे वह समझे कि तुम्हें खबर ही नहीं हुई, लेकिन ज्यों ही चोर भाग खड़ा हो, तुम भी उछलकर बाहर निकलो और तलवार लेकर 'कहां?

कहां?' कहते दौड़ो। ज्यादा नहीं, एक महीना मेरी बातों का इम्तहान करके देखें। अगर वह तुम्हारा दम न भरने लगे, तो जो जुर्माना कहो, वह दूं।

तोताराम ने उस वक्त तो ये बातें हंसी में उड़ा दीं, जैसा कि एक व्यवहारकुशल मनुष्य को करना चाहिए था, लेकिन कुछ बातें उनके मन में बैठ गईं। उनका असर पड़ने में कोई संदेह न था।

धीरे-धीरे रंग बदलने लगे, जिसमें लोग खटक न जाएं। पहले बालों से शुरू किया, फिर सुरमे की बारी आई, यहां तक कि एक-दो महीने में उनका कलेवर ही बदल गया। गजलें याद करने का प्रस्ताव तो हास्यास्पद था, लेकिन वीरता की डींग मारने में कोई हानि न थी।

उस दिन से वह रोज अपनी जवांमर्दी का कोई-न-कोई प्रसंग अवश्य छेड़ देते। निर्मला को संदेह होने लगा कि कहीं इन्हें उन्माद का रोग तो नहीं हो रहा है। जो आदमी मूंग की दाल और मोटे आटे के दो फुलके खाकर भी नमक सुलेमानी का मुहताज हो, उसके छैलेपन पर उन्माद का संदेह हो, तो आश्चर्य ही क्या?

निर्मला पर इस पागलपन का और क्या रंग जमता? हां, उसे उन पार दया आने लगी। क्रोध और घृणा का भाव जाता रहा। क्रोध और घृणा उन पर होती है, जो अपने होश में हो, पागल आदमी तो दया ही का पात्र है। वह बात-बात में उनकी चुटकियां लेती, उनका मजाक उड़ाती, जैसे लोग पागलों के साथ किया करते हैं। हां, इसका ध्यान रखती थी कि वह समझ न जाएं। वह सोचती, बेचारा अपने पाप का प्रायश्चित्त कर रहा है।

यह सारा स्वांग केवल इसलिए तो है कि मैं अपना दुःख भूल जाऊं। आखिर अब भाग्य तो बदल सकता नहीं, इस बेचारे को क्यों जलाऊं?

एक दिन रात को नौ बजे तोताराम बांके बने हुए सैर करके लौटे और निर्मला से बोले–"आज तीन चोरों से सामना हो गया। जरा शिवपुर की तरफ चला गया था। अंधेरा था ही। ज्यों ही रेल की सड़क के पास पहुंचा, तो तीन आदमी तलवार लिए हुए न जाने किधर से निकल पड़े। यकीन मानो, तीनों काले देव थे। मैं बिलकुल अकेला, पास में सिर्फ यह छड़ी थी। उधर तीनों तलवार बांधे हुए, होश उड़ गए। समझ गया कि जिंदगी का यहीं तक साथ था, मगर मैंने भी सोचा, मरता ही हूं, तो वीरों की मौत क्यों न मरूं। इतने में एक आदमी ने ललकारकर कहा–'रख दे तेरे पास जो कुछ हो और चुपके से चला जा।'

मैं छड़ी संभालकर खड़ा हो गया और बोला, मेरे पास तो सिर्फ यह छड़ी है और इसका मूल्य एक आदमी का सिर है।

मेरे मुंह से इतना निकलना था कि तीनों तलवार खींचकर मुझ पर झपट पड़े

और मैं उनके वारों को छड़ी पर रोकने लगा। तीनों झल्ला-झल्लाकर वार करते थे, खटाके की आवाज होती थी और मैं बिजली की तरह झपटकर उनके वारों को काट देता था। कोई दस मिनट तक तीनों ने खूब तलवार के जौहर दिखाए, पर मुझ पर खरोंच तक न आई। मजबूरी यही थी कि मेरे हाथ में तलवार न थी। यदि कहीं तलवार होती, तो एक को जीता न छोड़ता। खैर, कहां तक बयान करूं। उस वक्त मेरे हाथों की सफाई देखने काबिल थी। मुझे खुद आश्चर्य हो रहा था कि यह चपलता मुझमें कहां से आ गई। जब तीनों ने देखा कि यहां दाल नहीं गलने की, तो तलवार म्यान में रख ली और पीठ ठोककर बोले–'जवान, तुम-सा वीर आज तक नहीं देखा। हम तीनों तीन सौ पर भारी हैं, गांव-के-गांव ढोल बजाकर लूटते हैं, पर आज तुमने हमें नीचा दिखा दिया। हम तुम्हारा लोहा मान गए।' यह कहकर तीनों फिर नजरों से गायब हो गए।"

निर्मला ने गंभीर भाव से मुस्कराकर कहा–"इस छड़ी पर तो तलवार के बहुत से निशान बने हुए होंगे?"

मुंशीजी इस शंका के लिए तैयार न थे, पर कोई जवाब देना आवश्यक था, बोले–"मैं वारों को बराबर खाली कर देता। दो-चार चोटें छड़ी पर पड़ीं भी, तो उचटती हुई, जिनसे कोई निशान नहीं पड़ सकता था।"

अभी उनके मुंह से पूरी बात भी न निकली थी कि सहसा रुक्मिणी देवी बदहवास दौड़ती हुई आईं और हांफते हुए बोलीं–"तोता है कि नहीं? मेरे कमरे में सांप निकल आया है। मेरी चारपाई के नीचे बैठा हुआ है। मैं उठकर भागी। मुआ कोई दो गज का होगा। फन निकाले फुफकार रहा है, जरा चलो तो। डंडा लेते चलना।"

तोताराम के चेहरे का रंग उड़ गया, मुंह पर हवाइयां छूटने लगीं, मगर मन के भावों को छिपाकर बोले–"सांप यहां कहां? तुम्हें धोखा हुआ होगा। कोई रस्सी होगी।"

रुक्मिणी–अरे, मैंने अपनी आंखों से देखा है। जरा चलकर देख लो न! हैं, हैं...मर्द होकर डरते हो?

मुंशीजी घर से तो निकले, लेकिन बरामदे में फिर ठिठक गए। उनके पांव ही न उठते थे। कलेजा धड़-धड़ कर रहा था।

सांप बड़ा क्रोधी जानवर है। कहीं काट ले तो मुफ्त में प्राण से हाथ धोना पड़े। बोले–"डरता नहीं हूं। सांप ही तो है, शेर तो नहीं, मगर सांप पर लाठी नहीं असर करती, जाकर किसी को भेजूं, किसी के घर से भाला लाए।"

यह कहकर मुंशीजी लपके हुए बाहर चले गए। मंसाराम बैठा खाना खा रहा

था। मुंशीजी तो बाहर चले गए, इधर वह खाना छोड़, अपनी हॉकी का डंडा हाथ में ले, कमरे में घुस ही तो पड़ा और तुरंत चारपाई खींच ली।

सांप मस्त था, भागने के बदले फन निकालकर खड़ा हो गया। मंसाराम ने चटपट चारपाई की चादर उठाकर सांप के ऊपर फेंक दी और ताबड़तोड़ तीन-चार डंडे कसकर जमाए।

सांप चादर के अंदर तड़पकर रह गया। तब उसे डंडे पर उठाए हुए बाहर चला।

मुंशीजी कई आदमियों को साथ लिए चले आ रहे थे। मंसाराम को सांप लटकाए आते देखा, तो सहसा उनके मुंह से चीख निकल पड़ी, मगर फिर संभल गए और बोले–"मैं तो आ ही रहा था, तुमने क्यों जल्दी की? दे दो, कोई फेंक आए।"

यह कहकर बहादुरी के साथ रुक्मिणी के कमरे के द्वार पर जाकर खड़े हो गए और कमरे को खूब देखभालकर मूंछों पर ताव देते हुए निर्मला के पास जाकर बोले–"मैं जब तक आऊं-जाऊं, मंसाराम ने मार डाला। बेसमझ लड़का डंडा लेकर दौड़ पड़ा। सांप हमेशा भाले से मारना चाहिए। यही तो लड़कों में ऐब है। मैंने ऐसे-ऐसे कितने सांप मारे हैं। सांप को खिला-खिलाकर मारता हूं। कितनों ही को मुट्ठी से पकड़कर मसल दिया है।"

रुक्मिणी ने कहा–"जाओ भी, देख ली तुम्हारी मर्दानगी।"

मुंशीजी झेंपकर बोले–"अच्छा जाओ, मैं डरपोक ही सही, तुमसे कुछ इनाम तो नहीं मांग रहा हूं। जाकर महाराज से कहो, खाना निकाले।"

मुंशीजी तो भोजन करने गए और निर्मला द्वार की चौखट पर खड़ी सोच रही थी–'भगवान! क्या इन्हें सचमुच कोई भीषण रोग हो रहा है? क्या मेरी दशा को और भी दारुण बनाना चाहते हो? मैं इनकी सेवा कर सकती हूं, सम्मान कर सकती हूं, अपना जीवन इनके चरणों पर अर्पण कर सकती हूं, लेकिन वह नहीं कर सकती, जो मेरे किए नहीं हो सकता। अवस्था का भेद मिटाना मेरे वश की बात नहीं। आखिर यह मुझसे क्या चाहते हैं–समझ गई। आह! यह बात पहले ही नहीं समझी थी, नहीं तो इनको क्यों इतनी तपस्या करनी पड़ती, क्यों इतने स्वांग भरने पड़ते!'

उस दिन से निर्मला का रंग-ढंग बदलने लगा। उसने अपने को कर्तव्य पर मिटा देने का निश्चय कर लिया। अब तक नैराश्य के संताप में उसने कर्तव्य पर

ध्यान ही न दिया था। उसके हृदय में विप्लव की ज्वाला-सी दहकती रहती थी, जिसकी असह्य वेदना ने उसे संज्ञाहीन-सा कर रखा था। अब उस वेदना का वेग शांत होने लगा।

उसे ज्ञात हुआ कि मेरे लिए जीवन में कोई आंनद नहीं। उसका स्वप्न देखकर क्यों इस जीवन को नष्ट करूं!

संसार में सब-के-सब प्राणी सुख-सेज ही पर तो नहीं सोते। मैं भी उन्हीं अभागों में से हूं। मुझे भी विधाता ने दुख की गठरी ढोने के लिए चुना है। वह बोझ सिर से उतर नहीं सकता। उसे फेंकना भी चाहूं, तो नहीं फेंक सकती। उस कठिन भार से चाहे आंखों में अंधेरा छा जाए, चाहे गरदन टूटने लगे, चाहे पैर उठाना दुस्तर हो जाए, लेकिन वह गठरी ढोनी ही पड़ेगी? उम्र-भर का कैदी कहां तक रोएगा? रोए भी तो कौन देखता है? किसे उस पर दया आती है? रोने से काम में हर्ज होने के कारण उसे और यातनाएं ही तो सहनी पड़ती हैं।

दूसरे दिन वकील साहब कचहरी से आए तो देखा—निर्मला की सहास्य मूर्ति अपने कमरे के द्वार पर खड़ी है। वह अनिंद्य छवि देखकर उनकी आंखें तृप्त हो गईं। आज बहुत दिनों के बाद उन्हें यह कमल खिला हुआ दिखलाई दिया। कमरे में एक बड़ा-सा आईना दीवार में लटका हुआ था। उस पर एक परदा पड़ा रहता था। आज उसका परदा उठा हुआ था।

वकील साहब ने कमरे में कदम रखा, तो शीशे पर निगाह पड़ी। अपनी सूरत साफ-साफ दिखाई दी। उनके हृदय में चोट-सी लग गई। दिन-भर के परिश्रम से मुख की कांति मलिन हो गई थी, भांति-भांति के पौष्टिक पदार्थ खाने पर भी गालों की झुर्रियां साफ दिखाई दे रही थीं। तोंद कसी होने पर भी किसी मुंहजोर घोड़े की भांति बाहर निकली हुई थी।

आईने के ही सामने, किंतु दूसरी ओर ताकती हुई निर्मला भी खड़ी हुई थी। दोनों सूरतों में कितना अंतर था!

एक रत्नजड़ित विशाल भवन, दूसरा टूटा-फूटा खंडहर। वह उस आईने की ओर न देख सके। अपनी यह हीनावस्था उनके लिए असह्य थी। वह आईने के सामने से हट गए। उन्हें अपनी ही सूरत से घृणा होने लगी, फिर इस रूपवती कामिनी का उनसे घृणा करना कोई आश्चर्य की बात न थी। निर्मला की ओर ताकने का भी उन्हें साहस न हुआ। उसकी यह अनुपम छवि उनके हृदय का शूल बन गई।

निर्मला ने कहा—"आज इतनी देर कहां लगाई? दिन-भर राह देखते-देखते आंखें फूट जाती हैं।"

तोताराम ने खिड़की की ओर ताकते हुए जवाब दिया—"मुकदमों के मारे दम

मारने की छुट्टी नहीं मिलती। अभी एक मुकदमा और था, लेकिन मैं सिरदर्द का बहाना करके भाग खड़ा हुआ।"

निर्मला–तो क्यों इतने मुकदमे लेते हो? काम उतना ही करना चाहिए, जितना आराम से हो सके। प्राण देकर थोड़े ही काम किया जाता है। मत लिया करो, बहुत मुकदमे। मुझे रुपयों का लालच नहीं। तुम आराम से रहोगे, तो रुपये बहुत मिलेंगे।

तोताराम–भई, आती हुई लक्ष्मी भी तो नहीं ठुकराई जाती।

निर्मला–लक्ष्मी अगर रक्त और मांस की भेंट लेकर आती है, तो उसका न आना ही अच्छा। मैं धन की भूखी नहीं हूं।

इस वक्त मंसाराम भी स्कूल से लौटा। धूप में चलने के कारण मुख पर पसीने की बूंदें आई हुई थीं, गोरे मुखड़े पर खून की लाली दौड़ रही थी, आंखों से ज्योति-सी निकलती मालूम होती थी। द्वार पर खड़ा होकर बोला–"अम्मां जी, लाइए, कुछ खाने को निकालिए, जरा खेलने जाना है।"

निर्मला जाकर गिलास में पानी लाई और एक तश्तरी में कुछ मेवे रखकर मंसाराम को दिए। मंसाराम जब खाकर चलने लगा, तो निर्मला ने पूछा–"कब तक आओगे?"

मंसाराम–कह नहीं सकता, गोरों के साथ हॉकी का मैच है। बैरक यहां से बहुत दूर है।

निर्मला–भई, जल्द आना। खाना ठंडा हो जाएगा, तो कहोगे मुझे भूख नहीं है।

मंसाराम ने निर्मला की ओर सरल स्नेह भाव से देखकर कहा–"मुझे देर हो जाए तो समझ लीजिएगा, वहीं खा रहा हूं। मेरे लिए बैठने की जरूरत नहीं।"

वह चला गया, तो निर्मला बोली–"पहले तो घर में आते ही न थे, मुझसे बोलते हुए शरमाते थे। किसी चीज की जरूरत होती, तो बाहर से ही मंगवा भेजते। जब से मैंने बुलाकर कहा, तब से आने लगे हैं।"

तोताराम ने कुछ चिढ़कर कहा–"यह तुम्हारे पास खाने-पीने की चीजें मांगने क्यों आता है? दीदी से क्यों नही कहता?"

निर्मला ने यह बात प्रशंसा पाने के लोभ से कही थी। वह यह दिखाना चाहती थी कि मैं तुम्हारे लड़कों को कितना चाहती हूं। यह कोई बनावटी प्रेम न था। उसे लड़कों से सचमुच स्नेह था। उसके चरित्र में अभी तक बाल-भाव ही प्रधान था, उसमें वही उत्सुकता, वही चंचलता, वही विनोदप्रियता विद्यमान थी और बालकों के साथ उसकी ये बालवृत्तियां प्रस्फुटित होती थीं।

पत्नी-सुलभ ईर्ष्या अभी तक उसके मन में उदय नहीं हुई थी, लेकिन पति के प्रसन्न होने के बदले नाक-भौं सिकोड़ने का आशय न समझकर बोली–"मैं

क्या जानूं, उनसे क्यों नहीं मांगते? मेरे पास आते हैं, तो दुत्कार नहीं देती। अगर ऐसा करूं, तो यही होगा कि यह लड़कों को देखकर जलती है।"

मुंशीजी ने इसका कुछ जवाब न दिया, लेकिन आज उन्होंने मुवक्किलों से बातें नहीं कीं, सीधे मंसाराम के पास गए और उसका इम्तिहान लेने लगे।

यह जीवन में पहला ही अवसर था कि इन्होंने मंसाराम या किसी लड़के की शिक्षोन्नति के विषय में इतनी दिलचस्पी दिखाई हो। उन्हें अपने काम से सिर उठाने की फुरसत ही न मिलती थी। उन्हें इन विषयों को पढ़े हुए चालीस वर्ष के लगभग हो गए थे, तब से उनकी ओर आंख तक न उठाई थी। वह कानूनी पुस्तकों और पत्रों के सिवा और कुछ पढ़ते ही न थे। इसका समय ही न मिलता, पर आज उन्हीं विषयों में मंसाराम की परीक्षा लेने लगे।

मंसाराम जहीन था और इसके साथ ही मेहनती भी था। खेल में टीम का कैप्टन होने पर भी वह क्लास में प्रथम रहता था। जिस पाठ को एक बार देख लेता, पत्थर की लकीर हो जाती थी।

मुंशीजी को उतावली में ऐसे मार्मिक प्रश्न तो सूझे नहीं, जिनके उत्तर देने में चतुर लड़के को भी कुछ सोचना पड़ता और ऊपरी प्रश्नों को मंसाराम ने चुटकियों में उड़ा दिया। कोई सिपाही अपने शत्रु पर वार खाली जाते देखकर जैसे झल्ला-झल्लाकर और भी तेजी से वार करता है, उसी भांति मंसाराम के जवाबों को सुन-सुनकर वकील साहब भी झल्लाते थे। वह कोई ऐसा प्रश्न करना चाहते थे, जिसका जवाब मंसाराम से न बन पड़े। देखना चाहते थे कि इसका कमजोर पहलू कहां है। यह देखकर अब उन्हें संतोष न हो सकता था कि वह क्या करता है। वह यह देखना चाहते थे कि वह क्या नहीं कर सकता। कोई अभ्यस्त परीक्षक मंसाराम की कमजोरियों को आसानी से दिखा देता, पर वकील साहब अपनी आधी शताब्दी की भूली हुई शिक्षा के आधार पर इतने सफल कैसे होते? अंत में उन्हें अपना गुस्सा उतारने के लिए कोई बहाना न मिला तो बोले–"मैं देखता हूं, तुम सारे दिन इधर-उधर मटरगश्ती किया करते हो। मैं तुम्हारे चरित्र को तुम्हारी बुद्धि से बढ़कर समझता हूं और तुम्हारा यों आवारा घूमना मुझे कभी गवारा नहीं हो सकता।"

मंसाराम ने निर्भीकता से कहा–"मैं शाम को एक घंटा खेलने के लिए जाने के सिवा दिन-भर कहीं नहीं जाता। आप अम्मां या बुआजी से पूछ लें। मुझे खुद इस तरह घूमना पसंद नहीं। हां, खेलने के लिए हेडमास्टर साहब आग्रह करके बुलाते हैं, तो मजबूरन जाना पड़ता है। अगर आपको मेरा खेलने जाना पसंद नहीं है, तो कल से न जाऊंगा।"

मुंशीजी ने देखा कि बातें दूसरे ही रुख पर जा रही हैं, तो तीव्र स्वर में बोले–"मुझे इस बात का इत्मिनान क्योंकर हो कि खेलने के सिवा कहीं नहीं घूमने जाते? मैं बराबर शिकायतें सुनता हूं।"

मंसाराम ने उत्तेजित होकर कहा–"किन महाशय ने आपसे यह शिकायत की है, जरा मैं भी तो सुनूं?"

वकील–कोई हो, इससे तुम्हें कोई मतलब नहीं। तुम्हें इतना विश्वास होना चाहिए कि मैं झूठा आक्षेप नहीं करता।

मंसाराम–अगर मेरे सामने कोई आकर कह दे कि मैंने इन्हें कहीं घूमते देखा है, तो मुंह न दिखाऊं।

वकील–किसी को ऐसी क्या गरज पड़ी है कि तुम्हारे मुंह पर तुम्हारी शिकायत करे और तुमसे बैर मोल ले? तुम अपने दो-चार साथियों को लेकर उसके घर की खपरैल फोड़ते फिरो। मुझसे इस किस्म की शिकायत एक आदमी ने नहीं, कई आदमियों ने की है और कोई वजह नहीं है कि मैं अपने दोस्तों की बात पर विश्वास न करूं। मैं चाहता हूं कि तुम स्कूल ही में रहा करो।

मंसाराम ने मुंह फिराकर कहा–"मुझे आपत्ति नहीं है, जब से कहिए, चला जाऊं।"

वकील–तुमने मुंह क्यों लटका लिया? क्या वहां रहना अच्छा नहीं लगता? ऐसा मालूम होता है मानो वहां जाने के भय से तुम्हारी नानी मरी जा रही है। आखिर बात क्या है, वहां तुम्हें क्या तकलीफ होगी?

मंसाराम छात्रालय में रहने के लिए उत्सुक नहीं था, लेकिन जब मुंशीजी ने यही बात कह दी और इसका कारण पूछा, तो वह अपनी झेंप मिटाने के लिए प्रसन्नचित्त होकर बोला–"मुंह क्यों लटकाऊं? मेरे लिए जैसे घर, वैसे बोर्डिंग हाउस। तकलीफ भी कोई नहीं और हो भी तो उसे सह सकता हूं। मैं कल से चला जाऊंगा। हां, अगर जगह न खाली हुई तो मजबूरी है।"

मुंशीजी वकील थे। समझ गए कि यह लौंडा कोई ऐसा बहाना ढूंढ रहा है, जिसमें मुझे वहां जाना भी न पड़े और कोई इल्जाम भी सिर पर न आए। बोले–"सब लड़कों के लिए जगह है, तुम्हारे ही लिए जगह न होगी?"

मंसाराम–कितने ही लड़कों को जगह नहीं मिली और वे बाहर किराए के मकानों में पड़े हुए हैं। अभी बोर्डिंग हाउस में एक लड़के का नाम कट गया था, तो पचास अर्जियां उस जगह के लिए आई थीं। वकील साहब ने ज्यादा तर्क-वितर्क करना उचित नहीं समझा। मंसाराम को कल तैयार रहने की आज्ञा देकर अपनी बग्घी तैयार कराई और सैर करने चले गए। इधर कुछ दिनों से वह

शाम को प्राय: सैर करने चले जाया करते थे। किसी अनुभवी प्राणी ने बतलाया था कि दीर्घ जीवन के लिए इससे बढ़कर कोई मंत्र नहीं है। उनके जाने के बाद मंसाराम आकर रुक्मिणी से बोला–"बुआजी, बाबूजी ने मुझे कल से स्कूल में रहने को कहा है।"

रुक्मिणी ने विस्मित होकर पूछा–"क्यों?"

मंसाराम–मैं क्या जानूं? कहने लगे कि तुम यहां आवारों की तरह इधर-उधर घूमते रहते हो।

रुक्मिणी–तूने कहा नहीं कि मैं कहीं नहीं जाता?

मंसाराम–कहा क्यों नहीं, मगर वह जब मानें तब न!

रुक्मिणी–तुम्हारी नई अम्मांजी की कृपा होगी और क्या?

मंसाराम–नहीं बुआजी, मुझे उन पर संदेह नहीं है। वह बेचारी भूल से कभी कुछ नहीं कहतीं। कोई चीज मांगने जाता हूं, तो तुरंत उठाकर दे देती हैं।

रुक्मिणी–तू यह त्रिया-चरित्र क्या जाने, यह उन्हीं की लगाई हुई आग है। देख, मैं जाकर पूछती हूं।

रुक्मिणी झल्लाई हुई निर्मला के पास जा पहुंचीं। उसे आड़े हाथों लेने का, कांटों में घसीटने का, तानों से छेदने का, रुलाने का सुअवसर वह हाथ से न जाने देती थी। निर्मला उनका आदर करती थी, उनसे दबती थी, उनकी बातों का जवाब तक न देती थी। वह चाहती थी कि वह सिखावन की बातें कहें, जहां मैं भूलूं, वहां सुधारें, सब कामों की देख-रेख करती रहें, पर रुक्मिणी उससे तनी ही रहती थीं।

निर्मला चारपाई से उठकर बोली–"आइए दीदी, बैठिए।"

रुक्मिणी ने खड़े-खड़े कहा–"मैं पूछती हूं, क्या तुम सबको घर से निकालकर अकेले ही रहना चाहती हो?"

निर्मला ने दीनता से कहा–"क्या हुआ दीदी जी? मैंने तो किसी से कुछ नहीं कहा।"

रुक्मिणी–मंसाराम को घर से निकाले देती हो, तिस पर कहती हो, मैंने तो किसी से कुछ नहीं कहा। क्या तुमसे इतना भी देखा नहीं जाता?

निर्मला–दीदी जी, तुम्हारे चरणों को छूकर कहती हूं, मुझे कुछ नहीं मालूम। मेरी आंखें फूट जाएं, अगर उसके विषय में मुंह तक खोला हो।

रुक्मिणी–क्यों व्यर्थ कसमें खाती हो। अब तक तोताराम कभी लड़के से नहीं बोलते थे। एक हफ्ते के लिए मंसाराम ननिहाल चला गया था, तो इतने घबराए कि खुद जाकर लिवा लाए। अब इसी मंसाराम को घर से निकालकर स्कूल में रखे देते हैं। अगर लड़के का बाल भी बांका हुआ, तो तुम जानोगी। वह कभी

बाहर नहीं रहा, उसे न खाने की सुध रहती है, न पहनने की—जहां बैठता है, वहीं सो जाता है। कहने को तो जवान हो गया, पर स्वभाव बालकों-सा है। स्कूल में उसकी मरन हो जाएगी। वहां किसे फिक्र है कि इसने खाया या नहीं, कहां कपड़े उतारे, कहां सो रहा। जब घर में कोई पूछने वाला नहीं, तो बाहर कौन पूछेगा? मैंने तुम्हें चेता दिया, आगे तुम जानो, तुम्हारा काम जाने।

यह कहकर रुक्मिणी वहां से चली गई।

6

"उसके खेल-कूद में बाधा न डालिए, अभी से उसे कैद न कीजिए, खुली हवा में चरित्र के भ्रष्ट होने की उससे कम संभावना है, जितना बंद कमरे में। कुसंगत से जरूर बचाइए, मगर यह नहीं कि उसे घर से निकलने ही न दीजिए। युवावस्था में एकांतवास चरित्र के लिए बहुत ही हानिकारक है।"

वकील साहब सैर करके लौटे, तो निर्मला ने तुरंत यह विषय छेड़ दिया। मंसाराम से वह आजकल थोड़ी अंग्रेजी पढ़ती थी। उसके चले जाने पर फिर उसके पढ़ने का हरज न होगा? दूसरा कौन पढ़ाएगा? वकील साहब को अब तक यह बात न मालूम थी। निर्मला ने सोचा था कि जब कुछ अभ्यास हो जाएगा, तो वकील साहब को एक दिन अंग्रेजी में बातें करके चकित कर दूंगी। कुछ थोड़ा-सा ज्ञान तो उसे अपने घर पर हो गया था। अब वह नियमित रूप से पढ़ रही थी।

यह जानकर वकील साहब की छाती पर सांप-सा लोट गया, त्योरियां बदलकर बोले—"वह कब से पढ़ा रहा है तुम्हें? मुझसे तुमने कभी नहीं कहा।"

निर्मला ने उनका यह रूप केवल एक बार देखा था, जब उन्होंने

सियाराम को मारते-मारते बेदम कर दिया था। वही रूप और भी विकराल बनकर आज उसे फिर दिखाई दिया।

वह सहमकर बोली–"उनके पढ़ने में तो इससे कोई हरज नहीं होता, मैं उसी वक्त उनसे पढ़ती हूं, जब उन्हें फुरसत रहती है। पूछ लेती हूं कि तुम्हारा हरज होता हो, तो जाओ। बहुधा जब वह खेलने जाने लगते हैं, तो दस मिनट के लिए रोक लेती हूं। मैं खुद चाहती हूं कि उनका नुकसान न हो।"

बात कुछ न थी, मगर वकील साहब हताश से होकर चारपाई पर गिर पड़े और माथे पर हाथ रखकर चिंता में मग्न हो गए। उन्होंने जितना समझा था, बात उससे कहीं अधिक बढ़ गई थी। उन्हें अपने ऊपर क्रोध आया कि मैंने पहले ही क्यों न इस लौंडे को बाहर रखने का प्रबंध किया। आजकल जो यह महारानी इतनी खुश दिखाई देती हैं, इसका रहस्य अब समझ में आया। पहले कभी कमरा इतना सजा-सजाया न रहता था, बनाव-चुनाव भी न करती थीं, पर अब देखता हूं कायापलट-सी हो गई है। जी में तो आया कि इसी वक्त चलकर मंसाराम को निकाल दें, लेकिन प्रौढ़ बुद्धि ने समझाया कि इस अवसर पर क्रोध की जरूरत नहीं। कहीं इसने भांप लिया, तो गजब ही हो जाएगा। हां, जरा इसके मनोभावों को टटोलना चाहिए।

वकील साहब गंभीरता से बोले–"यह तो मैं जानता हूं कि तुम्हें दो-चार मिनट पढ़ाने से उसका हरज नहीं होता, लेकिन आवारा लड़का है, अपना काम न करने का उसे एक बहाना तो मिल जाता है। कल अगर फेल हो गया, तो साफ कह देगा–मैं तो दिन-भर पढ़ाता रहता था। मैं तुम्हारे लिए कोई मिस नौकर रख दूंगा। कुछ ज्यादा खर्च न होगा। तुमने मुझसे पहले कहा ही नहीं। यह तुम्हें भला क्या पढ़ाता होगा, दो-चार शब्द बताकर भाग जाता होगा। इस तरह तो तुम्हें कुछ भी न आएगा।"

निर्मला ने तुरंत इस आक्षेप का खंडन किया–"नहीं, यह बात तो नहीं। वह मुझे दिल लगाकर पढ़ाते हैं और उनकी शैली भी कुछ ऐसी है कि पढ़ने में मन लगता है। आप एक दिन जरा उनका समझाना देखिए। मैं तो समझती हूं कि मिस इतने ध्यान से न पढ़ाएगी।"

मुंशीजी अपनी प्रश्न-कुशलता पर मूंछों पर ताव देते हुए बोले–"दिन में एक ही बार पढ़ाता है या कई बार?"

निर्मला अब भी इन प्रश्नों का आशय न समझी। बोली–"पहले तो शाम ही को पढ़ा देते थे। अब कई दिनों से एक बार आकर लिखना भी देख लेते हैं। वह तो कहते हैं कि मैं अपनी क्लास में सबसे अच्छा हूं। अभी परीक्षा में इन्हीं को

प्रथम स्थान मिला था, फिर आप कैसे समझते हैं कि उनका पढ़ने में जी नहीं लगता? मैं इसलिए और भी कहती हूं कि दीदी समझेंगी, इसी ने यह आग लगाई है। मुफ्त में मुझे ताने सुनने पड़ेंगे। अभी जरा ही देर हुई, धमकाकर गई हैं।"

मुंशीजी ने दिल में कहा–'खूब समझता हूं। तुम कल की छोकरी होकर मुझे चराने चलीं। दीदी का सहारा लेकर अपना मतलब पूरा करना चाहती हैं।' बोले–"मैं नहीं समझता, बोर्डिंग का नाम सुनकर क्यों लौंडे की नानी मरती है। और लड़के खुश होते हैं कि अब अपने दोस्तों में रहेंगे, यह उल्टे रो रहा है। अभी कुछ दिन पहले तक यह दिल लगाकर पढ़ता था, यह उसी मेहनत का नतीजा है कि अपनी क्लास में सबसे अच्छा है, लेकिन इधर कुछ दिनों से इसे सैर-सपाटे का चस्का पड़ चला है। अगर अभी से रोकथाम न की गई, तो पीछे करते-धरते न बन पड़ेगा। तुम्हारे लिए मैं एक मिस रख दूंगा।"

दूसरे दिन मुंशीजी प्रातःकाल कपड़े-लत्ते पहनकर बाहर निकले। दीवानखाने में कई मुवक्किल बैठे हुए थे। इनमें एक राजा साहब भी थे, जिनसे मुंशीजी को कई हजार सालाना मेहनताना मिलता था, मगर मुंशीजी उन्हें वहीं बैठे छोड़कर दस मिनट में आने का वादा करके बग्घी पर बैठकर स्कूल के हेडमास्टर के यहां जा पहुंचे।

हेडमास्टर साहब बड़े सज्जन पुरुष थे। वकील साहब का बहुत आदर-सत्कार किया, पर उनके यहां एक लड़के की भी जगह खाली न थी। सभी कमरे टंग्रेजे हुए थे। इंस्पेक्टर साहब की कड़ी ताकीद थी कि मुफस्सिल के लड़कों को जगह देकर तब शहर के लड़कों को लिया जाए। इसीलिए यदि कोई जगह खाली भी हुई, तो भी मंसाराम को जगह न मिल सकेगी, क्योंकि कितने ही बाहरी लड़कों के प्रार्थना-पत्र रखे हुए थे।

मुंशीजी वकील थे, रात-दिन ऐसे प्राणियों से साबिका रहता था, जो लोभवश असंभव को भी संभव, असाध्य को भी साध्य बना सकते हैं। समझे शायद कुछ दे-दिलाकर काम निकल जाए, दफ्तर क्लर्क से ढंग की कुछ बातचीत करनी चाहिए, पर उसने हंसकर कहा–"मुंशीजी! यह कचहरी नहीं, स्कूल है। हैडमास्टर साहब के कानों में इसकी भनक भी पड़ गई, तो जामे से बाहर हो जाएंगे और मंसाराम को खड़े-खड़े निकाल देंगे। संभव है, अफसरों से शिकायत कर दें।" बेचारे मुंशीजी अपना-सा मुंह लेकर रह गए। दस बजते-बजते झुंझलाए हुए घर लौटे। मंसाराम उसी वक्त घर से स्कूल जाने को निकला। मुंशीजी ने कठोर नेत्रों से उसे देखा, मानो वह उनका शत्रु हो और घर में चले गए।

इसके बाद दस-बारह दिनों तक वकील साहब का यही नियम रहा कि कभी

सुबह कभी शाम, किसी-न-किसी स्कूल के हेडमास्टर से मिलते और मंसाराम को बोर्डिंग हाउस में दाखिल करने की चेष्टा करते, पर किसी स्कूल में जगह न थी। सभी जगहों से कोरा जवाब मिल गया।

अब दो ही उपाय थे–या तो मंसाराम को अलग किराए के मकान में रख दिया जाए या किसी दूसरे स्कूल में भर्ती करा दिया जाए। ये दोनों बातें आसान थीं। मुफस्सिल के स्कूलों में जगह अक्सर खाली रहती थी, लेकिन अब मुंशीजी का शंकित हृदय कुछ शांत हो गया था।

उस दिन से उन्होंने मंसाराम को कभी घर में जाते न देखा। यहां तक कि अब वह खेलने भी न जाता था। स्कूल जाने से पहले और आने के बाद, बराबर अपने कमरे में बैठा रहता। गर्मी के दिन थे, खुले हुए मैदान में भी देह से पसीने की धारें निकलती थीं, लेकिन मंसाराम अपने कमरे से बाहर न निकलता। उसका आत्माभिमान आवारापन के आक्षेप से मुक्त होने के लिए विकल हो रहा था। वह अपने आचरण से इस कलंक को मिटा देना चाहता था।

एक दिन मुंशीजी बैठे भोजन कर रहे थे कि मंसाराम भी नहाकर खाने आया, मुंशीजी ने इधर उसे महीनों से नंगे बदन न देखा था। आज उस पर निगाह पड़ी, तो होश उड़ गए। हड्डियों का ढांचा सामने खड़ा था। मुख पर अब भी ब्रह्मचर्य का तेज था, पर देह घुलकर कांटा हो गई थी। पूछा–"आजकल तुम्हारी तबीयत अच्छी नहीं है, क्या? इतने दुर्बल क्यों हो?"

मंसाराम ने धोती ओढ़कर कहा–"तबीयत तो बिलकुल अच्छी है।"

मुंशीजी–फिर इतने दुर्बल क्यों हो?

मंसाराम– दुर्बल तो नहीं हूं। मैं इससे ज्यादा मोटा कब था?

मुंशीजी–वाह, आधी देह भी नहीं रही और कहते हो, मैं दुर्बल नहीं हूं? क्यों दीदी, यह ऐसा ही था?

रुक्मिणी आंगन में खड़ी तुलसी को जल चढ़ा रही थी, बोली–"दुबला क्यों होगा, अब तो बहुत अच्छी तरह लालन-पालन हो रहा है। मैं गंवारिन थी, लडकों को खिलाना-पिलाना नहीं जानती थी। खोमचा खिला-खिलाकर इनकी आदत बिगाड़ देती थी। अब तो एक पढ़ी-लिखी, गृहस्थी के कामों में चतुर औरत पान की तरह फेर रही है न। दुबला हो उसका दुश्मन।"

मुंशीजी–दीदी, तुम बड़ा अन्याय करती हो। तुमसे किसने कहा कि लड़कों को बिगाड़ रही हो। जो काम दूसरों के किए न हो सके, वह तुम्हें खुद करने चाहिए। यह नहीं कि घर से कोई नाता न रखो। जो अभी खुद लड़की है, वह लड़कों की देख-रेख क्या करेगी? यह तुम्हारा काम है।

रुक्मिणी–जब तक अपना समझती थी, करती थी। जब तुमने गैर समझ लिया, तो मुझे क्या पड़ी है कि मैं तुम्हारे गले से चिपटूं? पूछो, कै दिन से दूध नहीं पिया? जाके कमरे में देख आओ, नाश्ते के लिए जो मिठाई भेजी गई थी, वह पड़ी सड़ रही है। मालकिन समझती हैं, मैंने तो खाने का सामान रख दिया, कोई न खाए तो क्या मैं मुंह में डाल दूं? तो भैया, इस तरह वे लड़के पलते होंगे, जिन्होंने कभी लाड़-प्यार का सुख नहीं देखा। तुम्हारे लड़के बराबर पान की तरह फेरे जाते रहे हैं, अब अनाथों की तरह रहकर सुखी नहीं रह सकते। मैं तो बात साफ कहती हूं। बुरा मानकर ही कोई क्या कर लेगा? उस पर सुनती हूं कि लड़के को स्कूल में रखने का प्रबंध कर रहे हो। बेचारे को घर में आने तक की मनाही है। मेरे पास आते भी डरता है और फिर मेरे पास रखा ही क्या रहता है, जो जाकर खिलाऊंगी।

इतने में मंसाराम दो फुलके खाकर उठ खड़ा हुआ। मुंशीजी ने पूछा–"तुम खा चुके? अभी बैठे एक मिनट से ज्यादा नहीं हुआ। तुमने खाया क्या, दो ही फुलके तो लिये थे?"

मंसाराम ने सकुचाते हुए कहा–"दाल और तरकारी भी तो थी। ज्यादा खा जाता हूं, तो गला जलने लगता है, खट्टी डकारें आने लगती हैं।"

मुंशीजी भोजन करके उठे तो बहुत चिंतित थे। अगर यों ही दुबला होता गया, तो उसे कोई भंयकर रोग पकड़ लेगा। उन्हें रुक्मिणी पर इस समय बहुत क्रोध आ रहा था। उन्हें यही जलन है कि मैं घर की मालकिन नहीं हूं। यह नहीं समझतीं कि मुझे घर की मालकिन बनने का क्या अधिकार है? जिसे रुपये का हिसाब तक नहीं आता, वह घर की स्वामिनी कैसे हो सकती है? बनी तो थीं साल-भर तक मालकिन, एक पाई की बचत न होती थी। इस आमदनी में रूपकला दो-ढाई सौ रुपये बचा लेती थी। इनके राज में वही आमदनी खर्च को भी पूरी न पड़ती थी। कोई बात नहीं, लाड़-प्यार ने इन लड़कों को चौपट कर दिया। इतने बड़े-बड़े लड़कों को इसकी क्या जरूरत कि जब कोई खिलाए तो खाएं। इन्हें तो खुद अपनी फिक्र करनी चाहिए।

मुंशीजी दिन-भर उसी उधेड़-बुन में पड़े रहे। दो-चार मित्रों से भी जिक्र किया। लोगों ने कहा–"उसके खेल-कूद में बाधा न डालिए, अभी से उसे कैद न कीजिए, खुली हवा में चरित्र के भ्रष्ट होने की उससे कम संभावना है, जितना बंद कमरे में। कुसंगत से जरूर बचाइए, मगर यह नहीं कि उसे घर से निकलने ही न दीजिए। युवावस्था में एकांतवास चरित्र के लिए बहुत ही हानिकारक है।"

मुंशीजी को अब अपनी गलती मालूम हुई। घर लौटकर मंसाराम के पास

गए। वह अभी स्कूल से आया था और बिना कपड़े उतारे, एक किताब सामने खोलकर, सामने खिड़की की ओर ताक रहा था। उसकी दृष्टि एक भिखारिन पर लगी हुई थी, जो अपने बालक को गोद में लिये भिक्षा मांग रही थी। बालक माता की गोद में बैठा इस प्रकार प्रसन्न था, जैसे वह किसी राजसिंहासन पर विराजमान हो।

मंसाराम उस बालक को देखकर रो पड़ा–'यह बालक क्या मुझसे अधिक सुखी नहीं है? इस अनंत विश्व में ऐसी कौन-सी वस्तु है, जिसे वह इस गोद के बदले पाकर प्रसन्न हो? ईश्वर भी ऐसी वस्तु की सृष्टि नहीं कर सकते। ईश्वर ऐसे बालकों को जन्म ही क्यों देते हो, जिनके भाग्य में मातृ-वियोग का दुख भोगना बदा हो? आज मुझ-सा अभागा संसार में और कौन है? किसे मेरे खाने-पीने की, मरने-जीने की सुध है। अगर मैं आज मर भी जाऊं, तो किसके दिल को चोट लगेगी। पिता को अब मुझे रुलाने में मजा आता है, वह मेरी सूरत भी नहीं देखना चाहते, मुझे घर से निकाल देने की तैयारियां हो रही हैं। आह माता! तुम्हारा लाड़ला बेटा आज आवारा कहा जा रहा है। वही पिताजी, जिनके हाथ में तुमने हम तीनों भाइयों के हाथ पकड़ाए थे, आज मुझे आवारा और बदमाश कह रहे हैं। मैं इस योग्य भी नहीं कि इस घर में रह सकूं।' यह सोचते-सोचते मंसाराम अपार वेदना से फूट-फूटकर रोने लगा।

उसी समय तोताराम कमरे में आकर खड़े हो गए। मंसाराम ने चटपट आंसू पोंछ डाले और सिर झुकाकर खड़ा हो गया। मुंशीजी ने शायद यह पहली बार उसके कमरे में कदम रखा था। मंसाराम का दिल धड़धड़ करने लगा कि देखें, आज क्या आफत आती है।

मुंशीजी ने उसे रोते देखा, तो एक क्षण के लिए उनका वात्सल्य घोर निद्रा से चौंक पड़ा। घबराकर बोले–"क्यों, रोते क्यों हो बेटा! किसी ने कुछ कहा है?"

मंसाराम ने बड़ी मुश्किल से उमड़ते हुए आंसुओं को रोककर कहा–"जी नहीं, रोता तो नहीं हूं।"

मुंशीजी–तुम्हारी अम्मां ने तो कुछ नहीं कहा?

मंसाराम–जी नहीं, वह तो मुझसे बोलती ही नहीं।

मुंशीजी–क्या करूं बेटा, शादी तो इसलिए की थी कि बच्चों को मां मिल जाएगी, लेकिन वह आशा पूरी नहीं हुई...तो क्या बिलकुल नहीं बोलतीं?

मंसाराम–जी नहीं, इधर महीनों से नहीं बोलीं।

मुंशीजी–विचित्र स्वभाव की औरत है, मालूम ही नहीं होता कि क्या चाहती है? मैं जानता कि उसका ऐसा मिजाज होगा, तो कभी शादी न करता। रोज

एक-न-एक बात लेकर उठ खड़ी होती है। उसी ने मुझसे कहा था कि यह दिन-भर न जाने कहां गायब रहता है। मैं उसके दिल की बात क्या जानता था? समझा, तुम कुसंगत में पड़कर शायद दिन-भर घूमा करते हो। कौन ऐसा पिता है, जिसे अपने प्यारे पुत्र को आवारा फिरते देखकर रंज न हो? इसीलिए मैंने तुम्हें बोर्डिंग हाउस में रखने का निश्चय किया था। बस, और कोई बात नहीं थी, बेटा! मैं तुम्हारा खेलना-कूदना बंद नहीं करना चाहता था। तुम्हारी यह दशा देखकर मेरे दिल के टुकड़े हुए जाते हैं। कल मुझे मालूम हुआ, मैं भ्रम में था। तुम शौक से खेलो, सुबह-शाम मैदान में निकल जाया करो। ताजी हवा से तुम्हें लाभ होगा। जिस चीज की जरूरत हो, मुझसे कहो, उनसे कहने की जरूरत नहीं। समझ लो कि वह घर में है ही नहीं। तुम्हारी माता छोड़कर चली गई तो मैं तो हूं।

बालक का सरल निष्कपट हृदय पितृ-प्रेम से पुलकित हो उठा। मालूम हुआ कि साक्षात् भगवान् खड़े हैं। नैराश्य और क्षोभ से विकल होकर उसने मन में अपने पिता को निष्ठुर और न जाने क्या-क्या समझ रखा था। विमाता से उसे कोई गिला न था। अब उसे ज्ञात हुआ कि मैंने अपने देवतुल्य पिता के साथ कितना अन्याय किया है। पितृ-भक्ति की एक तरंग-सी हृदय में उठी और वह पिता के चरणों पर सिर रखकर रोने लगा।

मुंशीजी करुणा से विह्वल हो गए। जिस पुत्र को क्षण-भर आंखों से दूर देखकर उनका हृदय व्यग्र हो उठता था, जिसके शील, बुद्धि और चरित्र का अपने-पराए सभी बखान करते थे, उसी के प्रति उनका हृदय इतना कठोर क्यों हो गया? वह अपने ही प्रिय पुत्र को शत्रु समझने लगे, उसको निर्वासन देने को तैयार हो गए।

निर्मला पुत्र और पिता के बीच में दीवार बनकर खड़ी थी। निर्मला को अपनी ओर खींचने के लिए पीछे हटना पड़ता था और पिता तथा पुत्र में अंतर बढ़ता जाता था। फलत: आज यह दशा हो गई है कि अपने अभिन्न पुत्र से उन्हें इतना छल करना पड़ रहा है। आज बहुत सोचने के बाद उन्हें एक ऐसी युक्ति सूझी है, जिससे आशा हो रही है कि वह निर्मला को बीच से निकालकर अपने दूसरे बाजू को अपनी तरफ खींच लेंगे। उन्होंने उस युक्ति का आरंभ भी कर दिया है, लेकिन इससे अभीष्ट सिद्ध होगा या नहीं, इसे कौन जानता है?

जिस दिन से तोताराम ने निर्मला के बहुत मिन्नत-समाजत करने पर भी मंसाराम को बोर्डिंग हाउस में भेजने का निश्चय किया था, उसी दिन से उसने मंसाराम से पढ़ना छोड़ दिया था। यहां तक कि बोलती भी न थी। उसे स्वामी की इस अविश्वासपूर्ण तत्परता का कुछ-कुछ आभास हो गया था। ओफ्फोह!

इतना शक्की मिजाज!! ईश्वर ही इस घर की लाज रखें। इनके मन में ऐसी-ऐसी दुर्भावनाएं भरी हुई हैं। मुझे यह इतनी गई-गुजरी समझते हैं। ये बातें सोच-सोचकर वह कई दिन रोती रही। तब उसने सोचना शुरू किया, इन्हें क्यों ऐसा संदेह हो रहा है? मुझ में ऐसी कौन-सी बात है, जो इनकी आंखों में खटकती है। बहुत सोचने पर भी उसे अपने में कोई ऐसी बात नजर न आई। तो क्या उसका मंसाराम से पढ़ना, उससे हंसना-बोलना ही इनके संदेह का कारण है, तो फिर मैं पढ़ना छोड़ दूंगी, भूलकर भी मंसाराम से न बोलूंगी, उसकी सूरत न देखूंगी।

यह तपस्या उसे असाध्य जान पड़ती थी। मंसाराम से हंसने-बोलने में उसकी विलासिनी कल्पना उत्तेजित भी होती थी और तृप्त भी। उससे बातें करते हुए उसे अपार सुख का अनुभव होता था, जिसे वह शब्दों में प्रकट न कर सकती थी। कुवासना की उसके मन में छाया भी न थी। वह स्वप्न में भी मंसाराम से कलुषित प्रेम करने की बात न सोच सकती थी। प्रत्येक प्राणी को अपने हमजोलियों के साथ, हंसने-बोलने की जो एक नैसर्गिक तृष्णा होती है, उसी की तृप्ति का यह एक अज्ञात साधन था। अब वह अतृप्त तृष्णा निर्मला के हृदय में दीपक की भांति जलने लगी। रह-रहकर उसका मन किसी अज्ञात वेदना से विकल हो जाता। खोई हुई किसी अज्ञात वस्तु की खोज में इधर-उधर घूमती-फिरती, जहां बैठती, वहां बैठी ही रह जाती, किसी काम में जी न लगता। हां, जब मुंशीजी आ जाते, वह अपनी सारी तृष्णाओं को नैराश्य में डुबोकर, उनसे मुस्कराकर इधर-उधर की बातें करने लगती।

कल जब मुंशीजी भोजन करके कचहरी चले गए, तो रुक्मिणी ने निर्मला को खूब तानों से छेदा–"जानती तो थी कि यहां बच्चों का पालन-पोषण करना पड़ेगा, तो क्यों घरवालों से नहीं कह दिया कि वहां मेरा विवाह न करो? वहां जाती जहां पुरुष के सिवा और कोई न होता। वही यह बनाव-चुनाव और छवि देखकर खुश होता, अपने भाग्य को सराहता। यहां बुड्ढा आदमी तुम्हारे रंग-रूप, हाव-भाव पर क्या लट्टू होगा? इसने इन्हीं बालकों की सेवा करने के लिए तुमसे विवाह किया है, भोग-विलास के लिए नहीं।"

वह बड़ी देर तक घाव पर नमक छिड़कती रही, पर निर्मला ने चूं तक न की। वह अपनी सफाई तो पेश करना चाहती थी, पर न कर सकती थी। अगर कहे कि मैं वही कर रही हूं, जो मेरे स्वामी की इच्छा है तो घर का भंडा फूटता है। अगर वह अपनी भूल स्वीकार करके उसका सुधार करती है, तो भय है कि उसका न जाने क्या परिणाम हो? वह यों बड़ी स्पष्टवादिनी थी, सत्य कहने में उसे संकोच या भय न होता था, लेकिन इस नाजुक मौके पर उसे चुप्पी साधनी पड़ी। इसके सिवा दूसरा

उपाय न था। वह देखती थी कि मंसाराम बहुत विरक्त और उदास रहता है। यह भी देखती थी कि वह दिन-दिन दुर्बल होता जाता है, लेकिन उसकी वाणी और कर्म दोनों ही पर मोहर लगी हुई थी। चोर के घर चोरी हो जाने से उसकी जो दशा होती है, वही दशा इस समय निर्मला की हो रही थी।

जब कोई बात हमारी आशा के विरुद्ध होती है, तभी दुख होता है। मंसाराम को निर्मला से कभी इस बात की आशा न थी कि वे उसकी शिकायत करेंगी, इसलिए उसे घोर वेदना हो रही थी। वह क्यों मेरी शिकायत करती है? क्या चाहती है? यही न कि वह मेरे पति की कमाई खाता है, इसके पढ़ाने-लिखाने में रुपये खर्च होते हैं, कपड़ा पहनता है। उनकी यही इच्छा होगी कि यह घर में न रहे। मेरे न रहने से उनके रुपये बच जाएंगे। वह मुझसे बहुत प्रसन्नचित्त रहती हैं। कभी मैंने उनके मुंह से कटु शब्द नहीं सुने। क्या यह सब कौशल है? हो सकता है। चिड़िया को जाल में फंसाने से पहले शिकारी दाने बिखेरता है। आह! मैं नहीं जानता था कि दाने के नीचे जाल है, यह मातृ-स्नेह केवल मेरे निर्वासन की भूमिका है।

अच्छा, मेरा यहां रहना क्यों बुरा लगता है? जो उनका पति है, क्या वह मेरा पिता नहीं है? क्या पिता-पुत्र का संबंध स्त्री-पुरुष के संबंध से कुछ कम घनिष्ट है? अगर मुझे उनके संपूर्ण आधिपत्य से ईर्ष्या नहीं होती, वह जो चाहे करें, मैं मुंह नहीं खोल सकता, तो वह मुझे क्यों एक अगुंल-भर भूमि भी देना नहीं चाहतीं? आप पक्के महल में रहकर क्यों मुझे वृक्ष की छाया में बैठा नहीं देख सकतीं?

हां, वह समझती होंगी कि वह बड़ा होकर मेरे पति की संपत्ति का स्वामी हो जाएगा, इसलिए अभी से निकाल देना अच्छा है। उनको कैसे विश्वास दिलाऊं कि मेरी ओर से यह शंका न करें। उन्हें क्योंकर बताऊं कि मंसाराम विष खाकर प्राण दे देगा, इससे पहले कि उनका अहित करे। उसे चाहे कितनी ही कठिनाइयां सहनी पडें, वह उनके हृदय का शूल न बनेगा।

यों तो पिताजी मेरे जन्माधार हैं और अब भी मुझ पर उनका स्नेह कम नहीं है, लेकिन क्या मैं इतना भी नहीं जानता कि जिस दिन पिताजी ने उनसे विवाह किया, उसी दिन उन्होंने हमें अपने हृदय से बाहर निकाल दिया? अब हम अनाथों की भांति यहां पड़े रह सकते हैं, इस घर पर हमारा कोई अधिकार नहीं है। कदाचित् पूर्व संस्कारों के कारण यहां अन्य अनाथों से हमारी दशा कुछ अच्छी है, पर हैं अनाथ ही। हम उसी दिन अनाथ हुए, जिस दिन अम्मां जी परलोक सिधारीं। जो कुछ कसर रह गई थी, वह इस विवाह ने पूरी कर दी।

मैं तो खुद पहले इनसे विशेष संबंध न रखता था। अगर उन्हीं दिनों पिताजी से मेरी शिकायत की होती, तो शायद मुझे इतना दुख न होता। मैं तो उस आघात

के लिए तैयार बैठा था। संसार में क्या मैं मजदूरी भी नहीं कर सकता? लेकिन बुरे वक्त में इन्होंने चोट की। हिंसक पशु भी आदमी को गाफिल पाकर ही चोट करते हैं। इसीलिए मेरी आवभगत होती थी, खाना खाने के लिए उठने में जरा भी देर हो जाती थी, तो बुलावे पर बुलावे आते थे, जलपान के लिए प्रात: हलुआ बनाया जाता था, बार-बार पूछा जाता था–रुपयों की जरूरत तो नहीं है? इसीलिए वह सौ रुपये की घड़ी मंगवाई थी।

मगर क्या इन्हें दूसरी शिकायत न सूझी, जो मुझे आवारा कहा? आखिर उन्होंने मेरी क्या आवारगी देखी? यह कह सकती थीं कि इसका मन पढ़ने-लिखने में नहीं लगता, एक-न-एक चीज के लिए नित्य रुपये मांगता रहता है। यही एक बात उन्हें क्यों सूझी? शायद इसीलिए कि यही सबसे कठोर आघात है, जो वह मुझ पर कर सकती हैं। पहली ही बार इन्होंने मुझ पर अग्निबाण चला दिया, जिससे कहीं शरण नहीं। इसीलिए न कि वह पिता की नजरों से गिर जाए? मुझे बोर्डिंग हाउस में रखने का तो एक बहाना था। उद्देश्य यह था कि इसे दूध की मक्खी की तरह निकाल दिया जाए। दो-चार महीने के बाद खर्च-वर्च देना बंद कर दिया जाए, फिर चाहे मरे या जिए।

अगर मैं जानता कि यह प्रेरणा इनकी ओर से हुई है, तो कहीं जगह न रहने पर भी जगह निकाल लेता। नौकरों की कोठरियों में तो जगह मिल जाती, बरामदे में पड़े रहने के लिए बहुत जगह मिल जाती। खैर, अब सबेरा है। जब स्नेह नहीं रहा, तो केवल पेट भरने के लिए यहां पड़े रहना बेहयाई है, यह अब मेरा घर नहीं। इसी घर में पैदा हुआ हूं, यहीं खेला हूं, पर यह अब मेरा नहीं। पिताजी भी मेरे पिता नहीं हैं। मैं उनका पुत्र हूं, पर वह मेरे पिता नहीं हैं। संसार के सारे नाते स्नेह के नाते हैं। जहां स्नेह नहीं, वहां कुछ नहीं। हाय, अम्मांजी, तुम कहां हो?

यह सोचकर मंसाराम रोने लगा। ज्यों-ज्यों मातृ-स्नेह की पूर्व स्मृतियां जाग्रत होती थीं, उसके आंसू उमड़ते आते थे। वह कई बार अम्मां-अम्मां पुकार उठा मानो वह खड़ी सुन रही हैं। मातृ-हीनता के दु:ख का आज उसे पहली बार अनुभव हुआ। वह आत्माभिमानी था, साहसी था, पर अब तक सुख की गोद में लालन-पालन होने के कारण वह इस समय अपने आपको निराधार समझ रहा था।

रात के दस बज गए थे। मुंशीजी आज कहीं दावत खाने गए हुए थे। दो बार मेहरी मंसाराम को भोजन करने के लिए बुलाने आ चुकी थी। मंसाराम ने पिछली बार उससे झुंझलाकर कह दिया था–'मुझे भूख नहीं है, कुछ न खाऊंगा।

बार-बार आकर सिर पर सवार हो जाती है।' इसीलिए जब निर्मला ने उसे फिर उसी काम के लिए भेजना चाहा, तो वह न गई। बोली-"बहूजी, वह मेरे बुलाने से न आवेंगे।"

निर्मला बोली-"आएंगे क्यों नहीं? जाकर कह दे, खाना ठंडा हुआ जाता है।"

मेहरी-मैं यह सब कह के हार गई, नहीं आते।

निर्मला-तूने यह कहा था कि वह बैठी हुई हैं।

मेहरी-नहीं बहूजी, यह तो मैंने नहीं कहा, झूठ क्यों बोलूं।

निर्मला-अच्छा, तो जाकर यह कह देना, वह बैठी तुम्हारी राह देख रही हैं। तुम न खाओगे तो वह रसोई उठाकर सो रहेंगी। मेरी भूंगी, सुन, अबकी और चली जा। (हंसकर) न आवें, तो गोद में उठा लाना।

भूंगी नाक-भौं सिकोड़ते गई, पर एक ही क्षण में आकर बोली-"अरे बहूजी, वह तो रो रहे हैं। किसी ने कुछ कहा है क्या?"

निर्मला इस तरह चौंककर उठी और दो-तीन पग आगे चली मानो किसी माता ने अपने बेटे के कुएं में गिर पड़ने की खबर पाई हो, फिर वह ठिठक गई और भूंगी से बोली-"रो रहे हैं? तूने पूछा नहीं क्यों रो रहे हैं?"

भूंगी-नहीं बहूजी, यह तो मैंने नहीं पूछा। झूठ क्यों बोलूं?

वह रो रहे हैं। इस निस्तब्ध रात्रि में अकेले बैठे हुए वह रो रहे हैं। माता की याद आई होगी? कैसे जाकर उन्हें समझाऊं? हाय, कैसे समझाऊं? यहां तो छींकते नाक कटती है। ईश्वर, तुम साक्षी हो, अगर मैंने उन्हें भूल से भी कुछ कहा हो, तो वह मेरे आगे आए। मैं क्या करूं? वह दिल में समझते होंगे कि इसी ने पिताजी से मेरी शिकायत की होगी। कैसे विश्वास दिलाऊं कि मैंने कभी तुम्हारे विरुद्ध एक शब्द भी मुंह से नहीं निकाला? अगर मैं ऐसे देवकुमार के-से चरित्र रखने वाले युवक का बुरा चेतूं, तो मुझसे बढ़कर राक्षसी संसार में न होगी।

निर्मला देखती थी कि मंसाराम का स्वास्थ्य दिन-दिन बिगड़ता जाता है, वह दिन-दिन दुर्बल होता जाता है, उसके मुख की निर्मल कांति दिन-दिन मलिन होती जाती है, उसका सहास बदन संकुचित होता जाता है। इसका कारण भी उससे छिपा न था, पर वह इस विषय में अपने स्वामी से कुछ न कह सकती थी। यह सब देख-देखकर उसका हृदय विदीर्ण होता रहता था, पर उसकी जबान न खुल सकती थी। वह कभी-कभी मन में झुंझलाती कि मंसाराम क्यों जरा-सी बात पर इतना क्षोभ करता है? क्या इनके आवारा कहने से वह आवारा हो गया? मेरी और बात है, एक जरा-सा शक मेरा सर्वनाश कर सकता है, पर उसे ऐसी बातों की इतनी क्या परवाह!

उसके जी में प्रबल इच्छा हुई कि चलकर उन्हें चुप कराऊं और बुलाकर खाना खिला दूं। बेचारे रात-भर भूखे पड़े रहेंगे। हाय! मैं इस उपद्रव की जड़ हूं। मेरे आने से पहले इस घर में शांति का राज्य था। पिता बालकों पर जान देता था, बालक पिता को प्यार करते थे। मेरे आते ही सारी बाधाएं आ खड़ी हुईं। इनका अंत क्या होगा, भगवान ही जाने! भगवान मुझे मौत भी नहीं देते। बेचारा अकेले भूखों पड़ा है। उस वक्त भी मुंह जूठा करके उठ गया था और उसका आहार ही क्या है, जितना वह खाता है, उतना तो साल-दो साल के बच्चे खा जाते हैं।

निर्मला चली, पति की इच्छा के विरुद्ध चली। जो नाते में उसका पुत्र होता था, उसी को मनाने जाते उसका हृदय कांप रहा था। उसने पहले रुक्मिणी के कमरे की ओर देखा, वह भोजन करके बेखबर सो रही थीं, फिर बाहर कमरे की ओर गई। वहां सन्नाटा था। मुंशीजी अभी न आए थे। यह सब देख-भालकर वह मंसाराम के कमरे के सामने जा पहुंची। कमरा खुला हुआ था। मंसाराम एक पुस्तक सामने रखे मेज पर सिर झुकाए बैठा हुआ था मानो शोक और चिंता की सजीव मूर्ति हो। निर्मला ने पुकारना चाहा, पर उसके कंठ से आवाज न निकली। सहसा मंसाराम ने सिर उठाकर द्वार की ओर देखा। निर्मला को देखकर अंधेरे में पहचान न सका। चौंककर बोला–"कौन?"

निर्मला–मैं हूं। भोजन करने क्यों नहीं चल रहे हो? कितनी रात गई।

मंसाराम ने मुंह फेरकर कहा–"मुझे भूख नहीं है।"

निर्मला–यह तो मैं तीन बार भूंगी से सुन चुकी हूं।

मंसाराम–तो चौथी बार मेरे मुंह से सुन लीजिए।

निर्मला–शाम को भी तो कुछ नहीं खाया था, भूख क्यों नहीं लगी?

मंसाराम ने व्यंग्य की हंसी हंसकर कहा–"बहुत भूख लगेगी, तो आएगा कहां से?"

यह कहते-कहते मंसाराम ने कमरे का द्वार बंद करना चाहा, लेकिन निर्मला किवाड़ों को हटाकर कमरे में चली आई और मंसाराम का हाथ पकड़ सजल नेत्रों से विनय-मधुर स्वर में बोली–"मेरे कहने से चलकर थोड़ा-सा खा लो। तुम न खाओगे, तो मैं भी जाकर सो रहूंगी। दो ही कौर खा लेना। क्या मुझे रात-भर भूखों मारना चाहते हो?"

मंसाराम सोच में पड़ गया। अभी भोजन नहीं किया, मेरे ही इंतजार में बैठी रहीं। यह स्नेह, वात्सल्य और विनय की देवी हैं या ईर्ष्या और अमंगल की मायाविनी मूर्ति? उसे अपनी माता का स्मरण हो आया। जब वह रूठ जाता था, तो वे भी इसी तरह मनाने आया करती थीं और जब तक वह न जाता था, वहां

से न उठती थीं। वह इस विनय को अस्वीकार न कर सका। बोला—"मेरे लिए आपको इतना कष्ट हुआ, इसका मुझे खेद है। मैं जानता कि आप मेरे इंतजार में भूखी बैठी हैं, तो तभी खा आया होता।"

निर्मला ने तिरस्कार भाव से कहा—"यह तुम कैसे समझ सकते थे कि तुम भूखे रहोगे और मैं खाकर सो रहूंगी? क्या विमाता का नाता होने से ही मैं ऐसी स्वार्थिनी हो जाऊंगी?"

सहसा मर्दाने कमरे में मुंशीजी के खांसने की आवाज आई। ऐसा मालूम हुआ कि वह मंसाराम के कमरे की ओर आ रहे हैं। निर्मला के चेहरे का रंग उड़ गया। वह तुरंत कमरे से निकल गई और भीतर जाने का मौका न पाकर कठोर स्वर में बोली—"मैं लौंडी नहीं हूं कि इतनी रात तक किसी के लिए रसोई के द्वार पर बैठी रहूं। जिसे न खाना हो, वह पहले ही कह दिया करे।"

मुंशीजी ने निर्मला को वहां खड़े देखा। यह अनर्थ! यह यहां क्या करने आ गई? बोले—"यहां क्या कर रही हो?"

निर्मला—अपने भाग्य को रो रही हूं। बस, सारी बुराइयों की जड़ मैं ही हूं। कोई इधर रूठा है, कोई उधर मुंह फुलाए खड़ा है। किस-किसको मनाऊं और कहां तक मनाऊं?

मुंशीजी कुछ चकित होकर बोले—"बात क्या है?"

निर्मला—भोजन करने नहीं जाते और क्या बात है? दस दफे मेहरी को भेजा, आखिर आप दौड़ी आई। इन्हें तो इतना कह देना आसान है, मुझे भूख नहीं है, यहां तो घर-भर की लौंडी हूं, सारी दुनिया मुंह में कालिख पोतने को तैयार। किसी को भूख न हो, पर कहने वालों को यह कहने से कौन रोकेगा कि पिशाचिनी किसी को खाना नहीं देती।

मुंशीजी ने मंसाराम से कहा—"खाना क्यों नहीं खा लेते? जानते हो क्या वक्त है?"

मंसाराम स्तंभित-सा खड़ा था। उसके सामने एक ऐसा रहस्य प्रकट हो रहा था, जिसका मर्म वह कुछ भी न समझ सकता था। जिन नेत्रों में एक क्षण पहले विनय के आंसू भरे हुए थे, उनमें अकस्मात् ईर्ष्या की ज्वाला कहां से आ गई? जिन अधरों से एक क्षण पहले सुधा-वृष्टि हो रही थी, उनमें से विष प्रवाह क्यों होने लगा? उसी अर्ध चेतना की दशा में बोला—"मुझे भूख नहीं है।"

मुंशीजी ने घुड़ककर कहा—"क्यों भूख नहीं है? भूख नहीं थी, तो शाम को क्यों न कहला दिया? तुम्हारी भूख के इंतजार में कौन सारी रात बैठा रहे? तुममें पहले तो यह आदत न थी। रूठना कब से सीख लिया? जाकर खा लो।"

मंसाराम–जी नहीं, मुझे जरा भी भूख नहीं है।

तोताराम ने दांत पीसकर कहा–"अच्छी बात है, जब भूख लगे, तब खाना।" यह कहते हुए वह अंदर चले गए।

निर्मला भी उनके पीछे ही चली गई। मुंशीजी तो लेटने चले गए, उसने जाकर रसोई उठा दी और कुल्ला कर, पान खा मुस्कराती हुई आ पहुंची। मुंशीजी ने पूछा–"खाना खा लिया न?"

निर्मला–क्या करती, किसी के लिए अन्न-जल छोड़ दूंगी?

मुंशीजी–इसे न जाने क्या हो गया है, कुछ समझ में नहीं आता? दिन-दिन घुलता चला जाता है, दिन-भर उसी कमरे में पड़ा रहता है।

निर्मला कुछ न बोली। वह चिंता के अपार सागर में डुबकियां खा रही थी। मंसाराम ने मेरे भाव-परिवर्तन को देखकर दिल में क्या-क्या समझा होगा? क्या उसके मन में यह प्रश्न उठा होगा कि पिताजी को देखते ही इसकी त्योरियां क्यों बदल गईं? इसका कारण भी क्या उसकी समझ में आ गया होगा? बेचारा खाने आ रहा था, तब तक यह महाशय न जाने कहां से टपक पड़े? इस रहस्य को उसे कैसे समझाऊं और समझाना संभव भी है क्या? मैं किस विपत्ति में फंस गई?

सवेरे वह उठकर घर के काम-धंधे में लगी। सहसा नौ बजे भूंगी ने आकर कहा–"मंसा बाबू तो अपने कागज-पत्तर सब इक्के पर लाद रहे हैं।"

निर्मला ने हकबकाकर कहा–"इक्के पर लाद रहे हैं! कहां जाते हैं?"

भूंगी–मैंने पूछा तो बोले, अब स्कूल में ही रहूंगा।

मंसाराम प्रातःकाल उठकर अपने स्कूल के हेडमास्टर साहब के पास गया था और अपने रहने का प्रबंध कर आया था। हेडमास्टर साहब ने पहले तो कहा–'यहां जगह नहीं है, तुमसे पहले के कितने ही लड़कों के प्रार्थना-पत्र पड़े हुए हैं', लेकिन जब मंसाराम ने कहा–'मुझे जगह न मिलेगी, तो कदाचित् मेरा पढ़ना न हो सके और मैं इम्तहान में शरीक न हो सकूं', तो हेडमास्टर साहब को हार माननी पड़ी।

मंसाराम के प्रथम श्रेणी में पास होने की आशा थी। अध्यापकों को विश्वास था कि वह उस शाला की कीर्ति को उज्ज्वल करेगा। हेडमास्टर साहब ऐसे लड़कों को कैसे छोड़ सकते थे? उन्होंने अपने दफ्तर का कमरा खाली करा दिया, इसीलिए मंसाराम वहां से आते ही अपना सामान इक्के पर लादने लगा।

मुंशीजी ने कहा–"अभी ऐसी क्या जल्दी है? दो-चार दिन में चले जाना। मैं चाहता हूं, तुम्हारे लिए कोई अच्छा-सा रसोइया ठीक कर दूं।"

मंसाराम–वहां का रसोइया बहुत अच्छा भोजन पकाता है।

मुंशीजी–अपने स्वास्थ्य का ध्यान रखना। ऐसा न हो कि पढ़ने के पीछे स्वास्थ्य खो बैठो।

मंसाराम–वहां नौ बजे के बाद कोई पढ़ने नहीं पाता और सबको नियम के साथ खेलना पड़ता है।

मुंशीजी–बिस्तर क्यों छोड़े देते हो? सोओगे किस पर?

मंसाराम–कंबल लिए जाता हूं। बिस्तर की जरूरत नहीं।

मुंशीजी–कहार जब तक तुम्हारा सामान रख रहा है, जाकर कुछ खा लो। रात भी तो कुछ नहीं खाया था।

मंसाराम–वहीं खा लूंगा। रसोइए से भोजन बनाने को कह आया हूं, यहां खाने लगूंगा तो देर होगी।

घर में जियाराम और सियाराम भी भाई के साथ जाने के जिद कर रहे थे। निर्मला उन दोनों को बहला रही थी–"बेटा, वहां छोटे नहीं रहते, सब काम अपने ही हाथ से करना पड़ता है।"

एकाएक रुक्मिणी ने आकर कहा–"तुम्हारा वज्र का हृदय है, महारानी! लड़के ने रात भी कुछ नहीं खाया, इस वक्त भी बिना खाए-पीए चला जा रहा है और तुम लड़कों के लिए बातें कर रही हो? उसको तुम जानती नहीं हो। यह समझ लो कि वह स्कूल नहीं जा रहा है, बनवास ले रहा है, लौटकर फिर न आएगा। यह उन लड़कों में नहीं है, जो खेल में मार भूल जाते हैं। बात उसके दिल पर पत्थर की लकीर की तरह खिंच जाती है।"

निर्मला ने कातर स्वर में कहा–"क्या करूं, दीदीजी? वह किसी की सुनते ही नहीं। आप जरा जाकर बुला लें। आपके बुलाने से आ जाएंगे।

रुक्मिणी हाथ हिलाते हुए गंभीरता से बोली–"आखिर हुआ क्या, जिस पर भागा जाता है? घर से उसका जी कभी उचाट न होता था। उसे तो अपने घर के सिवा और कहीं अच्छा ही न लगता था। तुम्हीं ने उसे कुछ कहा होगा या उसकी कुछ शिकायत की होगी। क्यों अपने लिए कांटे बो रही हो? रानी, घर को मिट्टी में मिलाकर चैन से न बैठने पाओगी।"

निर्मला ने रोकर कहा–"मैंने उन्हें कुछ कहा हो, तो मेरी जबान कट जाए। हां, सौतेली मां होने के कारण बदनाम तो हूं ही। आपके हाथ जोड़ती हूं, जरा जाकर उन्हें बुला लाइए।"

रुक्मिणी ने तीव्र स्वर में कहा–"तुम क्यों नहीं बुला लाती? क्या छोटी हो जाओगी? अपना होता, तो क्या इसी तरह बैठी रहती?"

निर्मला की दशा उस पंखहीन पक्षी की तरह हो रही थी, जो सर्प को अपनी

ओर आते देखकर उड़ना चाहता है, पर उड़ नहीं सकता, उछलता है, गिर पड़ता है और पंख फड़फड़ाकर रह जाता है। उसका हृदय अंदर-ही-अंदर तड़प रहा था, पर बाहर न जा सकती थी। इतने में दोनों लड़के आकर बोले–"भैयाजी चले गए।"

निर्मला मूर्तिवत् खड़ी रही मानो संज्ञाहीन हो गई हो–' चले गए? घर में आए तक नहीं, मुझसे मिले तक नहीं, चले गए। मुझसे इतनी घृणा! मैं उनकी कोई न सही, उनकी बुआ तो थीं। उनसे तो मिलने आना चाहिए था? मैं यहां थी न! अंदर कैसे कदम रखते? मैं देख लेती न, इसीलिए चले गए।'

7

वह आग जो उन्होंने अपने ठिठुरे हुए हाथों को सेंकने के लिए जलाई थी, अब उनके घर में लगी जा रही थी। इस करुणा, शोक, पश्चाताप और शंका से उनका चित्त घबरा उठा। उनके गुप्त रोदन की ध्वनि बाहर निकल सकती, तो सुनने वाले रो पड़ते।

मंसाराम के जाने से घर सूना हो गया। दोनों छोटे लड़के उसी स्कूल में पढ़ते थे। निर्मला रोज उनसे मंसाराम का हाल पूछती। आशा थी कि छुट्टी के दिन वह आएगा, लेकिन जब छुट्टी के दिन गुजर गए और वह न आया, तो निर्मला घबराने लगी। उसने मंसाराम के लिए मूंग के लड्डू बना रखे थे। सोमवार को प्रातः भूंगी को लड्डू देकर स्कूल भेजा, मगर मंसाराम ने लड्डू ज्यों-के-त्यों लौटा दिए थे।

निर्मला ने पूछा–"पहले से कुछ हरे हुए हैं, रे?"

भूंगी–हरे-वरे तो नहीं हुए, और सूख गए हैं।

निर्मला–क्या जी अच्छा नहीं है?

भूंगी–यह तो मैंने नहीं पूछा बहूजी, झूठ क्यों बोलूं? हां, वहां का कहार मेरा देवर लगता है। वह कहता था कि तुम्हारे बाबूजी की खुराक कुछ नहीं है। दो फुलकियां खाकर उठ जाते हैं, फिर दिन-भर कुछ नहीं खाते। हरदम पढ़ते रहते हैं।

निर्मला–तूने पूछा नहीं, लड्डू क्यों लौटाए देते हो?

भूंगी–बहूजी, झूठ क्यों बोलूं? यह पूछने की तो मुझे सुध ही न रही। हां, यह कहते थे कि अब तू यहां कभी न आना, न मेरे लिए कोई चीज लाना और अपनी बहूजी से कह देना कि मेरे पास कोई चिट्ठी-पत्तरी न भेजें। लड़कों से भी मेरे पास कोई संदेशा न भेजें और एक ऐसी बात कही कि मेरे मुंह से निकल नहीं सकती, फिर रोने लगे।

निर्मला–कौन बात थी, कह तो?

भूंगी–क्या कहूं, कहते थे, मेरे जीने को धिक्कार है? यही कहकर रोने लगे।

निर्मला के मुंह से एक ठंडी सांस निकल गई। ऐसा मालूम हुआ मानो कलेजा बैठा जाता है। उसका रोम-रोम आर्तनाद करने लगा। वह वहां बैठी न रह सकी। जाकर बिस्तर पर मुंह ढांपकर लेट रही और फूट-फूटकर रोने लगी। 'वह भी जान गए'। उसके अंत:करण में बार-बार यही आवाज गूंजने लगी–'वह भी जान गए'। भगवान अब क्या होगा? जिस संदेह की आग में वह भस्म हो रही थी, अब शतगुणा वेग से धधकने लगी। उसे अपनी कोई चिंता न थी। जीवन में अब सुख की क्या आशा थी, जिसकी उसे लालसा होती? उसने अपने मन को इस विचार से समझाया था कि यह मेरे पूर्व कर्मों का प्रायश्चित्त है।

कौन प्राणी ऐसा निर्लज्ज होगा, जो इस दशा में बहुत दिन जी सके? कर्तव्य की वेदी पर उसने अपना जीवन और उसकी सारी कामनाएं होम कर दी थीं। हृदय रोता रहता था, पर मुख पर हंसी का रंग भरना पड़ता था। जिसका मुंह देखने को जी न चाहता था, उसके सामने हंस-हंसकर बातें करनी पड़ती थीं। जिस देह का स्पर्श उसे सर्प के शीतल स्पर्श के समान लगता था, उससे आलिंगित होकर उसे जितनी घृणा, जितनी मर्मवेदना होती थी, उसे कौन जान सकता है? उस समय उसकी यही इच्छा होती थी कि धरती फट जाए और मैं उसमें समा जाऊं, लेकिन सारी विडंबना अब तक अपने ही तक थी। अपनी चिंता उसने छोड़ दी थी, लेकिन वह समस्या अब अत्यंत भयंकर हो गई थी। वह अपनी आंखों से मंसाराम की आत्मपीड़ा नहीं देख सकती थी।

मंसाराम जैसे मनस्वी, साहसी युवक पर इस आक्षेप का जो असर पड़ सकता था, उसकी कल्पना ही से उसके प्राण कांप उठते थे। अब चाहे उस पर कितने ही संदेह क्यों न हों, चाहे उसे आत्महत्या ही क्यों न करनी पड़े, पर वह चुप नहीं बैठ सकती। मंसाराम की रक्षा करने के लिए वह विकल हो गई। उसने संकोच और लज्जा की चादर उतारकर फेंक देने का निश्चय कर लिया।

वकील साहब भोजन करके कचहरी जाने से पहले एक बार उससे अवश्य

मिल लिया करते थे। उनके आने का समय हो गया था। आ ही रहे होंगे, यह सोचकर निर्मला द्वार पर खड़ी हो गई और उनका इंतजार करने लगी, लेकिन यह क्या? वह तो बाहर चले जा रहे हैं। गाड़ी जुतकर आ गई, यह हुक्म वह यहीं से दिया करते थे। तो क्या आज वह न आएंगे, बाहर-ही-बाहर चले जाएंगे? नहीं, ऐसा नहीं होने पाएगा। उसने भूंगी से कहा–"जाकर बाबूजी को बुला ला। कहना, एक जरूरी काम है, सुन लीजिए।"

मुंशीजी जाने को तैयार ही थे। यह संदेशा पाकर अंदर आए, पर कमरे में न आकर दूर से ही पूछा–"क्या बात है भाई? जल्दी कह दो, मुझे एक जरूरी काम से जाना है। अभी थोड़ी देर हुई, हेडमास्टर साहब का एक पत्र आया है कि मंसाराम को ज्वर आ गया है–बेहतर हो कि आप घर पर ही उसका इलाज करें, इसलिए उधर ही से होता हुआ कचहरी जाऊंगा। तुम्हें कोई खास बात तो नहीं कहनी है।"

निर्मला पर मानो वज्र गिर पड़ा। आंसुओं के आवेग और कंठ-स्वर में घोर संग्राम होने लगा। दोनों पहले निकलने पर तुले हुए थे। दो में से कोई एक कदम भी पीछे हटना नहीं चाहता था। कंठ-स्वर की दुर्बलता और आंसुओं की सबलता देखकर यह निश्चय करना कठिन नहीं था कि एक क्षण यही संग्राम होता रहा तो मैदान किसके हाथ रहेगा। आखिर दोनों साथ-साथ निकले, लेकिन बाहर आते ही बलवान ने निर्बल को दबा लिया। केवल इतना मुंह से निकला–"कोई खास बात नहीं थी। आप तो उधर जा ही रहे हैं।"

मुंशीजी–मैंने लड़कों से पूछा था, तो वे कहते थे, कल बैठे पढ़ रहे थे, आज न जाने क्या हो गया!

निर्मला ने आवेश से कांपते हुए कहा–"यह सब आप कर रहे हैं।"

मुंशीजी ने त्योरियां बदलकर कहा–"मैं कर रहा हूं? मैं क्या कर रहा हूं?"

निर्मला–अपने दिल से पूछिए।

मुंशीजी–मैंने सोचा था कि यहां उसका पढ़ने में जी नहीं लगता, वहां और लड़कों के साथ खामख्वाह पढ़ेगा ही। यह तो बुरी बात न थी और मैंने क्या किया?

निर्मला–खूब सोचिए, इसीलिए आपने उन्हें वहां भेजा था? आपके मन में और कोई बात न थी?

मुंशीजी जरा हिचकिचाए और अपनी दुर्बलता को छिपाने के लिए मुस्कराने की चेष्टा करके बोले–"और क्या बात हो सकती थी? भला तुम्हीं सोचो।"

निर्मला–खैर, यही सही। अब आप कृपा करके उन्हें आज ही लेते आइएगा, वहां रहने से उनकी बीमारी बढ़ जाने का भय है। यहां दीदीजी जितनी तीमारदारी कर सकती हैं, दूसरा नहीं कर सकता।

एक क्षण के बाद उसने सिर नीचा करके कहा—"मेरे कारण न लाना चाहते हों, तो मुझे घर भेज दीजिए। मैं वहां आराम से रहूंगी।"

मुंशीजी ने इसका कुछ जवाब न दिया। बाहर चले गए और एक क्षण में गाड़ी स्कूल की ओर चली।

मन! तेरी गति कितनी विचित्र है, कितनी रहस्य से भरी हुई, कितनी दुर्भेद्य। तू कितनी जल्द रंग बदलता है? इस कला में तू निपुण है। आतिशबाजी की चर्खी को भी रंग बदलते कुछ देरी लगती है, पर तुझे रंग बदलने में उसका लक्षांश समय भी नहीं लगता। जहां अभी वात्सल्य था, वहां फिर संदेह ने आसन जमा लिया।

वह सोचते थे—कहीं उसने बहाना तो नहीं किया है?

मंसाराम दो दिन तक गहरी चिंता में डूबा रहा। बार-बार अपनी माता की याद आती, न खाना अच्छा लगता, न पढ़ने ही में जी लगता। उसकी कायापलट-सी हो गई। दो दिन गुजर गए और छात्रालय में रहते हुए भी उसने वह काम न किया, जो स्कूल के मास्टरों ने घर से करके लाने को दिया था। परिणामस्वरूप उसे बेंच पर खड़ा रहना पड़ा। जो बात कभी न हुई थी, वह आज हो गई। यह असह्य अपमान भी उसे सहना पड़ा।

तीसरे दिन वह इन्हीं चिंताओं में मग्न हुआ अपने मन को समझा रहा था—'क्या संसार में अकेले मेरी ही माता मरी है? विमाताएं तो सभी इसी प्रकार की होती हैं। मेरे साथ कोई नई बात नहीं हो रही है। अब मुझे पुरुषों की भांति द्विगुण परिश्रम से अपना काम करना चाहिए, जैसे माता-पिता राजी रहें, वैसे उन्हें राजी रखना चाहिए। इस साल अगर छात्रवृत्ति मिल गई, तो मुझे घर से कुछ लेने की जरूरत ही न रहेगी। कितने ही लड़के अपने ही बल पर बड़ी-बड़ी उपाधियां प्राप्त कर लेते हैं। भाग्य के नाम को रोने-कोसने से क्या होगा।'

इतने में जियाराम आकर खड़ा हो गया।

मंसाराम ने पूछा—"घर का क्या हाल है जिया? नई अम्मांजी तो प्रसन्न होंगी?"

जियाराम—उनके मन का हाल तो मैं नहीं जानता, लेकिन जब से तुम आए हो, उन्होंने एक जून भी खाना नहीं खाया। जब देखो, तब रोया करती हैं। जब बाबूजी आते हैं, तब अलबत्ता हंसने लगती हैं। तुम चले आए तो मैंने भी शाम को अपनी किताबें संभाली। यहीं तुम्हारे साथ रहना चाहता था। भूंगी चुड़ैल ने जाकर अम्मांजी से कह दिया। बाबूजी बैठे थे, उनके सामने ही अम्मांजी ने आकर मेरी किताबें छीन लीं और रोकर बोलीं, तुम भी चले जाओगे, तो इस घर में कौन रहेगा? अगर मेरे कारण तुम लोग घर छोड़-छोड़कर भागे जा रहे हो तो लो, मैं ही कहीं चली जाती हूं। मैं तो झल्लाया हुआ था ही, वहां अब बाबूजी भी न थे,

बिगड़कर बोला, आप क्यों कहीं चली जाएंगी? आपका तो घर है, आप आराम से रहिए। गैर तो हमीं लोग हैं, हम न रहेंगे, तब तो आपको आराम-ही-आराम होगा।

मंसाराम–तुमने खूब कहा, बहुत ही अच्छा कहा। इस पर और भी झल्लाई होंगी और जाकर बाबूजी से शिकायत की होगी।

जियाराम–नहीं, बेचारी जमीन पर बैठकर रोने लगीं। मुझे भी करुणा आ गई। मैं भी रो पड़ा। उन्होंने आंचल से मेरे आंसू पोंछे और बोलीं, "जिया! मैं ईश्वर को साक्षी देकर कहती हूं कि मैंने तुम्हारे भैया के विषय में तुम्हारे बाबूजी से एक शब्द भी नहीं कहा। मेरे भाग में कलंक लिखा हुआ है, वही भोग रही हूं, फिर और न जाने क्या-क्या कहा, जो मेरी समझ में नहीं आया। कुछ बाबूजी की बात थी।

मंसाराम ने उद्विग्नता से पूछा–"बाबूजी के विषय में क्या कहा? कुछ याद है?"

जियाराम–बातें तो भई, मुझे याद नहीं आती। मेरी 'मेमोरी' कौन बड़ी तेज है, लेकिन उनकी बातों का मतलब कुछ ऐसा मालूम होता था कि उन्हें बाबूजी को प्रसन्न रखने के लिए यह स्वांग भरना पड़ रहा है। न जाने धर्म-अधर्म की कैसी बातें करती थीं, जो मैं बिलकुल न समझ सका। मुझे तो अब इसका विश्वास आ गया है कि उनकी इच्छा तुम्हें यहां भेजने की न थी।

मंसाराम–तुम इन चालों का मतलब नहीं समझ सकते। ये बड़ी गहरी चालें हैं।

जियाराम–तुम्हारी समझ में होंगी, मेरी समझ में नहीं हैं।

मंसाराम–जब तुम ज्योमेट्री नहीं समझ सकते, तो इन बातों को क्या समझ सकोगे? उस रात को जब मुझे खाना खाने के लिए बुलाने आई थीं और उनके आग्रह पर मैं जाने को तैयार भी हो गया था, उस वक्त बाबूजी को देखते ही उन्होने जो कैंडा बदला, वह क्या मैं कभी भी भूल सकता हूं?

जियाराम–यही बात मेरी समझ में नहीं आती। अभी कल ही मैं यहां से गया, तो लगीं तुम्हारा हाल पूछने। मैंने कहा, वह तो कहते थे कि अब कभी इस घर में कदम न रखूंगा। मैंने कुछ झूठ तो कहा नहीं, तुमने मुझसे कहा ही था। इतना सुनना था कि फूट-फूटकर रोने लगीं। मैं दिल में बहुत पछताया कि कहां-से-कहां मैंने यह बात कह दी। बार-बार यही कहती थीं, क्या वह मेरे कारण घर छोड़ देंगे? मुझसे इतने नाराज हैं? चले गए और मुझसे मिले तक नहीं। खाना तैयार था, खाने तक नहीं आए। हाय! मैं क्या बताऊं, किस विपत्ति में हूं। इतने में बाबूजी आ गए। बस तुरंत आंखें पोंछकर मुस्कराती हुई उनके पास चली गईं। यह बात मेरी समझ में नहीं आती। आज मुझसे बड़ी मिन्नत की कि उनको साथ लेते आना। आज मैं तुम्हें खींच ले चलूंगा। दो दिन में वह कितनी दुबली हो गई हैं, तुम्हें यह देखकर उन पर दया आएगी। तो चलोगे न?

मंसाराम ने कुछ जवाब न दिया। उसके पैर कांप रहे थे। जियाराम तो हाजिरी की घंटी सुनकर भागा, पर वह बेंच पर लेट गया और इतनी लम्बी सांस ली मानो बहुत देर से उसने सांस ही नहीं ली हो। उसके मुख से दुस्सह वेदना में डूबे हुए शब्द निकले–'हाय ईश्वर!' इस नाम के सिवा उसे अपना जीवन निराधार मालूम होता था। इस एक उच्छवास में कितना नैराश्य था, कितनी संवेदना, कितनी करुणा, कितनी दीन-प्रार्थना भरी हुई थी, इसका कौन अनुमान कर सकता है। अब सारा रहस्य उसकी समझ में आ रहा था और बार-बार उसका पीड़ित हृदय आर्तनाद कर रहा था–'हाय ईश्वर। इतना घोर कलंक।'

क्या जीवन में इससे बड़ी विपत्ति की कल्पना की जा सकती है? क्या संसार में इससे घोरतम नीचता की कल्पना हो सकती है? आज तक किसी पिता ने अपने पुत्र पर इतना निर्दयी कलंक न लगाया होगा। जिसके चरित्र की सभी प्रशंसा करते थे, जो अन्य युवकों के लिए आदर्श समझा जाता था, जिसने कभी अपवित्र विचारों को अपने पास नहीं फटकने दिया, उसी पर यह घोरतम कलंक। मंसाराम को ऐसा मालूम हुआ मानो उसका दिल फटा जाता है।

दूसरी घंटी भी बज गई। लड़के अपने-अपने कमरे में गए, पर मंसाराम हथेली पर गाल रखे अनिमेष नेत्रों से भूमि की ओर देख रहा था मानो उसका सर्वस्व जलमग्न हो गया हो, मानो वह किसी को मुंह न दिखा सकता हो। स्कूल में गैरहाजिरी हो जाएगी, जुर्माना हो जाएगा, इसकी उसे चिंता नहीं। जब उसका सर्वस्व लुट गया, तो अब इन छोटी-छोटी बातों का क्या भय? इतना बड़ा कलंक लगने पर भी अगर जीता रहूं, तो मेरे जीने को धिक्कार है!

शोकातिरेक की दशा में वह चिल्ला पड़ा–"माताजी! तुम कहां हो? तुम्हारा बेटा, जिस पर तुम प्राण देती थीं, जिसे तुम अपने जीवन का आधार समझती थीं, आज घोर संकट में है। उसी का पिता उसकी गरदन पर छुरी फेर रहा है। हाय अम्मांजी, तुम कहां हो?"

मंसाराम फिर शांतचित्त होकर सोचने लगा–मुझ पर यह संदेह क्यों हो रहा है? इसका क्या कारण है? मुझमें ऐसी कौन-सी बात उन्होंने देखी, जिससे उन्हें यह संदेह हुआ? वह मेरे पिता हैं, मेरे शत्रु नहीं है, जो अनायास ही मझ पर यह अपराध लगाने बैठ जाएं। जरूर उन्होंने कोई-न-कोई बात देखी या सुनी है। उनका मुझ पर कितना स्नेह था। मेरे बगैर भोजन न करते थे, वही मेरे शत्रु हो जाएं, यह बात अकारण नहीं हो सकती।

अच्छा, इस संदेह का बीजारोपण किस दिन हुआ? मुझे बोर्डिंग हाउस में ठहराने की बात तो पीछे की है। उस दिन रात को वह मेरे कमरे में आकर मेरी

परीक्षा लेने लगे थे, उसी दिन उनकी त्योरियां बदली हुई थीं। उस दिन ऐसी कौन-सी बात हुई, जो अप्रिय लगी हो। मैं नई अम्मां से कुछ खाने को मांगने गया था। बाबूजी उस समय वहां बैठे थे। हां, अब याद आती है, उसी वक्त उनका चेहरा तमतमा गया था। उसी दिन से नई अम्मां ने मुझसे पढ़ना छोड़ दिया। अगर मैं जानता कि मेरा घर में आना-जाना, अम्मांजी से कुछ कहना-सुनना और उन्हें पढ़ाना-लिखाना पिताजी को बुरा लगता है, तो आज क्यों यह नौबत आती और नई अम्मां! उन पर क्या बीत रही होगी?

मंसाराम ने अब तक निर्मला की ओर ध्यान नहीं दिया था। निर्मला का ध्यान आते ही उसके रोंए खड़े हो गए। हाय! उनका सरल स्नेहशील हृदय यह आघात कैसे सह सकेगा? आह! मैं कितने भ्रम में था। मैं उनके स्नेह को कौशल समझता था। मुझे क्या मालूम था कि उन्हें पिताजी का भ्रम शांत करने के लिए मेरे प्रति इतना कटु व्यवहार करना पड़ता है। आह! मैंने उन पर कितना अन्याय किया है। उनकी दशा तो मुझसे भी खराब हो रही होगी। मैं तो यहां चला आया, मगर वह कहां जाएंगी? जिया कहता था, उन्होंने दो दिन से भोजन नहीं किया। हरदम रोया करती हैं। कैसे जाकर समझाऊं? वह इस अभागे के पीछे क्यों अपने सिर यह विपत्ति ले रही हैं? वह बार-बार मेरा हाल पूछती हैं? क्यों बार-बार मुझे बुलाती हैं? कैसे कह दूं कि माता मुझे तुमसे जरा भी शिकायत नहीं, मेरा दिल तुम्हारी तरफ से साफ है।

वह अब भी बैठी रो रही होंगी। कितना बड़ा अनर्थ है! बाबूजी को यह क्या हो रहा है? क्या इसीलिए विवाह किया था? एक बालिका की हत्या करने के लिए ही उसे लाए थे? इस कोमल पुष्प को मसल डालने के लिए ही तोड़ा था।

उनका उद्धार कैसे होगा? उस निरपराधिनी का मुख कैसे उज्ज्वल होगा? उन्हें केवल मेरे साथ स्नेह का व्यवहार करने के लिए यह दंड दिया जा रहा है। उनकी सज्जनता का उन्हें यह उपहार मिल रहा है। मैं उन्हें इस प्रकार निर्दयी आघात सहते देखकर बैठा रहूंगा? अपनी मान-रक्षा के लिए न सही, उनकी आत्मरक्षा के लिए इन प्राणों का बलिदान करना पड़ेगा। इसके सिवा उद्धार का कोई उपाय नहीं। आह! दिल में कैसे-कैसे अरमान थे। वे सब खाक में मिला देने होंगे। एक सती पर संदेह किया जा रहा है और वह भी मेरे कारण। मुझे अपने प्राणों से उनकी रक्षा करनी होगी, यही मेरा कर्तव्य है। इसी में सच्ची वीरता है। माता, मैं अपने रक्त से इस कालिमा को धो दूंगा। इसी में मेरा और तुम्हारा दोनों का कल्याण है।

वह दिन-भर इन्हीं विचारों मे डूबा रहा। शाम को उसके दोनों भाई आकर घर चलने के लिए आग्रह करने लगे।

सियाराम-चलते क्यों नहीं? मेरे भैयाजी, चले चलो न!

मंसाराम–मुझे फुरसत नहीं है कि तुम्हारे कहने से चला चलूं।

जियाराम–आखिर कल तो इतवार है ही।

मंसाराम–इतवार को भी काम है।

जियाराम–अच्छा, कल आओगे न?

मंसाराम–नहीं, कल मुझे एक मैच में जाना है।

सियाराम–अम्मांजी मूंग के लड्डू बना रही हैं। न चलोगे तो एक भी न पाओगे। हम-तुम मिल के खा जाएंगे, जिया इन्हें न देंगे।

जियाराम–भैया, अगर तुम कल न गए तो शायद अम्मांजी यहीं चली आएं।

मंसाराम–सच। नहीं ऐसा क्यों करेंगी। यहां आईं, तो बड़ी परेशानी होगी। तुम कह देना, वह कहीं मैच देखने गए हैं।

जियाराम–मैं झूठ क्यों बोलने लगा? मैं कह दूंगा, वह मुंह फुलाए बैठे थे। देख लेना, उन्हें साथ लाता हूं कि नहीं।

सियाराम–हम कह देंगे कि आज पढ़ने नहीं गए। पड़े-पड़े सोते रहे।

मंसाराम ने इन दूतों से कल आने का वादा करके गला छुड़ाया। जब दोनों चले गए, तो फिर चिंता में डूबा। रात-भर करवटें बदलते गुजरी। छुट्टी का दिन भी बैठे-बैठे कट गया, उसे दिन-भर शंका होती रहती कि कहीं अम्मांजी सचमुच न चली आएं। किसी गाड़ी की खड़खड़ाहट सुनता, तो उसका कलेजा धकधक करने लगता। कहीं आ तो नहीं गईं?

छात्रालय में एक छोटा-सा औषधालय था। एक डॉक्टर साहब संध्या समय एक घंटे के लिए आ जाया करते थे। अगर कोई लड़का बीमार होता तो उसे दवा देते। आज वह आए तो मंसाराम कुछ सोचता हुआ उनके पास जाकर खड़ा हो गया। वह मंसाराम को अच्छी तरह जानते थे।

डॉक्टर साहब उसे देखकर आश्चर्य से बोले–"यह तुम्हारी क्या हालत है जी? तुम तो मानो गले जा रहे हो। कहीं बाजार का चस्का तो नहीं पड़ गया? आखिर तुम्हें हुआ क्या? जरा यहां तो आओ।"

मंसाराम ने मुस्कराकर कहा–"मुझे जिंदगी का रोग है। आपके पास इसकी भी तो कोई दवा है?"

डॉक्टर–मैं तुम्हारी परीक्षा करना चाहता हूं। तुम्हारी सूरत ही बदल गई है, पहचाने भी नहीं जाते।

यह कहकर उन्होंने मंसाराम का हाथ पकड़ लिया और छाती, पीठ, आंखें, जीभ सब बारी-बारी से देखीं। तब चिंतित होकर बोले–"वकील साहब से मैं आज ही मिलूंगा। तुम्हें थाइसिस हो रहा है। सारे लक्षण उसी के हैं।"

मंसाराम ने बड़ी उत्सुकता से पूछा–"कितने दिनों में काम तमाम हो जाएगा, डॉक्टर साहब?"

डॉक्टर–कैसी बात करते हो जी। मैं वकील साहब से मिलकर तुम्हें किसी पहाड़ी जगह भेजने की सलाह दूंगा। ईश्वर ने चाहा, तो बहुत जल्द अच्छे हो जाओगे। बीमारी अभी पहले स्टेज में है।

मंसाराम–तब तो अभी साल-दो साल की देर मालूम होती है। मैं तो इतना इंतजार नहीं कर सकता। सुनिए, मुझे थाइसिस-वाइसिस कुछ नहीं है, न कोई दूसरी शिकायत ही है। आप बाबूजी को नाहक तरद्दुद में न डालिएगा। इस वक्त मेरे सिर में दर्द है, कोई दवा दीजिए। कोई ऐसी दवा हो, जिससे नींद भी आ जाए। मुझे दो रात से नींद नहीं आती।

डॉक्टर ने जहरीली दवाइयों की अलमारी खोली और शीशी से थोड़ी-सी दवा निकालकर मंसाराम को दी। मंसाराम ने पूछा–"यह तो कोई जहर है, भला इसे कोई पी ले तो मर जाए?"

डॉक्टर–नहीं, मर तो नहीं जाए, पर सिर में चक्कर जरूर आ जाए।

मंसाराम–कोई ऐसी दवा भी इसमें है, जिसे पीते ही प्राण निकल जाएं?

डॉक्टर–ऐसी एक-दो नहीं, कितनी ही दवाएं हैं। यह जो शीशी देख रहे हो, इसकी एक बूंद भी पेट में चली जाए, तो जान न बचे। आनन-फानन में मौत हो जाए।

मंसाराम–क्यों डॉक्टर साहब, जो लोग जहर खा लेते हैं, उन्हें बड़ी तकलीफ होती होगी?

डॉक्टर–सभी जहरों में तकलीफ नहीं होती। बाज तो ऐसे हैं कि पीते ही आदमी ठंडा हो जाता है। यह शीशी इसी किस्म की है। इसे पीते ही आदमी बेहोश हो जाता है, फिर उसे होश नहीं आता।

मंसाराम ने सोचा–'तब तो प्राण देना बहुत आसान है, फिर क्यों लोग इतना डरते हैं? यह शीशी कैसे मिलेगी? अगर दवा का नाम पूछकर शहर के किसी दवा-फरोश से लेना चाहूं, तो वह कभी न देगा। ऊंह, इसे मिलने में कोई दिक्कत नहीं। यह तो मालूम हो गया कि प्राणों का अंत बड़ी आसानी से किया जा सकता है। मंसाराम इतना प्रसन्न हुआ मानो कोई इनाम पा गया हो। उसके दिल पर से बोझ-सा हट गया। चिंता की मेघ-राशि जो सिर पर मंडरा रही थी, छिन्न-भिन्न हो गई। महीनों बाद आज उसे मन में एक स्फूर्ति का अनुभव हुआ।

लड़के थिएटर देखने जा रहे थे, निरीक्षक से आज्ञा ले ली थी। मंसाराम भी उनके साथ थिएटर देखने चला गया। ऐसा खुश था मानो उससे ज्यादा सुखी जीव

संसार में कोई नहीं है। थिएटर में नकल देखकर तो वह हंसते-हंसते लोट गया। बार-बार तालियां बजाने और 'वंस मोर' की हांक लगाने में पहला नंबर उसी का था। गाना सुनकर वह मस्त हो जाता था और 'ओहो हो' करके चिल्ला उठता था। दर्शकों की निगाहें बार-बार उसकी तरफ उठ जाती थीं। थिएटर के पात्र भी उसी की ओर ताकते थे और यह जानने को उत्सुक थे कि कौन महाशय इतने रसिक और भावुक हैं। उसके मित्रों को उसकी उच्छृंखलता पर आश्चर्य हो रहा था। वह बहुत ही शांतचित्त, गंभीर स्वभाव का युवक था। आज वह क्यों इतना हास्यशील हो गया है, क्यों उसके विनोद का पारावार नहीं है।

दो बजे रात को थिएटर से लौटने पर भी उसका हास्योन्माद कम नहीं हुआ। उसने एक लड़के की चारपाई उलट दी, कई लड़कों के कमरे के द्वार बाहर से बंद कर दिए और उन्हें भीतर से खट-खट करते सुनकर हंसता रहा। यहां तक कि छात्रालय के अध्यक्ष महोदय की नींद भी शोरगुल सुनकर खुल गई और उन्होंने मंसाराम की शरारत पर खेद प्रकट किया। कौन जानता है कि उसके अंतःस्तल में कितनी भीषण क्रांति हो रही है? संदेह के निर्दयी आघात ने उसकी लज्जा और आत्मसम्मान को कुचल डाला है। उसे अपमान और तिरस्कार का लेश-मात्र भी भय नहीं है। यह विनोद नहीं, उसकी आत्मा का करुण विलाप है। जब और सब लड़के सो गए, तो वह भी चारपाई पर लेटा, लेकिन उसे नींद नहीं आई। एक क्षण के बाद वह उठ बैठा और अपनी सारी पुस्तकें बांधकर संदूक में रख दीं। जब मरना ही है, तो पढ़कर क्या होगा? जिस जीवन में ऐसी-ऐसी बाधाएं हैं, ऐसी-ऐसी यातनाएं हैं, उससे मृत्यु कहीं अच्छी।

यह सोचते-सोचते तड़का हो गया। तीन रात से वह एक क्षण भी न सोया था। इस वक्त वह उठा तो उसके पैर थर-थर कांप रहे थे और सिर में चक्कर-सा आ रहा था। आंखें जल रही थीं और शरीर के सारे अंग शिथिल हो रहे थे। दिन चढ़ता जाता था और उसमें इतनी शक्ति भी न थी कि उठकर मुंह-हाथ धो डाले। एकाएक उसने भूंगी को रूमाल में कुछ लिए हुए एक कहार के साथ आते देखा। उसका कलेजा सन्न रह गया। हाय! ईश्वर वे आ गईं। अब क्या होगा? भूंगी अकेले नहीं आई होगी? बग्घी जरूर बाहर खड़ी होगी? कहां तो उससे उठा नहीं जाता था, कहां भूंगी को देखते ही दौड़ा और घबराई हुई आवाज में बोला–"अम्मांजी भी आई हैं, क्या रे?"

जब मालूम हुआ कि अम्मांजी नहीं आई, तब उसका चित्त शांत हुआ।

भूंगी ने कहा–"भैया! तुम कल गए नहीं, बहूजी तुम्हारी राह देखती रह गईं। उनसे क्यों रूठे हो भैया? कहती हैं, मैंने उनकी कुछ भी शिकायत नहीं की है।

मुझसे आज रोकर कहने लगीं—उनके पास यह मिठाई लेती जा और कहना, मेरे कारण क्यों घर छोड़ दिया है? कहां रख दूं यह थाली?"

मंसाराम ने रुखाई से कहा—"यह थाली अपने सिर पर पटक दे चुड़ैल! वहां से चली है मिठाई लेकर। खबरदार, जो फिर कभी इधर आई। सौगात लेकर चली है। जाकर कह देना, मुझे उनकी मिठाई नहीं चाहिए। जाकर कह देना, तुम्हारा घर है तुम रहो, वहां वे बड़े आराम से हैं। खूब खाते और मौज करते हैं। सुनती है, बाबूजी के मुंह पर कहना, समझ गई? मुझे किसी का डर नहीं है और जो करना चाहें, कर डालें, जिससे दिल में कोई अरमान न रह जाए। कहें तो इलाहाबाद, लखनऊ, कलकत्ता चला जाऊं। मेरे लिए जैसे बनारस वैसे दूसरा शहर। यहां क्या रखा है?"

भूंगी—भैया, मिठाई रख लो, नहीं तो रो-रोकर मर जाएंगी। सच मानो, रो-रोकर मर जाएंगी।

मंसाराम ने आंसुओं के उठते हुए वेग को दबाकर कहा—"मर जाएंगी, मेरी बला से। कौन मुझे बड़ा सुख दे दिया है, जिसके लिए पछताऊं। मेरा तो उन्होंने सर्वनाश कर दिया। कह देना, मेरे पास कोई संदेशा न भेजें, कुछ जरूरत नहीं।"

भूंगी—भैया, तुम तो कहते हो, यहां खूब खाता हूं और मौज करता हूं, मगर देह तो आधी भी न रही। जैसे आए थे, उससे आधे भी न रहे।

मंसाराम—यह तेरी आंखों का फेर है। देखना, दो-चार दिन में मुटाकर कोल्हू हो जाता हूं कि नहीं। उनसे यह भी कह देना कि रोना-धोना बंद करें। जो मैंने सुना कि रोती हैं और खाना नहीं खातीं, मुझसे बुरा कोई नहीं होगा। मुझे घर से निकाला है, तो आप चैन से रहें। चली हैं, प्रेम दिखाने। मैं ऐसे त्रिया-चरित्र बहुत पढ़े बैठा हूं।

भूंगी चली गई। मंसाराम को उससे बातें करते ही कुछ ठंड मालूम होने लगी थी। यह अभिनय करने के लिए उसे अपने मनोभावों को जितना दबाना पड़ा था, वह उसके लिए असाध्य था। उसका आत्म-सम्मान उसे इस कुटिल व्यवहार का जल्द-से-जल्द अंत कर देने के लिए बाध्य कर रहा था, पर इसका परिणाम क्या होगा? निर्मला क्या यह आघात सह सकेगी? अब तक वह मृत्यु की कल्पना करते समय किसी अन्य प्राणी का विचार न करता था, पर आज एकाएक ज्ञान हुआ कि मेरे जीवन के साथ एक और प्राणी का जीवन-सूत्र भी बंधा हुआ है।

निर्मला यह समझेगी कि मेरी निष्ठुरता ही ने इनकी जान ली। यह समझकर उसका कोमल हृदय फट न जाएगा? उसका जीवन तो अब भी संकट में है। संदेह के कठोर पंजे में फंसी हुई अबला क्या अपने का हत्यारिणी समझकर बहुत दिनों तक जीवित रह सकती है?

मंसाराम ने चारपाई पर लेटकर लिहाफ ओढ़ लिया, फिर भी सर्दी से कलेजा कांप रहा था। थोड़ी ही देर में उसे जोर से ज्वर चढ़ आया, वह बेहोश हो गया। इस अचेत दशा में उसे भांति-भांति के स्वप्न दिखाई देने लगे। थोड़ी-थोड़ी देर के बाद चौंक पड़ता, आंखें खुल जातीं, फिर बेहोश हो जाता।

सहसा वकील साहब की आवाज सुनकर वह चौंक पड़ा। हां, वकील साहब की आवाज थी। उसने लिहाफ फेंक दिया और चारपाई से उतरकर नीचे खड़ा हो गया। उसके मन में एक आवेग हुआ कि इस वक्त इनके सामने प्राण दे दूं। उसे ऐसा मालूम हुआ कि मैं मर जाऊं, तो इन्हें सच्ची खुशी होगी। शायद इसीलिए वह देखने आए हैं कि मेरे मरने में कितनी देर है। वकील साहब ने उसका हाथ पकड़ लिया, जिससे वह गिर न पड़े और पूछा–"कैसी तबीयत है लल्लू! लेटे क्यों न रहे? लेट न जाओ, तुम खड़े क्यों हो गए?"

मंसाराम–मेरी तबीयत तो बहुत अच्छी है। आपको व्यर्थ ही कष्ट हुआ।

मुंशीजी ने कुछ जवाब न दिया। लड़के की दशा देखकर उनकी आंखों से आंसू निकल आए। वह हृष्ट-पुष्ट बालक, जिसे देखकर चित्त प्रसन्न हो जाता था, अब सूखकर कांटा हो गया था। पांच-छः दिन में ही वह इतना दुबला हो गया था कि उसे पहचानना कठिन था।

मुंशीजी ने उसे आहिस्ता से चारपाई पर लिटा दिया और लिहाफ अच्छी तरह उसे उढ़ाकर सोचने लगे कि अब क्या करना चाहिए। कहीं लड़का हाथ से तो नहीं जाएगा। यह ख्याल करके वह शोक विह्वल हो गए और स्टूल पर बैठकर फूट-फूटकर रोने लगे।

मंसाराम भी लिहाफ में मुंह लपेटे रो रहा था। अभी थोड़े ही दिनों पहले उसे देखकर पिता का हृदय गर्व से फूल उठता था, लेकिन आज उसे इस दारुण दशा में देखकर भी वह सोच रहे हैं कि इसे घर ले चलूं या नहीं। क्या यहां दवा नहीं हो सकती? मैं यहां चौबीसों घंटे बैठा रहूंगा। डॉक्टर साहब यहां हैं ही। कोई दिक्कत न होगी। घर ले चलने में उन्हें बाधाएं-ही-बाधाएं दिखाई देती थीं, सबसे बड़ा भय यह था कि वहां निर्मला इसके पास हरदम बैठी रहेगी और मैं मना न कर सकूंगा, यह उनके लिए अत्यंत असह्य था।

इतने में अध्यक्ष ने आकर कहा–"मैं तो समझता हूं कि आप इन्हें अपने साथ ले जाएं। गाड़ी है ही, कोई तकलीफ न होगी। यहां अच्छी तरह देखभाल न हो सकेगी।"

मुंशीजी–हां, आया तो मैं इसी ख्याल से था, लेकिन इनकी हालत बहुत ही नाजुक मालूम होती है। जरा-सी असावधानी होने से सरसाम हो जाने का भय है।

अध्यक्ष—यहां से इन्हें ले जाने में थोड़ी-सी दिक्कत जरूर है, लेकिन यह तो आप खुद सोच सकते हैं कि घर पर जो आराम मिल सकता है, वह यहां किसी तरह नहीं मिल सकता। इसके अतिरिक्त किसी बीमार लड़के को यहां रखना नियम-विरुद्ध भी है।

मुंशीजी—कहिए तो मैं हेडमास्टर से आज्ञा ले लूं? मुझे इनका यहां से इस हालत में ले जाना किसी तरह मुनासिब नहीं मालूम होता।

अध्यक्ष ने हेडमास्टर का नाम सुना, तो समझे कि यह महाशय धमकी दे रहे हैं। जरा तिनककर बोले—"हेडमास्टर नियम-विरुद्ध कोई बात नहीं कर सकते। मैं इतनी बड़ी जिम्मेदारी कैसे ले सकता हूं?"

अब क्या हो? क्या घर ले जाना ही पड़ेगा? यहां रखने का तो यह बहाना था कि ले जाने से बीमारी बढ़ जाने की शंका है। यहां से ले जाकर अस्पताल में ठहराने का कोई बहाना नहीं है। जो सुनेगा, वह यही कहेगा कि डॉक्टर की फीस बचाने के लिए लड़के को अस्पताल फेंक आए, पर अब ले जाने के सिवा और कोई उपाय न था। अगर अध्यक्ष महोदय इस वक्त रिश्वत लेने पर तैयार हो जाते, तो शायद दो-चार साल का वेतन ले लेते, लेकिन कायदे के पाबंद लोगों में इतनी बुद्धि, इतनी चतुराई कहां! अगर इस वक्त मुंशीजी को कोई आदमी ऐसा उज्र सुझा देता, जिसमें उन्हें मंसाराम को घर न ले जाना पड़े, तो वह आजीवन उसका एहसान मानते। सोचने का समय भी न था। अध्यक्ष महोदय शैतान की तरह सिर पर सवार था। विवश होकर मुंशीजी ने दोनों साइसों को बुलाया और मंसाराम को उठाने लगे। मंसाराम अर्धचेतना की दशा में था, चौंककर बोला—"क्या है? कौन है?"

मुंशीजी—कोई नहीं है बेटा, मैं तुम्हें घर ले चलना चाहता हूं, आओ, गोद में उठा लूं।

मंसाराम—मुझे क्यों घर ले चलते हैं? मैं वहां नहीं जाऊंगा।

मुंशीजी—यहां तो रह नहीं सकते, नियम ही ऐसा है।

मंसाराम—कुछ भी हो, वहां न जाऊंगा। मुझे और कहीं ले चलिए, किसी पेड़ के नीचे, किसी झोंपड़े में, जहां चाहे रखिए, पर घर पर न ले चलिए।

अध्यक्ष ने मुंशीजी से कहा—"आप इन बातों का ख्याल न करें, यह तो होश में नहीं है।"

मंसाराम—कौन होश में नहीं है? मैं होश में नहीं हूं? किसी को गालियां देता हूं? दांत काटता हूं? क्यों होश में नहीं हूं? मुझे यहीं पड़ा रहने दीजिए, जो कुछ होना होगा, यहीं होगा। अगर ऐसा है, तो मुझे अस्पताल ले चलिए, मैं वहां पड़ा रहूंगा। जीना होगा, जीऊंगा, मरना होगा मरूंगा, लेकिन घर किसी तरह भी न जाऊंगा।

यह जोर पाकर मुंशीजी फिर अध्यक्ष की मिन्नतें करने लगे, लेकिन वह कायदे का पाबंद आदमी कुछ सुनता ही न था। अगर छूत की बीमारी हुई और किसी दूसरे लड़के को छूत लग गई, तो कौन उसका जवाबदेह होगा। इस तर्क के सामने मुंशीजी की कानूनी दलीलें भी मात हो गईं।

आखिर मुंशीजी ने मंसाराम से कहा–"बेटा, तुम्हें घर चलने से क्यों इनकार हो रहा है? वहां तो सभी तरह का आराम रहेगा।"

मुंशीजी ने कहने को तो यह बात कह दी, लेकिन डर रहे थे कि कहीं सचमुच मंसाराम चलने पर राजी न हो जाए।

मंसाराम को अस्पताल में रखने का कोई बहाना खोज रहे थे और उसकी जिम्मेदारी मंसाराम ही के सिर डालना चाहते थे। यह अध्यक्ष के सामने की बात थी, वह इस बात की साक्षी दे सकते थे कि मंसाराम अपनी जिद से अस्पताल जा रहा है। मुंशीजी का इसमें लेश-मात्र भी दोष नहीं है।

मंसाराम ने झल्लाकर कहा–"नहीं-नहीं, सौ बार नहीं, मैं घर नहीं जाऊंगा। मुझे अस्पताल ले चलिए और घर के सब आदमियों को मना कर दीजिए कि मुझे देखने न आए। मुझे कुछ नहीं हुआ है, बिलकुल बीमार नहीं हूं। आप मुझे छोड़ दीजिए, मैं अपने पांव से चल सकता हूं।"

वह उठ खड़ा हुआ और उन्मत्त की भांति द्वार की ओर चला, लेकिन पैर लड़खड़ा गए। यदि मुंशीजी ने संभाल न लिया होता, तो उसे बड़ी चोट आती। दोनों नौकरों की मदद से मुंशीजी उसे बग्घी के पास लाए और अंदर बैठा दिया।

गाड़ी अस्पताल की ओर चली। वही हुआ, जो मुंशीजी चाहते थे। इस शोक में भी उनका चित्त संतुष्ट था। लड़का अपनी इच्छा से अस्पताल जा रहा था। क्या यह इस बात का प्रमाण नहीं था कि घर से इसे कोई स्नेह नहीं है? क्या इससे यह सिद्ध नहीं होता कि मंसाराम निर्दोष है? वह उसके ऊपर अकारण ही शक कर रहे थे।

लेकिन जरा ही देर में इस तुष्टि की जगह उनके मन में ग्लानि का भाव जाग्रत हुआ। वह अपने प्राणप्रिय पुत्र को घर न ले जाकर अस्पताल लिए जा रहे थे। उनके विशाल भवन में उनके पुत्र के लिए जगह न थी, इस दशा में भी जबकि उसका जीवन संकट में पड़ा हुआ था। कितनी विडंबना है!

एक क्षण के बाद एकाएक मुंशीजी के मन में प्रश्न उठा–'कहीं मंसाराम उनके भावों को ताड़ तो नहीं गया? इसीलिए तो उसे घर से घृणा नहीं हो गई है? अगर ऐसा है, तो गजब हो जाएगा।'

उस अनर्थ की कल्पना ही से मुंशीजी के रोंए खड़े हो गए और कलेजा धकधक

करने लगा। हृदय में एक धक्का-सा लगा। अगर इस ज्वर का यही कारण है, तो ईश्वर ही मालिक है। इस समय उनकी दशा अत्यंत दयनीय थी। वह आग जो उन्होंने अपने ठिठुरे हुए हाथों को सेंकने के लिए जलाई थी, अब उनके घर में लगी जा रही थी। इस करुणा, शोक, पश्चाताप और शंका से उनका चित्त घबरा उठा। उनके गुप्त रोदन की ध्वनि बाहर निकल सकती, तो सुनने वाले रो पड़ते। उनके आंसू बाहर निकल सकते, तो उनका तार बंध जाता। उन्होंने पुत्र के वर्णहीन मुख की ओर वात्सल्यूपर्ण नजरों से देखा, वेदना से विकल होकर उसे छाती से लगा लिया और इतना रोए कि हिचकी बंध गई।

सामने अस्पताल का फाटक दिखाई दे रहा था।

मुंशी तोताराम संध्या समय कचहरी से घर पहुंचे, तो निर्मला ने पूछा—"उन्हें देखा, क्या हाल है?"

मुंशीजी ने देखा कि निर्मला के मुख पर नाम-मात्र को भी शोक या चिंता का चिह्न नहीं है। उसका बनाव-सिंगार और दिनों से भी कुछ गाढ़ा हुआ है। मसलन वह गले का हार न पहनती थी, पर आज वह भी गले में शोभा दे रहा था। झूमर से भी उसे बहुत प्रेम न था, पर आज वह भी महीन रेशमी साड़ी के नीचे, काले-काले केशों के ऊपर, फानूस के दीपक की भांति चमक रहा था।

मुंशीजी ने मुंह फेरकर कहा—"बीमार है और क्या हाल बताऊं?"

निर्मला—तुम तो उन्हें यहां लाने गए थे?

मुंशीजी—वह नहीं आता, तो क्या मैं जबरदस्ती उठा लाता? कितना समझाया कि बेटा घर चलो, वहां तुम्हें कोई तकलीफ न होने पावेगी, लेकिन घर का नाम सुनकर उसे जैसे दूना ज्वर हो जाता था। कहने लगा, मैं यहां मर जाऊंगा, लेकिन घर न जाऊंगा। आखिर मजबूर होकर अस्पताल पहुंचा आया और क्या करता?

रुक्मिणी भी आकर बरामदे में खड़ी हो गई थी। तेजी से बोलीं—"वह जन्म का हठी है, यहां किसी तरह न आएगा और यह भी देख लेना, वहां अच्छा भी न होगा?"

मुंशीजी ने कातर स्वर में कहा—"तुम दो-चार दिन के लिए वहां चली जाओ, तो बड़ा अच्छा हो बहन, तुम्हारे रहने से उसे तस्कीन होती रहेगी। मेरी बहन, मेरी यह विनय मान लो। अकेले वह रो-रोकर प्राण दे देगा। बस हाय अम्मां! हाय अम्मां! की रट लगाकर रोया करता है। मैं वहीं जा रहा हूं, मेरे साथ ही चलो। उसकी दशा अच्छी नहीं। बहन, वह सूरत ही नहीं रही। देखें ईश्वर क्या करते हैं?"

यह कहते-कहते मुंशीजी की आंखों से आंसू बहने लगे, लेकिन रुक्मिणी अविचलित भाव से बोली–"मैं जाने को तैयार हूं। मेरे वहां रहने से अगर मेरे लाल के प्राण बच जाएं, तो मैं सिर के बल दौड़ी जाऊं, लेकिन मेरा कहना गिरह में बांध लो भैया, वहां वह अच्छा न होगा। मैं उसे खूब पहचानती हूं। उसे कोई बीमारी नहीं है, केवल घर से निकाले जाने का शोक है। यही दुःख ज्वर के रूप में प्रकट हुआ है। तुम एक नहीं, लाख दवा करो, सिविल सर्जन को ही क्यों न दिखाओ, उसे कोई दवा असर न करेगी।"

मुंशीजी–बहन, उसे घर से निकाला किसने है? मैंने तो केवल उसकी पढ़ाई के ख्याल से उसे वहां भेजा था।

रुक्मिणी–तुमने चाहे जिस ख्याल से भेजा हो, लेकिन यह बात उसे लग गई। मैं तो अब किसी गिनती में नहीं हूं, मुझे किसी बात में बोलने का कोई अधिकार नहीं। मालिक तुम, मालकिन तुम्हारी स्त्री। मैं तो केवल तुम्हारी रोटियों पर पड़ी हुई अभागिनी विधवा हूं। मेरी कौन सुनेगा और कौन परवाह करेगा? लेकिन बिना बोले रहा नहीं जाता। मंसा तभी अच्छा होगा, जब घर आएगा, जब तुम्हारा हृदय वही हो जाएगा, जो पहले था।

यह कहकर रुक्मिणी वहां से चली गईं, उनकी ज्योतिहीन, पर अनुभवी आंखों के सामने जो चरित्र हो रहे थे, उनका रहस्य वह खूब समझती थीं और उनका सारा क्रोध निरपराधिनी निर्मला पर ही उतरता था। इस समय भी वह कहते-कहते रुक गईं, कि जब तक यह लक्ष्मी इस घर में रहेंगी, इस घर की दशा बिगड़ती ही जाएगी। उसको प्रकट रूप से न कहने पर भी उसका आशय मुंशीजी से छिपा नहीं रहा। उनके चले जाने पर मुंशीजी ने सिर झुका लिया और सोचने लगे। उन्हें अपने ऊपर इस समय इतना क्रोध आ रहा था कि दीवार से सिर पटककर प्राणों का अंत कर दें। उन्होंने क्यों विवाह किया था? विवाह करने की क्या जरूरत थी? ईश्वर ने उन्हें एक नहीं, तीन-तीन पुत्र दिए थे? उनकी अवस्था भी पचास के लगभग पहुंच गई थी, फिर उन्होंने क्यों विवाह किया? क्या इसी बहाने ईश्वर को उनका सर्वनाश करना मंजूर था? उन्होंने सिर उठाकर एक बार निर्मला की सहास, पर निश्छल मूर्ति देखी और अस्पताल चले गए। निर्मला की सहास, छवि ने उनका चित्त शांत कर दिया था।

आज कई दिनों के बाद उन्हें शांति मय्यसर हुई थी। प्रेम-पीड़ित हृदय इस दशा में क्या इतना शांत और अविचलित रह सकता है? नहीं, कभी नहीं। हृदय की चोट भाव-कौशल से नहीं छिपाई जा सकती। अपने चित्त की दुर्बलता पर इस समय उन्हें अत्यंत क्षोभ हुआ। उन्होंने अकारण ही संदेह को हृदय में स्थान देकर

इतना अनर्थ किया। मंसाराम की ओर से भी उनका मन निःशंक हो गया। हां, उसकी जगह अब एक नई शंका उत्पन्न हो गई। क्या मंसाराम भांप तो नहीं गया? क्या भांपकर ही तो घर आने से इनकार नहीं कर रहा है? अगर वह भांप गया है, तो महान अनर्थ हो जाएगा। उसकी कल्पना ही से उनका मन दहल उठा। उनकी देह की सारी हड्डियां मानो इस हाहाकार पर पानी डालने के लिए व्याकुल हो उठीं। उन्होंने कोचवान से घोड़े को तेज चलाने को कहा।

आज कई दिनों के बाद उनके हृदयमंडल पर छाया हुआ सघन अंधेरा फट गया था और प्रकाश की लहरें अंदर से निकलने के लिए व्यग्र हो रही थीं। उन्होंने बाहर सिर निकालकर देखा, कोचवान सो तो नहीं रहा है। घोड़े की चाल उन्हें इतनी मंद कभी न मालूम हुई थी।

अस्पताल पहुंचकर वह लपके हुए मंसाराम के पास गए। देखा तो डॉक्टर साहब उसके सामने चिंता में मग्न खड़े थे। मुंशीजी के हाथ-पांव फूल गए। मुंह से शब्द न निकल सका। भरभराई हुई आवाज में बड़ी मुश्किल से बोले—"क्या हाल है, डॉक्टर साहब?" यह कहते-कहते वह रो पड़े।

जब डॉक्टर साहब को उनके प्रश्न का उत्तर देने में एक क्षण का विलंब हुआ, तब तो उनके प्राण नहों में समा गए। उन्होंने पलंग पर बैठकर अचेत बालक को गोद में उठा लिया और बालक की भांति सिसक-सिसककर रोने लगे। मंसाराम की देह तवे की तरह जल रही थी। उसने एक बार आंखें खोलीं। आह, कितनी भयंकर और उसके साथ ही कितनी दीन दृष्टि थी।

मुंशीजी ने बालक को कंठ से लगाकर डॉक्टर से पूछा—"क्या हाल है, साहब! आप चुप क्यों हैं?"

डॉक्टर ने संदिग्ध स्वर से कहा—"हाल जो कुछ है, वह आप देख ही रहे हैं। 106 डिग्री का ज्वर है और मैं क्या बताऊं? अभी ज्वर का प्रकोप बढ़ता ही जाता है। मेरे किए जो कुछ हो सकता है, कर रहा हूं। ईश्वर मालिक है। जब से आप गए हैं, मैं एक मिनट के लिए भी यहां से नहीं हिला। भोजन तक नहीं कर सका। हालत इतनी नाजुक है कि एक मिनट में क्या हो जाएगा, नहीं कहा जा सकता? यह महाज्वर है, बिलकुल होश नहीं है। रह-रहकर 'डिलीरियम' का दौरा-सा हो जाता है। क्या घर में इन्हें किसी ने कुछ कहा है! बार-बार 'अम्मांजी, तुम कहां हो!' यही आवाज मुंह से निकलती है।"

डॉक्टर साहब अभी यह कह ही रहे थे कि सहसा मंसाराम उठकर बैठ गया और धक्का देकर मुंशीजी को चारपाई के नीचे ढकेलकर उन्मत्त स्वर से बोला—"क्यों धमकाते हैं आप! मार डालिए, मार डालिए, अभी मार डालिए।

तलवार नहीं मिलती! रस्सी का फंदा है या वह भी नहीं। मैं अपने गले में लगा लूंगा। हाय अम्मांजी, तुम कहां हो!" यह कहते-कहते वह फिर अचेत होकर गिर पड़ा।

मुंशीजी एक क्षण तक मंसाराम की शिथिल मुद्रा की ओर व्यथित नेत्रों से ताकते रहे, फिर सहसा उन्होंने डॉक्टर साहब का हाथ पकड़ लिया और अत्यंत दीनतापूर्ण आग्रह से बोले-"डॉक्टर साहब, इस लड़के को बचा लीजिए, ईश्वर के लिए बचा लीजिए, नहीं तो मेरा सर्वनाश हो जाएगा। मैं अमीर नहीं हूं, लेकिन आप जो कुछ कहेंगे, वह हाजिर करूंगा, इसे बचा लीजिए। आप बड़े-से-बड़े डॉक्टर को बुलाइए और उनकी राय लीजिए, मैं सब खर्च दूंगा। इसकी यह दशा अब नहीं देखी जाती। हाय, मेरा होनहार बेटा!"

डॉक्टर साहब ने करुण स्वर में कहा-"बाबू साहब, मैं आपसे सत्य कह रहा हूं कि मैं इनके लिए अपनी तरफ से कोई बात उठा नहीं रख रहा हूं। अब आप दूसरे डॉक्टरों से सलाह लेने को कहते हैं। अभी डॉक्टर लाहिरी, डॉक्टर भाटिया और डॉक्टर माथुर को बुलाता हूं। विनायक शास्त्री को भी बुलाए लेता हूं, लेकिन मैं आपको व्यर्थ का आश्वासन नहीं देना चाहता, हालत नाजुक है।"

मुंशीजी ने रोते हुए कहा-"नहीं डॉक्टर साहब, यह शब्द मुंह से न निकालिए। हालत इसके दुश्मनों की नाजुक हो। ईश्वर मुझ पर इतना कोप न करेंगे। आप कलकत्ता और बम्बई के डॉक्टरों को तार दीजिए, मैं जिंदगी-भर आपकी गुलामी करूंगा। यही मेरे कुल का दीपक है। यही मेरे जीवन का आधार है। मेरा हृदय फटा जा रहा है। कोई ऐसी दवा दीजिए, जिससे इसे होश आ जाए। मैं जरा अपने कानों से उसकी बातें सुनूं, जानूं कि उसे क्या कष्ट हो रहा है? हाय, मेरा बच्चा!"

डॉक्टर-आप जरा दिल को तस्कीन दीजिए। आप बुजुर्ग आदमी हैं, यों हाय-हाय करने और डॉक्टरों की फौज जमा करने से कोई नतीजा न निकलेगा। शांत होकर बैठिए। मैं शहर के डॉक्टरों को बुला रहा हूं। देखिए, क्या कहते हैं? आप तो खुद ही बदहवास हुए जाते हैं।

मुंशीजी-अच्छा, डॉक्टर साहब! मैं अब न बोलूंगा, जबान तब तक न खोलूंगा, आप जो चाहे करें, बच्चा अब आपके हाथ में है। आप ही उसकी रक्षा कर सकते हैं। मैं इतना ही चाहता हूं कि जरा इसे होश आ जाए, मुझे पहचान ले, मेरी बातें समझने लगे। क्या कोई ऐसी संजीवनी बूटी नहीं? मैं इससे दो-चार बातें कर लेता।

यह कहते-कहते मुंशीजी आवेश में आकर मंसाराम से बोले-"बेटा, जरा आंखें खोलो, कैसा जी है? मैं तुम्हारे पास बैठा रो रहा हूं। मुझे तुमसे कोई शिकायत नहीं है, मेरा दिल तुम्हारी ओर से साफ है।"

डॉक्टर–फिर आपने अनर्गल बातें करनी शुरू कीं। अरे साहब, आप बच्चे नहीं हैं, बुजुर्ग हैं, जरा धैर्य से काम लीजिए।

मुंशीजी–अच्छा डॉक्टर साहब, अब न बोलूंगा, खता हुई। आप जो चाहें, कीजिए। मैंने सब कुछ आप पर छोड़ दिया। कोई ऐसा उपाय नहीं, जिससे मैं इसे इतना समझा सकूं कि मेरा दिल साफ है? आप ही कह दीजिए डॉक्टर साहब, कह दीजिए, तुम्हारा अभागा पिता बैठा रो रहा है। उसका दिल तुम्हारी तरफ से बिलकुल साफ है। उसे कुछ भ्रम हुआ था। वह अब दूर हो गया। बस, इतना ही कर दीजिए। मैं और कुछ नहीं चाहता। मैं चुपचाप बैठा हूं। जबान को नहीं खोलता, लेकिन आप इतना जरूर कह दीजिए।

डॉक्टर–ईश्वर के लिए बाबू साहब, जरा सब्र कीजिए, वरना मुझे मजबूर होकर आपसे कहना पड़ेगा कि घर जाइए। मैं जरा दफ्तर में जाकर डॉक्टरों को खत लिख रहा हूं। आप चुपचाप बैठे रहिएगा।

निर्दयी डॉक्टर! जवान बेटे की यह दशा देखकर कौन पिता है, जो धैर्य से काम लेगा? मुंशीजी बहुत गंभीर स्वभाव के मनुष्य थे। यह भी जानते थे कि इस वक्त हाय-हाय मचाने से कोई नतीजा नहीं निकलेगा, लेकिन फिर भी इस समय शांत बैठना उनके लिए असंभव था। अगर दैव-गति से यह बीमारी होती, तो वह शांत हो सकते थे, दूसरों को समझा सकते थे, खुद डॉक्टरों का बुला सकते थे, लेकिन क्या यह जानकर भी धैर्य रख सकते थे कि यह सब आग मेरी ही लगाई हुई है? कोई पिता इतना वज्र-हृदय हो सकता है? उनका रोम-रोम इस समय उन्हें धिक्कार रहा था। उन्होंने सोचा, मुझे यह दुर्भावना उत्पन्न ही क्यों हुई? मैंने क्यों बिना किसी प्रत्यक्ष प्रमाण के ऐसी भीषण कल्पना कर डाली?

अच्छा मुझे उस दशा में क्या करना चाहिए था। जो कुछ उन्होंने किया, उसके सिवा वह और क्या करते, इसका वह निश्चय न कर सके।

वास्तव में विवाह के बंधन में पड़ना ही अपने पैरों में कुल्हाड़ी मारना था। हां, यही सारे उपद्रव की जड़ है।

मैंने यह कोई अनोखी बात नहीं की। सभी स्त्री-पुरुष विवाह करते हैं। उनका जीवन आनंद से कटता है। आनंद की इच्छा से ही तो हम विवाह करते हैं। मुहल्ले में सैकड़ों आदमियों ने दूसरी, तीसरी, चौथी यहां तक कि सातवीं शादियां की हैं और मुझसे भी कहीं अधिक अवस्था में। वह जब तक जिए आराम ही से जिए। यह भी नहीं हुआ कि सभी स्त्री से पहले मर गए हों। दुहाज-तिहाज होने पर भी कितने ही फिर रंडुए हो गए। अगर मेरे-जैसी दशा सबकी होती, तो विवाह का नाम ही कौन लेता? मेरे पिताजी ने पचपनवें वर्ष में विवाह किया था और मेरे

जन्म के समय उनकी अवस्था साठ से कम न थी। हां, इतनी बात जरूर है कि तब और अब में कुछ अंतर हो गया है।

पहले स्त्रियां पढ़ी-लिखी न होती थीं। पति चाहे कैसा ही हो, उसे पूज्य समझती थीं, चाहे यह बात हो कि पुरुष सब कुछ देखकर भी बेहयाई से काम लेता हो, अवश्य यही बात है।

जब युवक वृद्धा के साथ प्रसन्न नहीं रह सकता, तो युवती क्यों किसी वृद्ध के साथ प्रसन्न रहने लगी? लेकिन मैं तो कुछ ऐसा बुड्ढा न था। मुझे देखकर कोई चालीस से अधिक नहीं बता सकता। कुछ भी हो, जवानी ढल जाने पर जवान औरत से विवाह करके कुछ-न-कुछ बेहयाई जरूर करनी पड़ती है, इसमें संदेह नहीं। स्त्री स्वभाव से लज्जाशील होती है। कुलटाओं की बात तो दूसरी है, पर साधारणतः स्त्री पुरुष से कहीं ज्यादा संयमशील होती है। जोड़ का पति पाकर वह चाहे पर-पुरुष से हंसी-दिल्लगी कर ले, पर उसका मन शुद्ध रहता है। बेजोड़ विवाह हो जाने से वह चाहे किसी की ओर आंखें उठाकर न देखे, पर उसका चित्त दुखी रहता है। वह पक्की दीवार है, उसमें सबरी का असर नहीं होता, यह कच्ची दीवार है और उसी वक्त तक खड़ी रहती है, जब तक इस पर सबरी न चलाई जाए।

इन्हीं विचारों में पड़े-पड़े मुंशीजी को एक झपकी आ गई। मन के भावों ने तत्काल स्वप्न का रूप धारण कर लिया। क्या देखते हैं कि उनकी पहली स्त्री मंसाराम के सामने खड़ी कह रही है–'स्वामी, यह तुमने क्या किया? जिस बालक को मैंने अपना रक्त पिला-पिलाकर पाला, उसको तुमने इतनी निर्दयता से मार डाला। ऐसे आदर्श चरित्र बालक पर तुमने इतना घोर कलंक लगा दिया? अब बैठे क्या बिसूरते हो। तुमने उससे हाथ धो लिया। मैं तुम्हारे निर्दयी हाथों से छीनकर उसे अपने साथ लिए जाती हूं। तुम तो इतने शक्की कभी न थे। क्या विवाह करते ही शक को भी गले बांध लाए? इस कोमल हृदय पर इतना कठोर आघात! इतना भीषण कलंक! इतन बड़ा अपमान सहकर जीनेवाले कोई बेहया होंगे। मेरा बेटा नहीं सह सकता!' यह कहते-कहते उसने बालक को गोद में उठा लिया और चली।

मुंशीजी ने रोते हुए उसकी गोद से मंसाराम को छीनने के लिए हाथ बढ़ाया, तो आंखें खुल गईं और डॉक्टर लाहिरी, डॉक्टर भाटिया आदि आधे दर्जन डॉक्टर उनको सामने खड़े दिखाई दिए।

8

"नहीं निर्मला, उसका मूल्य अब मेरी निगाहों में बहुत बढ़ गया है। आज तक वह मेरे भोग की वस्तु थी, आज से वह मेरी भक्ति की वस्तु है। मैंने तुम्हारे साथ बड़ा अन्याय किया है, क्षमा करो।"

तीन दिन गुजर गए और मुंशीजी घर न आए। रुक्मिणी दोनों वक्त अस्पताल जातीं और मंसाराम को देख आती थीं। दोनों लड़के भी जाते थे, पर निर्मला कैसे जाती? उनके पैरों में तो बेड़ियां पड़ी हुई थीं। वह मंसाराम की बीमारी का हाल-चाल जानने के लिए व्यग्र रहती थी, यदि रुक्मिणी से कुछ पूछती थीं, तो ताने मिलते थे और लड़कों से पूछती तो बेसिर-पैर की बातें करने लगते थे।

एक बार खुद जाकर देखने के लिए उसका चित्त व्याकुल हो रहा था। उसे यह भय होता था कि संदेह ने कहीं मुंशीजी के पुत्र-प्रेम को शिथिल न कर दिया हो, कहीं उनकी कृपणता ही तो मंसाराम के अच्छे होने में बाधक नहीं हो रही है? डॉक्टर किसी के सगे नहीं होते, उन्हें तो अपने पैसों से काम है, मुर्दा दोजख में जाए या बहिश्त में। उसके मन में प्रबल इच्छा होती थी कि जाकर अस्पताल के डॉक्टरों को एक हजार की थैली देकर कहे–'इन्हें बचा लीजिए, यह थैली आपकी भेंट हैं', पर उसके पास न तो इतने रुपये ही थे, न इतना साहस ही था।

अब भी यदि वह वहां पहुंच सकती, तो मंसाराम अच्छा हो जाता। उसकी जैसी सेवा-शुश्रूषा होनी चाहिए, वैसी नहीं हो रही है। नहीं तो क्या तीन दिन तक ज्वर ही न उतरता? यह दैहिक ज्वर नहीं, मानसिक ज्वर है और चित्त के शांत होने ही से इसका प्रकोप उतर सकता है।

अगर वह वहां रात-भर बैठी रह सकती और मुंशीजी जरा भी मन मैला न करते, तो कदाचित् मंसाराम को विश्वास हो जाता कि पिताजी का दिल साफ है और फिर अच्छे होने में देर न लगती, लेकिन ऐसा होगा? मुंशीजी उसे वहां देखकर प्रसन्नचित्त रह सकेंगे? क्या अब भी उनका दिल साफ नहीं हुआ? यहां से जाते समय तो ऐसा ज्ञात हुआ था कि वह अपने प्रमाद पर पछता रहे हैं। ऐसा तो न होगा कि उसके वहां जाते ही मुंशीजी का संदेह फिर भड़क उठे और वह बेटे की जान लेकर ही छोड़ें? तीन दिन गुजर गए और न घर में चूल्हा जला, न किसी ने कुछ खाया। लड़कों के लिए बाजार से पूरियां ली जाती थीं, रुक्मिणी और निर्मला भूखी ही सो जाती थीं। चौथे दिन जियाराम स्कूल से लौटा, तो अस्पताल होता हुआ घर आया। निर्मला ने पूछा–"क्यों भैया, अस्पताल भी गए थे? आज क्या हाल है? तुम्हारे भैया उठे या नहीं?"

जियाराम रुआंसा होकर बोला–"अम्मांजी, आज तो वह कुछ बोलते-चालते ही न थे। चुपचाप चारपाई पर पड़े जोर-जोर से हाथ-पांव पटक रहे थे।"

निर्मला के चेहरे का रंग उड़ गया। घबराकर पूछा–"तुम्हारे बाबूजी वहां न थे?"

जियाराम–थे क्यों नहीं? आज वह बहुत रोते थे।

निर्मला का कलेजा धक्-धक् करने लगा। पूछा–"डॉक्टर लोग वहां न थे?"

जियाराम–डॉक्टर भी खड़े थे और आपस में कुछ सलाह कर रहे थे। सबसे बड़ा सिविल सर्जन अंग्रेजी में कह रहा था कि मरीज की देह में कुछ ताजा खून डालना चाहिए। इस पर बाबूजी ने कहा–'मेरी देह से जितना खून चाहें ले लीजिए।' सिविल सर्जन ने हंसकर कहा–'आपके ब्लड से काम नहीं चलेगा, किसी जवान आदमी का ब्लड चाहिए।' आखिर उसने पिचकारी से कोई दवा भैया के बाजू में डाल दी। चार अंगुल से कम की सुई न रही होगी, पर भैया मिनके तक नहीं। मैंने तो मारे डर के आंखें बंद कर लीं।

बड़े-बड़े महान संकल्प आवेश में ही जन्म लेते हैं। कहां तो निर्मला भय से सूखी जाती थी, कहां उसके मुंह पर दृढ़ संकल्प की आभा झलक पड़ी। उसने अपनी देह का ताजा खून देने का निश्चय किया। अगर उसके रक्त से मंसाराम के प्राण बच जाएं, तो वह बड़ी खुशी से उसकी अंतिम बूंद तक दे डालेगी।

अब जिसका जो जी चाहे समझे, वह कुछ परवाह न करेगी। उसने जियाराम से कहा–"तुम लपककर एक एक्का बुला लो, मैं अस्पताल जाऊंगी।"

जियाराम–वहां तो इस वक्त बहुत से आदमी होंगे। जरा रात हो जाने दीजिए।

निर्मला–नहीं, तुम अभी एक्का बुला लो।

जियाराम–कहीं बाबूजी बिगड़ें न?

निर्मला–बिगड़ने दो। तुम अभी जाकर सवारी लाओ।

जियाराम–मैं कह दूंगा, अम्मांजी ही ने मुझसे सवारी मंगाई थी।

निर्मला–कह देना।

जियाराम तांगा लाने गया, इतनी देर में निर्मला ने सिर में कंघी की, जूड़ा बांधा, कपड़े बदले, आभूषण पहने, पान खाया और द्वार पर आकर तांगे की राह देखने लगी।

रुक्मिणी कमरे में बैठी हुई थीं। उसे देखकर बोलीं–"कहां जाती हो, बहू?"

निर्मला–जरा अस्पताल तक जाती हूं।

रुक्मिणी–वहां जाकर क्या करोगी?

निर्मला–कुछ नहीं, करूंगी क्या? करने वाले तो भगवान हैं। देखने को जी चाहता है।

रुक्मिणी–मैं कहतीं हूं, मत जाओ।

निर्मला ने विनीत भाव से कहा–"अभी चली आऊंगी, दीदीजी! जियाराम कह रहे हैं कि इस वक्त उनकी हालत अच्छी नहीं है। जी नहीं मानता, आप भी चलिए न?"

रुक्मिणी–मैं देख आई हूं। समझ लो कि अब बाहरी खून पहुंचाने पर ही जीवन की आशा है। कौन अपना ताजा खून देगा और क्यों देगा? उसमें भी तो प्राणों का भय है।

निर्मला–इसीलिए तो मैं जाती हूं। मेरे खून से क्या काम न चलेगा?

रुक्मिणी–चलेगा क्यों नहीं, जवान ही का तो खून चाहिए, लेकिन तुम्हारे खून से मंसाराम की जान बचे, इससे यह कहीं अच्छा है कि उसे पानी में बहा दिया जाए।

तांगा आ गया। निर्मला और जियाराम दोनों तांगे में जा बैठे। तांगा चला। रुक्मिणी द्वार पर खड़ी देर तक रोती रहीं। आज पहली बार उसे निर्मला पर दया आई, उसका बस होता तो वह निर्मला को बांधे रखतीं। करुणा और सहानुभूति का आवेश उसे कहां लिए जाता है, वह अप्रकट रूप से देख रही थी। आह! यह दुर्भाग्य की प्रेरणा है। यह सर्वनाश का मार्ग है।

निर्मला अस्पताल पहुंची, तो दीपक जल चुके थे। डॉक्टर लोग अपनी राय देकर विदा हो चुके थे। मंसाराम का ज्वर कुछ कम हो गया था। वह टकटकी लगाए हुए द्वार की ओर देख रहा था। उसकी दृष्टि उन्मुक्त आकाश की ओर लगी हुई थी मानो किसी देवता की प्रतीक्षा कर रहा हो! वह कहां है, जिस दशा में है, इसका उसे कुछ ज्ञान न था।

सहसा निर्मला को देखते ही वह चौंककर उठ बैठा। उसकी समाधि टूट गई, विलुप्त चेतना प्रदीप्त हो गई। उसे जैसे अपनी स्थिति का ज्ञान हो गया मानो कोई भूली हुई बात याद हो गई हो। उसने आंखें फाड़कर निर्मला को देखा और मुंह फेर लिया।

एकाएक मुंशीजी तीव्र स्वर से बोले–"तुम, यहां क्या करने आईं?

निर्मला अवाक् रह गई। इतने सीधे से प्रश्न का भी वह कोई जवाब न दे सकी। वह क्या करने आई थी? इतना जटिल प्रश्न किसके सामने आया होगा? घर का आदमी बीमार है, उसे देखने आई है, यह बात क्या बिना पूछे मालूम न हो सकती थी? फिर प्रश्न क्यों? वह हतबुद्धि-सी खड़ी रही मानो संज्ञाहीन हो गई हो। उसने दोनों लड़कों से मुंशीजी के शोक और संताप की बातें सुनकर यह अनुमान किया था कि अब उनका दिल साफ हो गया है। अब उसे ज्ञात हुआ कि वह भ्रम था। हां, वह महाभ्रम था। अगर वह जानती कि आंसुओं की वृष्टि ने भी संदेह की अग्नि शांत नहीं की, तो वह कदापि न आती। वह कुढ़-कुढ़ाकर मर जाती, घर से पांव न निकालती।

मुंशीजी ने फिर वही प्रश्न किया–"तुम यहां क्यों आईं?"

निर्मला ने निःशंक भाव से उत्तर दिया–"आप यहां क्या करने आए हैं?"

मुंशीजी के नथुने फड़कने लगे। वह झल्लाकर चारपाई से उठे और निर्मला का हाथ पकड़कर बोले–"तुम्हारे यहां आने की कोई जरूरत नहीं। जब मैं बुलाऊं, तब आना। समझ गईं?"

अरे! यह क्या अनर्थ हुआ! मंसाराम जो चारपाई से हिल भी न सकता था, उठकर खड़ा हो गया और निर्मला के पैरों पर गिरकर रोते हुए बोला–"अम्मांजी, इस अभागे के लिए आपको व्यर्थ इतना कष्ट हुआ। मैं आपका स्नेह कभी भी न भूलूंगा। ईश्वर से मेरी यही प्रार्थना है कि मेरा पुनर्जन्म आपके गर्भ से हो, जिससे मैं आपके ऋण से उऋण हो सकूं। ईश्वर जानता है, मैंने आपको विमाता नहीं समझा। मैं आपको अपनी माता समझता रहा। आपकी उम्र मुझसे बहुत ज्यादा न हो, लेकिन आप मेरी माता के स्थान पर थीं और मैंने आपको सदैव इसी दृष्टि से देखा...अब नहीं बोला जाता अम्मांजी, क्षमा कीजिए! यह अंतिम भेंट है।"

निर्मला—तुम ऐसी बातें क्यों करते हो? दो-चार दिन में अच्छे हो जाओगे।

मंसाराम ने क्षीण स्वर में कहा—"अब जीने की इच्छा नहीं और न बोलने की शक्ति ही है।" यह कहते-कहते मंसाराम अशक्त होकर वहीं जमीन पर लेट गया।

निर्मला ने पति की ओर निर्भय नेत्रों से देखते हुए कहा—"डॉक्टर ने क्या सलाह दी?"

मुंशीजी—सब-के-सब भंग खा गए हैं, कहते हैं, ताजा खून चाहिए।

निर्मला—ताजा खून मिल जाए, तो प्राणरक्षा हो सकती है?

मुंशीजी ने निर्मला की ओर तीव्र नेत्रों से देखकर कहा—"मैं ईश्वर नहीं हूं और न डॉक्टर ही को ईश्वर समझता हूं।"

निर्मला—ताजा खून तो ऐसी अलभ्य वस्तु नहीं!

मुंशीजी—आकाश के तारे भी तो अलभ्य नहीं! मुंह के सामने खंदक क्या चीज है?

निर्मला—मैं आपना खून देने को तैयार हूं। डॉक्टर को बुलाइए।

मुंशीजी ने विस्मित होकर कहा—"तुम!"

निर्मला—हां, क्या मेरे खून से काम न चलेगा?

मुंशीजी—तुम अपना खून दोगी? नहीं, तुम्हारे खून की जरूरत नहीं। इसमें प्राणों का भय है।

निर्मला—मेरे प्राण और किस दिन काम आएंगे?

मुंशीजी ने सजल नेत्र होकर कहा—"नहीं निर्मला, उसका मूल्य अब मेरी निगाहों में बहुत बढ़ गया है। आज तक वह मेरे भोग की वस्तु थी, आज से वह मेरी भक्ति की वस्तु है। मैंने तुम्हारे साथ बड़ा अन्याय किया है, क्षमा करो।"

जोकुछ होना था हो गया, किसी की कुछ न चली। डॉक्टर साहब निर्मला की देह से रक्त निकालने की चेष्टा कर ही रहे थे कि मंसाराम अपने उज्ज्वल चरित्र की अंतिम झलक दिखाकर इस भ्रम-लोक से विदा हो गया। कदाचित् इतनी देर तक उसके प्राण निर्मला ही की राह देख रहे थे। उसे निष्कलंक सिद्ध किए बिना वे देह को कैसे त्याग देते? अब उनका उद्देश्य पूरा हो गया था।

मुंशीजी को निर्मला के निर्दोष होने का विश्वास हो गया, पर कब? जब हाथ से तीर निकल चुका था, जब मुसाफिर ने रकाब में पांव डाल लिया था।

पुत्र-शोक में मुंशीजी का जीवन भार-स्वरूप हो गया। उस दिन से फिर उनके होंठों पर हंसी न आई। यह जीवन अब उन्हें व्यर्थ-सा जान पड़ता था।

कचहरी जाते, मगर मुकदमों की पैरवी करने के लिए नहीं, केवल दिल बहलाने के लिए घंटे-दो-घंटे में वहां से उकताकर चले आते। खाने बैठते तो कौर मुंह में न जाता। निर्मला अच्छी-से-अच्छी चीज पकाती, पर मुंशीजी दो-चार कौर से अधिक न खा सकते। ऐसा जान पड़ता कि कौर मुंह से निकला आता है! मंसाराम के कमरे की ओर जाते ही उनका हृदय टूक-टूक हो जाता था। जहां उनकी आशाओं का दीपक जलता रहता था, वहां अब अंधकार छाया हुआ था। उनके दो पुत्र अब भी थे, लेकिन दूध देती हुई गाय मर गई, तो बछिया का क्या भरोसा? जब फूलने-फलनेवाला वृक्ष गिर पड़ा, तो नन्हे-नन्हे पौधों से क्या आशा? यों तो जवान-बूढ़े सभी मरते हैं, लेकिन दुःख इस बात का था कि उन्होंने स्वयं लड़के की जान ली। जिस दम बात याद आ जाती, तो ऐसा मालूम होता था कि उनकी छाती फट जाएगी मानो हृदय बाहर निकल पड़ेगा।

निर्मला को पति से सच्ची सहानुभूति थी। जहां तक हो सकता था, वह उनको प्रसन्न रखने की फिक्र रखती थी और भूलकर भी पिछली बातें जबान पर न लाती थी। मुंशीजी उससे मंसाराम की कोई चर्चा करते शरमाते थे। उनकी कभी-कभी ऐसी इच्छा होती कि एक बार निर्मला से अपने मन के सारे भाव खोलकर कह दूं, लेकिन लज्जा रोक लेती थी। इस भांति उन्हें सांत्वना भी न मिलती थी, जो अपनी व्यथा कह डालने से, दूसरों को अपने गम में शरीक कर लेने से प्राप्त होती है। मवाद बाहर न निकलकर अंदर-ही-अंदर अपना विष फैलाता जाता था, दिन-दिन देह घुलती जाती थी।

इधर कुछ दिनों से मुंशीजी और उन डॉक्टर साहब में जिन्होंने मंसाराम की दवा की थी, याराना हो गया था, बेचारे कभी-कभी आकर मुंशीजी को समझाया करते, कभी-कभी अपने साथ हवा खिलाने के लिए खींच ले जाते। उनकी स्त्री भी दो-चार बार निर्मला से मिलने आई थीं। निर्मला भी कई बार उनके घर गई थी, मगर वहां से जब लौटती, तो कई दिन तक उदास रहती। उस दंपती का सुखमय जीवन देखकर उसे अपनी दशा पर दुःख हुए बिना न रहता था।

डॉक्टर साहब को कुल दो सौ रुपये मिलते थे, पर इतने में ही दोनों आनंद से जीवन व्यतीत करते थे। घर में केवल एक मेहरी थी, गृहस्थी का बहुत-सा काम स्त्री को अपने ही हाथों करना पड़ता थ। गहने भी उसकी देह पर बहुत कम थे, पर उन दोनों में वह प्रेम था, जो धन की तृण के बराबर परवाह नहीं करता। पुरुष को देखकर स्त्री का चेहरा खिल उठता था। स्त्री को देखकर पुरुष निहाल हो जाता था। निर्मला के घर में धन इससे कहीं अधिक था, आभूषणों से उनकी देह फटी पड़ती थी, घर का कोई काम उसे अपने हाथ से न करना पड़ता

था, पर निर्मला संपन्न होने पर भी अधिक दुखी थी और सुधा विपन्न होने पर भी सुखी। सुधा के पास कोई ऐसी वस्तु थी, जो निर्मला के पास न थी, जिसके सामने उसे अपना वैभव तुच्छ जान पड़ता था। यहां तक कि वह सुधा के घर गहने पहनकर जाते शरमाती थी।

एक दिन निर्मला डॉक्टर साहब के घर आई, तो उसे बहुत उदास देखकर सुधा ने पूछा–"बहन, आज बहुत उदास हो, वकील साहब की तबीयत तो अच्छी है न?"

निर्मला–क्या कहूं, सुधा! उनकी दशा दिन-दिन खराब होती जाती है, कुछ कहते नहीं बनता। न जाने ईश्वर को क्या मंजूर है?

सुधा–हमारे बाबूजी तो कहते हैं कि उन्हें कहीं जलवायु बदलने के लिए जाना जरूरी है, नहीं तो, कोई भंयकर रोग खड़ा हो जाएगा। कई बार वकील साहब से कह भी चुके हैं, पर वह यही कह दिया करते हैं कि मैं तो बहुत अच्छी तरह हूं, मुझे कोई शिकायत नहीं। आज तुम कहना।

निर्मला–जब डॉक्टर साहब की नहीं सुनी, तो मेरी सुनेंगे?

यह कहते-कहते निर्मला की आंखें डबडबा गईं और जो शंका इधर महीनों से उसके हृदय को विकल करती रहती थी, मुंह से निकल पड़ी। अब तक उसने उस शंका को छिपाया था, पर अब न छिपा सकी। बोली–"बहन! मुझे लक्षण कुछ अच्छे नहीं मालूम होते। देखें, भगवान क्या करते हैं?"

सुधा–तुम आज उनसे खूब जोर देकर कहना कि कहीं जलवायु बदलने चलिए। दो-चार महीने बाहर रहने से बहुत-सी बातें भूल जाएंगी। मैं तो समझती हूं, शायद मकान बदलने से भी उनका शोक कुछ कम हो जाएगा, लेकिन तुम कहीं बाहर जा भी न सकोगी। यह कौन-सा महीना है?

निर्मला–आठवां महीना बीत रहा है। यह चिंता तो मुझे और भी मारे डालती है। मैंने तो इसके लिए ईश्वर से कभी प्रार्थना न की थी। यह बला मेरे सिर न जाने क्यों मढ़ दी? मैं बड़ी अभागिनी हूं, बहन! विवाह से एक महीने पहले पिताजी का देहांत हो गया। उनके मरते ही मेरे सिर शनीचर सवार हुए। जहां पहले विवाह की बातचीत पक्की हुई थी, उन लोगों ने आंखें फेर लीं। बेचारी अम्मां को हारकर मेरा विवाह यहां करना पड़ा। अब छोटी बहन का विवाह होने वाला है। देखें, उसकी नाव किस घाट जाती है!

सुधा–जहां पहले विवाह की बातचीत हुई थी, उन लोगों ने इन्कार क्यों कर दिया?

निर्मला–यह तो वे ही जानें। पिताजी न रहे, तो सोने की गठरी कौन देता?

सुधा—यह तो नीचता है। कहां के रहने वाले थे?

निर्मला—लखनऊ के। नाम तो याद नहीं, आबकारी के कोई बड़े अफसर थे।

सुधा ने गंभीर भाव से पूछा—"और उनका लड़का क्या करता था?"

निर्मला—कुछ नहीं, कहीं पढ़ता था, पर बड़ा होनहार था।

सुधा ने सिर नीचा करके कहा—"उसने अपने पिता से कुछ न कहा था? वह तो जवान था, अपने बाप को दबा न सकता था?"

निर्मला—अब यह मैं क्या जानूं बहन? सोने की गठरी किसे प्यारी नहीं होती? जो पंडित मेरे यहां से संदेश लेकर गया था, उसने तो कहा था कि लड़का ही इन्कार कर रहा है। लड़के की मां अलबत्ता देवी थी। उसने पुत्र और पति दोनों ही को समझाया, पर उसकी कुछ न चली।

सुधा—मैं तो उस लड़के को पाती, तो खूब आड़े हाथों लेती।

निर्मला—मेरे भाग्य में जो लिखा था, वह हो चुका। बेचारी कृष्णा पर न जाने क्या बीतेगी?

संध्या समय निर्मला के जाने के बाद जब डॉक्टर साहब बाहर से आए, तो सुधा ने कहा—"क्यों जी, तुम उस आदमी को क्या कहोगे, जो एक जगह विवाह ठीक कर लेने के बाद फिर लोभवश किसी दूसरी जगह संबंध कर ले?"

डॉक्टर सिन्हा ने स्त्री की ओर कुतूहल से देखकर कहा—"ऐसा नहीं करना चाहिए, और क्या?"

सुधा—यह क्यों नहीं कहते कि ये घोर नीचता है, पहले सिरे का कमीनापन है!

सिन्हा—हां, यह कहने में भी मुझे इनकार नहीं।

सुधा—किसका अपराध बड़ा है? वर का या वर के पिता का?

सिन्हा की समझ में अभी तक नहीं आया कि सुधा के इन प्रश्नों का आशय क्या है? विस्मय से बोले—"जैसी स्थिति हो, अगर वह पिता के अधीन हो, तो पिता का ही अपराध समझो।"

सुधा—अधीन होने पर भी क्या जवान आदमी का अपना कोई कर्तव्य नहीं है? अगर उसे अपने लिए नए कोट की जरूरत हो, तो वह पिता के विरोध करने पर भी उसे रो-धोकर बनवा लेता है। क्या ऐसे महत्त्व के विषय में वह अपनी आवाज पिता के कानों तक नहीं पहुंचा सकता? यह कहो कि वह और उसका पिता दोनों अपराधी हैं, परंतु वर अधिक। बूढ़ा आदमी सोचता है—मुझे तो सारा खर्च संभालना पड़ेगा। कन्या पक्ष से जितना ऐंठ सकूं, उतना ही अच्छा, मगर वर का धर्म है कि यदि वह स्वार्थ के हाथों बिलकुल बिक नहीं गया है, तो अपने आत्मबल का परिचय दे। अगर वह ऐसा नहीं करता, तो मैं कहूंगी कि वह लोभी

है और कायर भी। दुर्भाग्यवश ऐसा ही एक प्राणी मेरा पति है और मेरी समझ में नहीं आता कि किन शब्दों में उसका तिरस्कार करूं!

सिन्हा ने हिचकिचाते हुए कहा–"वह...वह...वह...दूसरी बात थी। लेन-देन का कारण नहीं था, बिलकुल दूसरी बात थी। कन्या के पिता का देहांत हो गया था। ऐसी दशा में हम लोग क्या करते? यह भी सुनने में आया था कि कन्या में कोई ऐब है। वह बिलकुल दूसरी बात थी, मगर तुमसे यह कथा किसने कही?"

सुधा–कह दो कि वह कन्या कानी थी या कुबड़ी थी या नाइन के पेट की थी या भ्रष्टा थी। इतनी कसर क्यों छोड़ दी? भला सुनूं तो, उस कन्या में क्या ऐब था?

सिन्हा–मैंने देखा तो था नहीं, सुनने में आया था कि उसमें कोई ऐब है।

सुधा–सबसे बड़ा ऐब यही था कि उसके पिता का स्वर्गवास हो गया था और वह कोई लंबी-चौड़ी रकम न दे सकती थी। इतना स्वीकार करते क्यों झेंपते हो? मैं कुछ तुम्हारे कान तो काट न लूंगी! अगर दो-चार फिकरे कहूं, तो इस कान से सुनकर उस कान से उड़ा देना। ज्यादा चीं-चपड़ करूं, तो छड़ी से काम ले सकते हो। औरतजात डंडे ही से ठीक रहती है। अगर उस कन्या में कोई ऐब था, तो मैं कहूंगी, लक्ष्मी भी बे-ऐब नहीं। तुम्हारी खोटी थी, बस! और क्या? तुम्हें तो मेरे पाले पड़ना था।

सिन्हा–तुमसे किसने कहा कि वह ऐसी थी वैसी थी, जैसे तुमने किसी से सुनकर मान लिया।

सुधा–मैंने सुनकर नहीं मान लिया। अपनी आंखों देखा। ज्यादा बखान क्या करूं, मैंने ऐसी सुंदर स्त्री कभी नहीं देखी थी।

सिन्हा ने व्यग्र होकर पूछा–"क्या वह यहीं-कहीं है? सच बताओ, उसे कहां देखा? वह तुम्हारे घर आई थी?"

सुधा–हां, मेरे घर में आई थी और एक बार नहीं, कई बार आ चुकी है। मैं भी उसके यहां कई बार जा चुकी हूं, वकील साहब की बीवी वही कन्या है, जिसे आपने ऐबों के कारण त्याग दिया।

सिन्हा–सच!

सुधा–बिलकुल सच। आज अगर उसे मालूम हो जाए कि आप वही महापुरुष हैं, तो शायद फिर इस घर में कदम न रखे। ऐसी सुशीला, घर के कामों में ऐसी निपुण और ऐसी परम सुंदर स्त्री इस शहर में दो ही चार होंगी। तुम मेरा बखान करते हो। मैं उसकी लौंडी बनने के योग्य भी नहीं हूं। घर में ईश्वर का दिया हुआ सब कुछ है, मगर जब प्राणी ही मेल का नहीं, तो और सब रहकर क्या

करेगा? धन्य है उसके धैर्य को कि उस बुड्ढे खूसट वकील के साथ जीवन के दिन काट रही है। मैंने तो कब का जहर खा लिया होता, मगर मन की व्यथा कहने से ही थोड़े प्रकट होती है। हंसती है, बोलती है, गहने-कपड़े पहनती है, पर रोयां-रोयां रोया करता है।

सिन्हा–वकील साहब की खूब शिकायत करती होगी?

सुधा–शिकायत क्यों करेगी? क्या वह उसके पति नहीं हैं? संसार में अब उसके लिए जो कुछ हैं, वकील साहब हैं। वह बुड्ढे हों या रोगी, पर हैं तो उसके स्वामी ही। कुलवंती स्त्रियां पति की निंदा नहीं करतीं, यह कुलटाओं का काम है। वह उनकी दशा देखकर कुढ़ती है, पर मुंह से कुछ नहीं कहती।

सिन्हा–इन वकील साहब को क्या सूझी थी, जो इस उम्र में ब्याह करने चले?

सुधा–ऐसे आदमी न हों, तो गरीब क्वारियों की नाव कौन पार लगाए? तुम और तुम्हारे साथी बिना भारी गठरी लिए बात नहीं करते, तो फिर ये बेचारी किसके घर जाएं? तुमने यह बड़ा भारी अन्याय किया है और तुम्हें इसका प्रायश्चित्त करना पड़ेगा। ईश्वर उसका सुहाग अमर करे, लेकिन वकील साहब को कहीं कुछ हो गया, तो बेचारी का जीवन ही नष्ट हो जाएगा। आज तो वह बहुत रोती थी। तुम लोग सचमुच बड़े निर्दयी हो। मैं तो अपने सोहन का विवाह किसी गरीब लड़की से करूंगी।

डॉक्टर साहब ने यह पिछला वाक्य नहीं सुना। वह घोर चिंता में पड़ गए। उनके मन में यह प्रश्न उठ-उठकर उन्हें विकल करने लगा कि कहीं वकील साहब को कुछ हो गया तो?

आज उन्हें अपने स्वार्थ का भयंकर स्वरूप दिखाई दिया। वास्तव में यह उन्हीं का अपराध था। अगर उन्होंने पिता से जोर देकर कहा होता कि मैं और कहीं विवाह न करूंगा, तो क्या वह उनकी इच्छा के विरुद्ध उनका विवाह कर देते?

सहसा सुधा ने कहा–"कहो तो कल निर्मला से तुम्हारी मुलाकात करा दूं? वह भी जरा तुम्हारी सूरत देख ले। वह कुछ बोलेगी तो नहीं, पर कदाचित् एक दृष्टि से वह तुम्हारा इतना तिरस्कार कर देगी, जिसे तुम कभी न भूल सकोगे। बोलो, कल मिला दूं? तुम्हारा बहुत संक्षिप्त परिचय भी करा दूंगी।"

सिन्हा ने कहा–"नहीं सुधा, तुम्हारे हाथ जोड़ता हूं, कहीं ऐसा गजब न करना! नहीं तो सच कहता हूं, घर छोड़कर भाग जाऊंगा।"

सुधा–जो कांटा बोया है, उसका फल खाते क्यों इतना डरते हो? जिसकी गरदन पर कटार चलाई है, जरा उसे तड़पते भी तो देखो। मेरे दादाजी ने पांच हजार दिए न! अभी छोटे भाई के विवाह में पांच-छः हजार और मिल जाएंगे।

फिर तो तुम्हारे बराबर धनी संसार में कोई दूसरा न होगा। ग्यारह हजार बहुत होते हैं। बाप-रे-बाप! ग्यारह हजार! उठा-उठाकर रखने लगे, तो महीनों लग जाएं। अगर लड़के उड़ाने लगें, तो पीढ़ियों तक चलें। कहीं से बात हो रही है या नहीं?

इस परिहास से डॉक्टर साहब इतना झेंपे कि सिर तक न उठा सके। उनका सारा वाक्-चातुर्य गायब हो गया। नन्हा-सा मुंह निकल आया मानो मार पड़ गई हो। इसी वक्त किसी ने डॉक्टर साहब को बाहर से पुकारा। बेचारे जान लेकर भागे। स्त्री कितनी परिहास-कुशल होती है, इसका आज परिचय मिल गया।

रात को डॉक्टर साहब सुधा से बोले—"निर्मला की तो कोई बहन है न?"

सुधा—हां, आज उसकी चर्चा तो करती थी। इसकी चिंता अभी से सवार हो रही है। अपने ऊपर तो जो कुछ बीतना था, बीत चुका, बहन की फिक्र में पड़ी हुई थी। मां के पास तो अब और कुछ भी नहीं रहा, मजबूरन किसी ऐसे ही बूढ़े बाबा के गले वह भी मढ़ दी जाएगी।

सिन्हा—निर्मला तो अपनी मां की मदद कर सकती है।

सुधा ने तीक्ष्ण स्वर में कहा—"तुम भी कभी-कभी बिलकुल बेसिर-पैर की बातें करने लगते हो। निर्मला बहुत करेगी, तो दो-चार सौ रुपये दे देगी और क्या कर सकती है? वकील साहब का यह हाल हो रहा है, उसे अभी पहाड़-सी उम्र काटनी है, फिर कौन जाने उनके घर का क्या हाल है? इधर छ: महीने से बेचारे घर बैठे हैं। रुपये आकाश से थोड़े ही बरसते हैं। दस-बीस हजार होंगे भी तो बैंक में होंगे, कुछ निर्मला के पास तो रखे न होंगे। हमारा दो सौ रुपया महीने का खर्च है, तो क्या इनका चार सौ रुपये महीने का भी न होगा?"

कुछ देर बाद बिस्तर पर लेटकर सुधा को तो नींद आ गई, पर डॉक्टर साहब बहुत देर तक करवट बदलते रहे, फिर कुछ सोचकर उठे और मेज पर बैठकर एक पत्र लिखने लगे।

9

मानव जीवन! तू इतना क्षणभंगुर है, पर तेरी कल्पनाएं कितनी दीर्घायु! वही तोताराम जो संसार से विरक्त हो रहे थे, जो रात-दिन मृत्यु का आवाहन किया करते थे, तिनके का सहारा पाकर तट पर पहुंचने के लिए पूरी शक्ति से हाथ-पांव मार रहे हैं...मगर तिनके का सहारा पाकर कोई तट पर पहुंचा है?

तीन बातें एक ही साथ हुईं निर्मला की कन्या ने जन्म लिया, कृष्णा का विवाह निश्चित हुआ और मुंशी तोताराम का मकान नीलाम हो गया।

कन्या का जन्म तो साधारण बात थी, यद्यपि निर्मला की दृष्टि में यह उसके जीवन की सबसे महान घटना थी, लेकिन शेष दोनों घटनाएं असाधारण थीं।

कृष्णा का विवाह ऐसे संपन्न घराने में क्योंकर ठीक हुआ? उसकी माता के पास तो दहेज के नाम को कौड़ी भी न थी और इधर बूढ़े सिन्हा साहब जो अब पेंशन लेकर घर आ गए थे, बिरादरी में महालोभी मशहूर थे। वह अपने पुत्र का विवाह ऐसे दरिद्र घराने में करने पर कैसे राजी हुए। किसी को सहसा विश्वास न आता था।

इससे भी बड़े आश्चर्य की एक और बात मुंशीजी के मकान का नीलाम होना था।

लोग मुंशीजी को अगर लखपति नहीं, तो बड़ा आदमी अवश्य समझते थे। उनका मकान कैसे नीलाम हुआ?

बात यह थी कि मुंशीजी ने एक महाजन से कुछ रुपये कर्ज लेकर एक गांव रहन रखा था। उन्हें आशा थी कि साल-आध साल में यह रुपये पाट देंगे, फिर दस-पांच साल में उस गांव पर पूरी तरह कब्जा कर लेंगे।

वह जमींदार असल और सूद के कुल रुपये अदा करने में असमर्थ हो जाएगा। इसी भरोसे पर मुंशीजी ने यह मामला तय किया था।

गांव बहुत बड़ा था, चार-पांच सौ रुपये नफा होता था, लेकिन मन की सोची मन ही में रह गई।

मुंशीजी दिल को बहुत समझाने पर भी कचहरी न जा सके। पुत्रशोक ने उनमें कोई काम करने की शक्ति ही नहीं छोड़ी।

कौन ऐसा हृदय शून्य पिता है, जो पुत्र की गरदन पर तलवार चलाकर चित्त को शांत कर ले?

महाजन के पास साल-भर तक सूद न पहुंचा और न उसके बार-बार बुलाने पर मुंशीजी उसके पास गए।

यहां तक कि पिछली बार उन्होंने साफ-साफ कह दिया था कि हम किसी के गुलाम नहीं हैं, साहूजी जो चाहे करें, तब साहूजी को गुस्सा आ गया। उसने नालिश कर दी।

मुंशीजी पैरवी करने भी न गए।

एकाएक डिग्री हो गई। यहां घर में रुपये कहां रखे थे? इतने ही दिनों में मुंशीजी की साख भी उठ गई थी। वह रुपये का कोई प्रबंध न कर सके। आखिर मकान नीलाम पर चढ़ गया।

निर्मला सौर में थी। यह खबर सुनी, तो कलेजा सन्न-सा हो गया।

हालांकि उसके जीवन में कोई सुख न था, फिर भी धनाभाव की चिंताओं से वह मुक्त थी।

धन मानव जीवन में अगर सर्वप्रधान वस्तु नहीं, तो वह उसके बहुत निकट की वस्तु अवश्य है। अब और अभावों के साथ यह चिंता भी उसके सिर सवार हुई। उसने दाई द्वारा कहला भेजा, मेरे सब गहने बेचकर घर को बचा लीजिए, लेकिन मुंशीजी ने यह प्रस्ताव किसी तरह स्वीकार न किया।

उस दिन से मुंशीजी और भी चिंताग्रस्त रहने लगे। जिस धन का सुख भोगने के लिए उन्होंने विवाह किया था, वह अब अतीत की स्मृति-मात्र था। वह मारे ग्लानि के अब निर्मला को अपना मुंह तक न दिखा सकते थे। उन्हें अब उस

अन्याय का अनुमान हो रहा था, जो उन्होंने निर्मला के साथ किया था और कन्या के जन्म ने तो रही-सही कसर भी पूरी कर दी, सर्वनाश ही कर डाला!

बारहवें दिन सौर से निकलकर निर्मला नवजात शिशु को गोद लिए पति के पास गई। वह इस अभाव में भी इतनी प्रसन्न थी मानो उसे कोई चिंता नहीं है।

बालिका को हृदय से लगाकर वह अपनी सारी चिंताएं भूल गई थी। शिशु के विकसित और हर्ष प्रदीप्त नेत्रों को देखकर उसका हृदय प्रफुल्लित हो रहा था।

मातृत्व के इस उद्‌गार में उसके सारे क्लेश विलीन हो गए थे। वह शिशु को पति की गोद मे देकर निहाल हो जाना चाहती थी, लेकिन मुंशीजी कन्या को देखकर सहम उठे। गोद लेने के लिए उनका हृदय हुलसा नहीं, पर उन्होंने एक बार उसे करुणाजनक नेत्रों से देखा और फिर सिर झुका लिया। इस शिशु की सूरत मंसाराम से बिलकुल मिलती थी।

निर्मला ने उसके मन का भाव और ही समझा। उसने शतगुण स्नेह से लड़की को हृदय से लगा लिया मानो उनसे कह रही है-'अगर तुम इसके बोझ से दबे जाते हो, तो आज से मैं इस पर तुम्हार साया भी नहीं पड़ने दूंगी। जिस रतन को मैंने इतनी तपस्या के बाद पाया है, उसका निरादर करते हुए तुम्हारा हृदय फट नहीं जाता?'

वह उसी क्षण शिशु को गोद से चिपकाए हुए अपने कमरे में चली आई और देर तक रोती रही। उसने पति की इस उदासीनता को समझने की जरा भी चेष्टा न की, नहीं तो शायद वह उन्हें इतना कठोर न समझती। उसके सिर पर उत्तरदायित्व का इतना बड़ा भार कहां था, जो उसके पति पर आ पड़ा था? वह सोचने की चेष्टा करती, तो क्या इतना भी उसकी समझ में न आता?

मुंशीजी को एक ही क्षण में अपनी भूल मालूम हो गई। माता का हृदय प्रेम में इतना अनुरक्त रहता है कि भविष्य की चिंता और बाधाएं उसे जरा भी भयभीत नहीं करतीं। उसे अपने अंतःकरण में एक अलौकिक शक्ति का अनुभव होता है, जो बाधाओं को उसके सामने परास्त कर देती है।

मुंशीजी दौड़े हुए घर में आए और शिशु को गोद में लेकर बोले-"मुझे याद आता है, मंसा भी ऐसा ही था-बिलकुल ऐसा ही!"

निर्मला-दीदीजी भी तो यही कहती हैं।

मुंशीजी-बिलकुल वही बड़ी-बड़ी आंखें और लाल-लाल होंठ हैं। ईश्वर ने मुझे मेरा मंसाराम इस रूप में दे दिया। वही माथा है, वही मुंह, वही हाथ-पांव! ईश्वर तुम्हारी लीला अपार है।

सहसा रुक्मिणी भी आ गई। मुंशीजी को देखते ही बोली-"देखो बाबू,

मंसाराम है कि नहीं? वही आया है। कोई लाख कहे, मैं न मानूंगी। साफ मंसाराम है। साल-भर के लगभग हो भी तो गया।"

मुंशीजी—बहन, एक-एक अंग तो मिलता है। बस, भगवान ने मुझे मेरा मंसाराम दे दिया। (शिशु से) क्यों री, तू मंसाराम ही है? छोड़कर जाने का नाम न लेना, नहीं तो फिर खींच लाऊंगा। कैसे निष्ठुर होकर भागे थे! आखिर पकड़ लाया कि नहीं? बस, कह दिया, अब मुझे छोड़कर जाने का नाम न लेना। देखो बहन, कैसी टुकुर-टुकुर ताक रही है?

उसी क्षण मुंशीजी ने फिर से अभिलाषाओं का भवन बनाना शुरू कर दिया। मोह ने उन्हें फिर संसार की ओर खींचा।

मानव जीवन! तू इतना क्षणभंगुर है, पर तेरी कल्पनाएं कितनी दीर्घायु!

वही तोताराम जो संसार से विरक्त हो रहे थे, जो रात-दिन मृत्यु का आवाहन किया करते थे, तिनके का सहारा पाकर तट पर पहुंचने के लिए पूरी शक्ति से हाथ-पांव मार रहे हैं...मगर तिनके का सहारा पाकर कोई तट पर पहुंचा है?

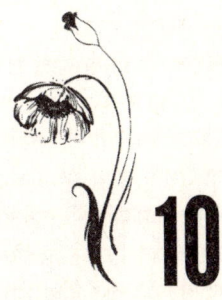

10

अपराधी जैसे दंड की प्रतीक्षा करता है, उसी भांति वह विवाह की प्रतीक्षा करती थी, उस विवाह की, जिसमें उसके जीवन की सारी अभिलाषाएं विलीन हो जाएंगी, जब मंडप के नीचे बने हुए हवन-कुंड में उसकी आशाएं जलकर भस्म हो जाएंगी।

निर्मला को यद्यपि अपने घर के झंझटों से अवकाश न था, पर कृष्णा के विवाह का संदेश पाकर वह किसी तरह न रुक सकी। उसकी माता ने बहुत आग्रह करके बुलाया था। सबसे बड़ा आकर्षण यह था कि कृष्णा का विवाह उसी घर में हो रहा था, जहां निर्मला का विवाह पहले तय हुआ था। आश्चर्य यही था कि इस बार ये लोग बिना कुछ दहेज लिए कैसे विवाह करने पर तैयार हो गए!

निर्मला को कृष्णा के विषय में बड़ी चिंता हो रही थी। समझती थी, मेरी ही तरह वह भी किसी के गले मढ़ दी जाएगी। बहुत चाहती थी कि माता की कुछ सहायता करूं, जिससे कृष्णा के लिए कोई योग्य वर मिले, लेकिन इधर वकील साहब के घर बैठ जाने और महाजन के नालिश कर देने से उसका हाथ भी तंग था। ऐसी दशा में यह खबर पाकर उसे बड़ी शांति मिली। चलने की तैयारी कर ली। वकील साहब स्टेशन तक पहुंचाने आए। नन्हीं बच्ची से उन्हें

बहुत प्रेम था। छोड़ते ही न थे, यहां तक कि निर्मला के साथ चलने को तैयार हो गए, लेकिन विवाह से एक महीने पहले उनका ससुराल जा बैठना निर्मला को उचित न मालूम हुआ।

निर्मला ने अपनी माता से अब तक अपनी विपत्ति कथा न कही थी। जो बात हो गई, उसका रोना रोकर माता को कष्ट देने और रुलाने से क्या फायदा? इसलिए उसकी माता समझती थी, निर्मला बड़े आनंद से है। अब जो निर्मला की सूरत देखी, तो मानो उसके हृदय पर धक्का-सा लग गया। लड़कियां ससुराल से घुलकर नहीं आतीं, फिर निर्मला जैसी लड़की, जिसको सुख की सभी सामग्रियां प्राप्त थीं, उसका यह हाल! उसने कितनी लड़कियों को दूज के चंद्रमा की भांति ससुराल जाते और पूर्ण चंद्र बनकर आते देखा था। मन में कल्पना कर रही थी, निर्मला का रंग निखर गया होगा, देह भरकर सुडौल हो गई होगी, अंग-प्रत्यंग की शोभा कुछ और ही हो गई होगी। अब जो देखा, तो वह आधी भी न रही थी न यौवन की चंचलता थी, न वह विहसित छवि जो हृदय को मोह लेती है। वह कमनीयता, सुकुमारता, जो विलासमय जीवन से आ जाती है, यहां नाम को न थी। मुख पीला, चेष्टा गिरी हई, अंग शिथिल। उन्नीसवें वर्ष में ही बुड्ढी हो गई थी। जब मां-बेटी रो-धोकर शांत हुईं तो माता ने पूछा–"क्यों री, तुझे वहां खाने को न मिलता था? इससे कहीं अच्छी तो तू यहीं थी। वहां तुझे क्या तकलीफ थी?"

कृष्णा ने हंसकर कहा–"वहां मालकिन थीं कि नहीं? मालकिन को दुनिया-भर की चिंताएं रहती हैं, भोजन कब करें?"

निर्मला–नहीं अम्मां, वहां का पानी मुझे रास नहीं आया। तबीयत भारी रहती है।

माता–वकील साहब न्योते में आएंगे तो पूछूंगी कि आपने फूल-सी लड़की ले जाकर उसकी यह गत बना डाली! अच्छा, अब यह बता कि तूने यहां रुपये क्यों भेजे थे? मैंने तो तुमसे कभी न मांगे थे। लाख गई-गुजरी हूं, लेकिन बेटी का धन खाने की नीयत नहीं।

निर्मला ने चकित होकर पूछा–"किसने रुपये भेजे थे? अम्मां, मैंने तो नहीं भेजे।"

माता–झूठ न बोल! तूने पांच सौ रुपये के नोट नहीं भेजे थे?

कृष्णा–भेजे नहीं थे, तो क्या आसमान से आ गए? तुम्हारा नाम साफ लिखा था। मोहर भी वहीं की थी।

निर्मला–चरण छूकर कहती हूं, सच में, मैंने रुपये नहीं भेजे। यह कब की बात है?

माता–अरे, दो-ढाई महीने हुए होंगे। अगर तूने नहीं भेजे, तो आए कहां से?

निर्मला–यह मैं क्या जानूं? मगर मैंने रुपये नहीं भेजे। हमारे यहां तो जब से जवान बेटा मरा है, कचहरी ही नहीं जाते। मेरा हाथ तो आप ही तंग था, रुपये कहां से आते?

माता–यह तो बड़े आश्चर्य की बात है। वहां और कोई तेरा सगा-संबंधी तो नहीं है? वकील साहब ने तुमसे छिपाकर तो नहीं भेजे?

निर्मला–नहीं अम्मां, मुझे तो विश्वास नहीं।

माता–इसका पता लगाना चाहिए। मैंने सारे रुपये कृष्णा के गहने-कपड़े में खर्च कर डाले। यही बड़ी मुश्किल हुई।

दोनों लड़कों में किसी विषय पर विवाद उठ खड़ा हुआ और कृष्णा उधर फैसला करने चली गई, तो निर्मला ने माता से कहा–"इस विवाह की बात सुनकर मुझे बड़ा आश्चर्य हुआ। यह कैसे हुआ अम्मां?"

माता–यहां जो सुनता है, दांतों तले उंगली दबाता है। जिन लोगों ने पक्की की-कराई बात फेर दी और केवल थोड़े-से रुपये के लालच से, वे अब बिना कुछ लिये कैसे विवाह करने पर तैयार हो गए, समझ में नहीं आता। उन्होंने खुद ही पत्र भेजा। मैंने साफ लिख दिया कि मेरे पास देने-लेने को कुछ नहीं है, कन्या ही से आपकी सेवा कर सकती हूं।

निर्मला–इसका कुछ जवाब नहीं दिया?

माता–शास्त्रीजी पत्र लेकर गए थे। वह तो यही कहते थे कि अब मुंशीजी कुछ लेने के इच्छुक नहीं है। अपनी पहली वादा-खिलाफी पर कुछ लज्जित भी हैं। मुंशीजी से तो इतनी उदारता की आशा न थी, मगर सुनती हूं, उनके बड़े पुत्र बहुत सज्जन आदमी हैं। उन्होंने कह-सुनकर बाप को राजी किया है।

निर्मला–पहले तो वह महाशय भी थैली चाहते थे न?

माता–हां, मगर अब तो शास्त्रीजी कहते थे कि दहेज के नाम से चिढ़ते हैं। सुना है, यहां विवाह न करने पर पछताते भी थे। रुपये के लिए बात छोड़ी थी और रुपये खूब पाए, पर स्त्री पसंन्द नहीं।

निर्मला के मन में उस पुरुष को देखने की प्रबल उत्कंठा हुई, जो उसकी अवहेलना करके अब उसकी बहन का उद्धार करना चाहता है। प्रायश्चित्त सही, लेकिन कितने ऐसे प्राणी हैं, जो इस तरह प्रायश्चित्त करने को तैयार हैं? उनसे बातें करने के लिए, नम्र शब्दों से उनका तिरस्कार करने के लिए, अपनी अनुपम छवि दिखाकर उन्हें और भी जलाने के लिए निर्मला का हृदय अत्यंत अधीर हो उठा। रात को दोनों बहनें एक ही कमरे में सोई। मुहल्ले में किन-किन लड़कियों

का विवाह हो गया, कौन-कौन लड़कोरी हुईं, किस-किसका विवाह धूम-धाम से हुआ। किस-किसके पति कन्या इच्छानुकूल मिले, कौन कितने और कैसे गहने चढ़ावे में लाया, इन्हीं विषयों में दोनों मे बड़ी देर तक बातें होती रहीं। कृष्णा बार-बार चाहती थी कि बहन के घर का कुछ हाल पूछं, मगर निर्मला उसे पूछने का अवसर न देती थी। जानती थी कि यह जो बातें पूछेगी, उन्हें बताने में मुझे संकोच होगा। आखिर एक बार कृष्णा पूछ ही बैठी–"जीजाजी भी आएंगे न?"

निर्मला–आने को कहा तो है।

कृष्णा–अब तो तुमसे प्रसन्न रहते हैं न या अब भी वही हाल है? मैं तो सुना करती थी दुहाजू पति स्त्री को प्राणों से भी प्रिय समझते हैं, वहां बिलकुल उल्टी बात देखी। आखिर किस बात पर बिगड़ते रहते हैं?

निर्मला–अब मैं किसी के मन की बात क्या जानूं?

कृष्णा–मैं तो समझती हूं, तुम्हारी रुखाई से वह चिढ़ते होंगे। तुम तो यहीं से जली हुई गई थी। वहां भी उन्हें कुछ कहा होगा।

निर्मला–यह बात नहीं है कृष्णा, मैं सौगंध खाकर कहती हूं, जो मेरे मन में उनकी ओर से जरा भी मैल हो। मुझसे जहां तक हो सकता है, उनकी सेवा करती हूं। अगर उनकी जगह कोई देवता भी होता, तो भी मैं इससे ज्यादा और कुछ न कर सकती। उन्हें भी मुझसे प्रेम है। बराबर मेरा मुख देखते रहते हैं, लेकिन जो बात उनके और मेरे काबू के बाहर है, उसके लिए वह क्या कर सकते हैं और मैं क्या कर सकती हूं? न वह जवान हो सकते हैं, न मैं बुढ़िया हो सकती हूं। जवान बनने के लिए वह न जाने कितने रस और भस्म खाते रहते हैं, मैं बुढ़िया बनने के लिए दूध-घी सब छोड़े बैठी हूं। सोचती हूं, मेरे दुबलेपन ही से अवस्था का भेद कुछ कम हो जाए, लेकिन न उन्हें पौष्टिक पदार्थों से कुछ लाभ होता है, न मुझे उपवासों से। जब से मंसाराम का देहांत हो गया है, तब से उनकी दशा और खराब हो गई है।

कृष्णा–मंसाराम को तुम भी बहुत प्यार करती थीं?

निर्मला–वह लड़का ही ऐसा था कि जो देखता था, प्यार करता था। ऐसी बड़ी-बड़ी डोरेदार आंखें मैंने किसी की नहीं देखीं। कमल की भांति मुख हरदम खिला रहता था। ऐसा साहसी कि अगर अवसर आ पड़ता, तो आग को फांद जाता। कृष्णा, मैं तुमसे कहती हूं, जब वह मेरे पास आकर बैठ जाता, तो मैं अपने को भूल जाती थी। जी चाहता था, वह हरदम सामने बैठा रहे और मैं देखा करूं। मेरे मन में पाप का लेश भी न था। अगर एक क्षण के लिए भी मैंने उसकी ओर किसी और भाव से देखा हो, तो मेरी आंखें फूट जाएं, पर न जाने क्यों उसे

अपने पास देखकर मेरा ह्रदय फूला न समाता था। इसीलिए मैंने पढ़ने का स्वांग रचा, नहीं तो वह घर में आता ही न था। यह मैं जानती हूं कि अगर उसके मन में पाप होता, तो मैं उसके लिए सब कुछ कर सकती थी।

कृष्णा–अरे बहन, चुप रहो, कैसी बातें मुंह से निकालती हो?

निर्मला–हां, यह बात सुनने में बुरी मालूम होती है और है भी बुरी, लेकिन मनुष्य की प्रकृति को तो कोई बदल नहीं सकता। तू ही बता-एक पचास वर्ष के मर्द से तेरा विवाह हो जाए, तो तू क्या करेगी?

कृष्णा–बहन, मैं तो जहर खाकर सो रहूं। मुझसे तो उसका मुंह भी न देखते बने।

निर्मला–तो बस यही समझ ले। उस लड़के ने कभी मेरी ओर आंख उठाकर नहीं देखा, लेकिन बुड्ढे तो शक्की होते ही हैं। तुम्हारे जीजा उस लड़के के दुश्मन हो गए और आखिर उसकी जान लेकर ही छोड़ी। जिस दिन उसे मालूम हो गया कि पिताजी के मन में मेरी ओर से संदेह है, उसी दिन से उसे ज्वर चढ़ा, जो जान लेकर ही उतरा। हाय! उस अंतिम समय का दृश्य आंखों से नहीं उतरता। मैं अस्पताल गई थी, वह ज्वर में बेहोश पड़ा था, उठने की शक्ति न थी, लेकिन ज्यों ही मेरी आवाज सुनी, चौंककर उठ बैठा और 'माता-माता' कहकर मेरे पैरों पर गिर पड़ा। (रोकर) कृष्णा, उस समय ऐसा जी चाहता था, अपने प्राण निकालकर उसे दे दूं। मेरे पैरों पर ही वह मूर्च्छित हो गया और फिर आंखें न खोलीं। डॉक्टर ने उसकी देह में ताजा खून डालने का प्रस्ताव किया था, यही सुनकर मैं दौड़ी गई थी, लेकिन जब तक डॉक्टर लोग वह प्रक्रिया आरंभ करते, उसके प्राण निकल गए।

कृष्णा–ताजा रक्त पड़ जाने से उसकी जान बच जाती?

निर्मला–कौन जानता है! लेकिन मैं तो अपने रुधिर की अंतिम बूंद तक देने को तैयार थी। उस दशा में भी उसका मुखमंडल दीपक की भांति चमकता था। पहले कुछ रक्त देह में पहुंच जाता, तो शायद बच जाता।

कृष्णा–तो तुमने उन्हें उसी वक्त लिटा क्यों न दिया?

निर्मला–अरे पगली, तू अभी तक बात न समझी। वह मेरे पैरों पर गिरकर और माता-पुत्र का संबंध दिखाकर अपने बाप के दिल से वह संदेह निकाल देना चाहता था। केवल इसीलिए वह उठा था। मेरा क्लेश मिटाने के लिए उसने प्राण दिए और उसकी वह इच्छा पूरी हो गई। तुम्हारे जीजाजी उसी दिन से सीधे हो गए। अब तो उनकी दशा पर मुझे दया आती है। पुत्र-शोक उनके प्राण लेकर छोड़ेगा। मुझ पर संदेह करके मेरे साथ जो अन्याय किया है, अब उसका प्रतिशोध

कर रहे हैं। अबकी उनकी सूरत देखकर तू डर जाएगी। बूढ़े बाबा हो गए हैं, कमर भी कुछ झुक चली है।

कृष्णा–बुड्ढे लोग इतनी शक्की क्यों होते हैं, बहन?

निर्मला–यह जाकर बुड्ढों से पूछो।

कृष्णा–मैं समझती हूं, उनके दिल में हरदम एक चोर-सा बैठा रहता होगा कि इस युवती को प्रसन्न नहीं रख सकता। इसलिए जरा-जरा सी बात पर उन्हें शक होने लगता है।

निर्मला–जानती तो है, फिर मुझसे क्यों पूछती है?

कृष्णा–इसीलिए बेचारा स्त्री से दबता भी होगा। देखने वाले समझते होंगे कि यह बहुत प्रेम करता है।

निर्मला–तूने इतने ही दिनों में इतनी बातें कहां से सीख लीं? इन बातों को जाने दे। बता, तुझे अपना वर पसंद है? उसकी तस्वीर तो देखी होगी?

कृष्णा–हां, आई तो थी, लाऊं, देखोगी?

एक क्षण में कृष्णा ने तस्वीर लाकर निर्मला के हाथ में रख दी।

निर्मला ने मुस्कराकर कहा–"तू बड़ी भाग्यवान है।"

कृष्णा–अम्मांजी ने भी बहुत पसंद किया।

निर्मला–तुझे पसंद है कि नहीं, सो कह, दूसरों की बात न चला।

कृष्णा–(लजाती हुई) शक्ल-सूरत तो बुरी नहीं है, स्वभाव का हाल ईश्वर जाने। शास्त्रीजी तो कहते थे, ऐसे सुशील और चरित्रवान युवक कम होंगे।

निर्मला–यहां से तेरी तस्वीर भी गई थी?

कृष्णा–गई तो थी, शास्त्रीजी ही तो ले गए थे।

निर्मला–उन्हें पसंद आई?

कृष्णा–किसी के मन की बात मैं क्या जानूं? शास्त्रीजी कहते थे, बहुत खुश हुए थे।

निर्मला–अच्छा बता, तुझे क्या उपहार दूं? अभी से बता दे, जिससे बनवा रखूं।

कृष्णा–जो तुम्हारा जी चाहे, देना। उन्हें पुस्तकों से बहुत प्रेम है। अच्छी-अच्छी पुस्तकें मंगवा देना।

निर्मला–उनके लिए नहीं पूछती, तेरे लिए पूछती हूं।

कृष्णा–अपने ही लिए तो मैं कह रही हूं।

निर्मला–(तस्वीर की तरफ देखती हुई) कपड़े सब खद्दर के मालूम होते हैं।

कृष्णा–हां, खद्दर के बड़े प्रेमी हैं। सुनती हूं कि पीठ पर खद्दर लादकर देहातों में बेचने जाया करते हैं। व्याख्यान देने में भी चतुर हैं।

निर्मला—तब तो तुझे भी खद्दर पहनना पड़ेगा। तुझे तो मोटे कपड़ों से चिढ़ है।

कृष्णा—जब उन्हें मोटे कपड़े अच्छे लगते हैं, तो मुझे क्यों चिढ़ होगी, मैंने तो चरखा चलाना सीख लिया है।

निर्मला—सच! सूत निकाल लेती है?

कृष्णा—हां बहन, थोड़ा-थोड़ा निकाल लेती हूं। जब वह खद्दर के इतने प्रेमी हैं, तो चरखा भी जरूर चलाते होंगे। मैं न चला सकूंगी, तो मुझे कितना लज्जित होना पड़ेगा।

इस तरह बात करते-करते दोनों बहनें सोईं। कोई दो बजे रात को बच्ची रोई तो निर्मला की नींद खुली। देखा तो कृष्णा की चारपाई खाली पड़ी थी। निर्मला को आश्चर्य हुआ कि इतनी रात गए कृष्णा कहां चली गई। शायद पानी-वानी पीने गई हो, मगर पानी तो सिरहाने रखा हुआ है, फिर कहां गई है? उसने दो-तीन बार उसका नाम लेकर आवाज दी, पर कृष्णा का पता न था, तब तो निर्मला घबरा उठी। उसके मन में भांति-भांति की शंकाएं होने लगीं। सहसा उसे ख्याल आया कि शायद अपने कमरे में न चली गई हो। बच्ची सो गई, तो वह उठकर कृष्णा के कमरे के द्वार पर आई। उसका अनुमान ठीक था, कृष्णा अपने कमरे में थी। सारा घर सो रहा था और वह बैठी चरखा चला रही थी। इतनी तन्मयता से शायद उसने थिएटर भी न देखा होगा।

निर्मला दंग रह गई। अंदर जाकर बोली—"यह क्या कर रही है रे! यह चरखा चलाने का समय है?"

कृष्णा चौंककर उठ बैठी और संकोच से सिर झुकाकर बोली—"तुम्हारी नींद कैसे खुल गई? पानी-वानी तो मैंने रख दिया था।"

निर्मला—मैं कहती हूं, दिन को तुझे समय नहीं मिलता, जो पिछली रात को चरखा लेकर बैठी है?

कृष्णा—दिन को फुरसत ही नहीं मिलती?

निर्मला—(सूत देखकर) सूत तो बहुत महीन है।

कृष्णा—कहां बहन, यह सूत तो मोटा है। मैं बारीक सूत कातकर उनके लिए साफा बनाना चाहती हूं। यही मेरा उपहार होगा।

निर्मला—बात तो तूने खूब सोची है। इससे अधिक मूल्यवान वस्तु उनकी दृष्टि में और क्या होगी? अच्छा, उठ इस वक्त, कल कातना! कहीं बीमार पड़ जाएगी, तो सब धरा रह जाएगा।

कृष्णा—नहीं मेरी बहन, तुम चलकर सोओ, मैं अभी आती हूं।

निर्मला ने अधिक आग्रह न किया, लेटने चली गई, मगर किसी तरह नींद

न आई। कृष्णा की उत्सुकता और यह उमंग देखकर उसका हृदय किसी अलक्षित आकांक्षा से आंदोलित हो उठा। ओह! इस समय इसका हृदय कितना प्रफुल्लित हो रहा है। अनुराग ने इसे कितना उन्मत्त कर रखा है, तब उसे अपने विवाह की याद आई। जिस दिन तिलक गया था, उसी दिन से उसकी सारी चंचलता, सारी सजीवता विदा हो गई थी। अपनी कोठरी में बैठी वह अपनी किस्मत को रोती थी और ईश्वर से विनय करती थी कि प्राण निकल जाए।

अपराधी जैसे दंड की प्रतीक्षा करता है, उसी भांति वह विवाह की प्रतीक्षा करती थी, उस विवाह की, जिसमें उसके जीवन की सारी अभिलाषाएं विलीन हो जाएंगी, जब मंडप के नीचे बने हुए हवन-कुंड में उसकी आशाएं जलकर भस्म हो जाएंगी।

महीना कटते देर न लगी। विवाह का शुभ मुहूर्त आ पहुंचा। मेहमानों से घर भर गया। मुंशी तोताराम एक दिन पहले आ गए और उनके साथ निर्मला की सहेली भी आई। निर्मला ने बहुत आग्रह न किया था, वह खुद आने को उत्सुक थी। निर्मला की सबसे बड़ी उत्कंठा यही थी कि वर के बड़े भाई के दर्शन करूंगी और हो सका तो उसकी सुबुद्धि पर धन्यवाद दूंगी। सुधा ने हंसकर कहा–"तुम उनसे बोल सकोगी?"

निर्मला–क्यों, बोलने में क्या हानि है? अब तो दूसरा ही संबंध हो गया है और मैं न बोल सकूंगी, तो तुम तो हो ही।

सुधा–न भाई, मुझसे यह न होगा। मैं पराए मर्द से नहीं बोल सकती। न जाने कैसे आदमी हों।

निर्मला–आदमी तो बुरे नहीं हैं और फिर उनसे कुछ विवाह तो करना नहीं, जरा-सा बोलने में क्या हानि है? डॉक्टर साहब यहां होते, तो मैं तुम्हें आज्ञा दिला देती।

सुधा–जो लोग हृदय के उदार होते हैं, क्या चरित्र के भी अच्छे होते हैं? पराई स्त्री को घूरने गें तो किसी मर्द को संकोच नहीं होता।

निर्मला–अच्छा, न बोलना, मैं ही बातें कर लूंगी। घूर लेंगे जितना उनसे घूरते बनेगा, बस, अब तो राजी हुई। इतने में कृष्णा आकर बैठ गई। निर्मला ने मुस्कराकर कहा–"सच बता कृष्णा, तेरा मन इस वक्त क्यों उचाट हो रहा है?"

कृष्णा–जीजाजी बुला रहे हैं, पहले जाकर सुन आओ, पीछे गप्पें लड़ाना, बहुत बिगड़ रहे हैं।

निर्मला–क्या है, तूने कुछ पूछा नहीं?

निर्मला ❖ प्रेमचंद

कृष्णा–कुछ बीमार-से मालूम होते हैं। बहुत दुबले हो गए हैं।

निर्मला–तो जरा बैठकर उनका मन बहला देती। यहां दौड़ी क्यों चली आई? यह कहो, ईश्वर ने कृपा की, नहीं तो ऐसा ही पुरुष तुझे भी मिलता। जरा बैठकर बातें करो। बुड्ढे बातें बड़ी लच्छेदार करते हैं। जवान इतने डींगियल नहीं होते।

कृष्णा–नहीं बहन, तुम जाओ, मुझसे तो वहां बैठा नहीं जाता।

निर्मला चली गई, तो सुधा ने कृष्णा से कहा–"अब तो बरात आ गई होगी। द्वार-पूजा क्यों नहीं होती?"

कृष्णा–क्या जाने बहन, शास्त्रीजी सामान इकट्ठा कर रहे हैं?

सुधा–सुना है, दूल्हे की भावज बड़े कड़े स्वभाव की स्त्री है।

कृष्णा–कैसे मालूम?

सुधा– मैंने सुना है, इसीलिए चेताए देती हूं। चार बातें गम खाकर रहना होगा।

कृष्णा–मेरी झगड़ने की आदत नहीं। जब मेरी तरफ से कोई शिकायत ही न पाएंगी तो क्या अनायास ही बिगड़ेगी!

सुधा–हां, सुना तो ऐसा ही है। झूठ-मूठ लड़ा करती है।

कृष्णा–मैं तो सौ बात की एक बात जानती हूं, नम्रता पत्थर को भी मोम कर देती है।

सहसा शोर मचा–बरात आ रही है। दोनों रमणियां खिड़की के सामने आ बैठीं। एक क्षण में निर्मला भी आ पहुंची।

वर के बड़े भाई को देखने की उसे बड़ी उत्सुकता हो रही थी।

सुधा ने कहा–"कैसे पता चलेगा कि बड़े भाई कौन हैं?"

निर्मला–शास्त्रीजी से पूछूं, तो मालूम हो। हाथी पर तो कृष्णा के ससुर महाशय हैं। अच्छा डॉक्टर साहब यहां कैसे आ पहुंचे! वह घोड़े पर क्या हैं, देखती नहीं हो?

सुधा–हां, हैं तो वही।

निर्मला–उन लोगों से मित्रता होगी। कोई संबंध तो नहीं है।

सुधा–अब भेंट हो तो पूछूं, मुझे तो कुछ नहीं मालूम।

निर्मला–पालकी में जो महाशय बैठे हुए हैं, वह तो दूल्हा के भाई जैसे नहीं दीखते।

सुधा–बिलकुल नहीं। मालूम होता है, सारी देह में पेट-ही-पेट है।

निर्मला–दूसरे हाथी पर कौन बैठा है, समझ में नहीं आता।

सुधा–कोई हो, दूल्हे का भाई नहीं हो सकता। उसकी उम्र नहीं देखती हो, चालीस के ऊपर होगी।

निर्मला–शास्त्रीजी तो इस वक्त द्वार-पूजा की फिक्र में हैं, नहीं तो उनसे पूछती।

संयोग से नाई आ गया। संदूकों की कुंजियां निर्मला के पास थीं। इस वक्त द्वाराचार के लिए कुछ रुपये की जरूरत थी, माता ने भेजा था, यह नाई भी पंडित मोटेरामजी के साथ तिलक लेकर गया था। निर्मला ने कहा–"क्या अभी रुपये चाहिए?"

नाई–हां बहनजी, चलकर दे दीजिए।

निर्मला–अच्छा चलती हूं। पहले यह बता, तू दूल्हे के बड़े भाई को पहचानता है?

नाई–पहचानता काहे नहीं, वह क्या...सामने हैं।

निर्मला–कहां, मैं तो नहीं देखती?

नाई–अरे, वह क्या घोड़े पर सवार हैं। वही तो हैं।

निर्मला ने चकित होकर कहा–"क्या कहता है, घोड़े पर दूल्हे के भाई हैं! पहचानता है या अटकल से कह रहा है?"

नाई–अरे बहनजी, क्या इतना भूल जाऊंगा, अभी तो जलपान का सामान दिए चला आता हूं।

निर्मला–अरे, यह तो डॉक्टर साहब हैं। मेरे पड़ोस में रहते हैं।

नाई–हां-हां, वही तो डॉक्टर साहब हैं।

निर्मला ने सुधा की ओर देखकर कहा–"सुनती हो बहन, इसकी बातें?"

सुधा ने हंसी रोककर कहा–"झूठ बोलता है।"

नाई–अच्छा साहब, अब बड़ों के मुंह कौन लगे! अभी शास्त्रीजी से पुछवा दूंगा, तब तो मानिएगा?

नाई के आने में देर हुई, तो मोटेराम खुद आंगन में आकर शोर मचाने लगे–"इस घर की मर्यादा रखना ईश्वर ही के हाथ है। नाई घंटे-भर से आया हुआ है और अभी तक रुपये नहीं मिले।"

निर्मला–जरा यहां चले आइएगा शास्त्रीजी, कितने रुपये दरकरार हैं, निकाल दूं?

शास्त्रीजी–क्या है? यह बातों का समय नहीं है, जल्दी से रुपये निकाल दो।

निर्मला–लीजिए, निकाल तो रही हूं। अब क्या मुंह के बल गिर पड़ूं? पहले यह बताइए कि दूल्हे के बड़े भाई कौन हैं?

शास्त्रीजी–राम-राम, इतनी-सी बात के लिए मुझे आकाश पर लटका दिया। नाई क्या न पहचानता था?

निर्मला—नाई तो कहता है कि वह जो घोड़े पर सवार है, वही हैं।
शास्त्रीजी—तो फिर किसे बता दें? वही तो हैं ही।
नाई—घड़ी-भर से कह रहा हूं, पर बहनजी मानती ही नहीं।

निर्मला ने सुधा की ओर स्नेह, ममता, विनोद और कृत्रिम तिरस्कार की दृष्टि से देखकर कहा—"अच्छा, तो तुम्हीं अब तक मेरे साथ यह त्रिया-चरित्र खेल रही थी! मैं जानती, तो तुम्हें यहां बुलाती ही नहीं। ओफ्फोह! बड़ा गहरा पेट है तुम्हारा! तुम महीनों से मेरे साथ शरारत करती चली आती हो और कभी भूल से भी इस विषय का एक शब्द तुम्हारे मुंह से नहीं निकला। मैं तो दो-चार ही दिन में उबल पड़ती।

सुधा—तुम्हें मालूम हो जाता, तो तुम मेरे यहां आती ही क्यों?
निर्मला—गजब-रे-गजब, मैं डॉक्टर साहब से कई बार बातें कर चुकी हूं। तुम्हारे ऊपर यह सारा पाप पड़ेगा। देखा कृष्णा, तूने अपनी जेठानी की शरारत! यह ऐसी मायाविनी है, इनसे डरती रहना।

कृष्णा—मैं तो ऐसी देवी के चरण धो-धोकर माथे चढाऊंगी। धन्य भाग्य कि इनके दर्शन हुए।

निर्मला—अब समझ गई। रुपये भी तुम्हीं ने भिजवाए होंगे। अब सिर हिलाया तो सच कहती हूं, मार बैठूंगी।

सुधा—अपने घर बुलाकर मेहमान का अपमान नहीं किया जाता।
निर्मला—देखो तो अभी कैसी-कैसी खबरें लेती हूं। मैंने तुम्हारा मान रखने को जरा-सा लिख दिया था और तुम सचमुच आ पहुंची। भला वहां वाले क्या कहते होंगे?

सुधा—सबसे कहकर आई हूं।
निर्मला—अब तुम्हारे पास कभी न आऊंगी। इतना तो इशारा कर देतीं कि डॉक्टर साहब से परदा रखना।

सुधा—उनके देख लेने ही से कौन बुराई हो गई? न देखते तो अपनी किस्मत को रोते कैसे? जानते कैसे कि लोभ में पड़कर कैसी चीज खो दी? अब तो तुम्हें देखकर लालाजी हाथ मलकर रह जाते हैं। मुंह से तो कुछ नहीं कह सकते, पर मन में अपनी भूल पर पछताते हैं।

निर्मला—अब तुम्हारे घर कभी न आऊंगी।
सुधा—अब पिंड नहीं छूट सकता। मैंने कौन तुम्हारे घर की राह नहीं देखी है।
द्वार-पूजा समाप्त हो चुकी थी। मेहमान लोग बैठे जलपान कर रहे थे। मुंशीजी की बगल में ही डॉक्टर सिन्हा बैठे हुए थे। निर्मला ने कोठे पर चिक की आड़ से

उन्हें देखा और कलेजा थामकर रह गई। एक आरोग्य, यौवन और प्रतिभा का देवता था, पर दूसरा...इस विषय में कुछ न कहना ही उचित है। निर्मला ने डॉक्टर साहब को सैकड़ों ही बार देखा था, पर आज उसके हृदय में जो विचार उठे, वे कभी न उठे थे। बार-बार यह जी चाहता था कि बुलाकर खूब फटकारूं, ऐसे-ऐसे ताने मारूं कि वह भी याद करें, रुला-रुलाकर छोड़ूं, मगर रहम करके रह जाती थी।

बरात जनवासे चली गई थी। भोजन की तैयारी हो रही थी। निर्मला भोजन के थाल चुनने में व्यस्त थी। सहसा मेहरी ने आकर कहा–"बिट्टी, तुम्हें सुधा रानी बुला रही हैं। तुम्हारे कमरे में बैठी हैं।"

निर्मला ने थाल छोड़ दिए और घबराई हुई सुधा के पास आई, मगर अंदर कदम रखते ही ठिठक गई, डॉक्टर सिन्हा खड़े थे।

सुधा ने मुस्कराकर कहा–"लो बहन, बुला दिया। अब जितना चाहो, फटकारो। मैं दरवाजा रोके खड़ी हूं, भाग नहीं सकते।"

डॉक्टर साहब ने गंभीर भाव से कहा–"भागता कौन है? यहां तो सिर झुकाए खड़ा हूं।"

निर्मला ने हाथ जोड़कर कहा–"इसी तरह सदा कृपा-दृष्टि रखिएगा, भूल न जाइएगा। यह मेरी विनय है।"

11

जैसे कोई वृक्ष जल और प्रकाश से बढ़ता है, लेकिन पवन के प्रबल झोंकों ही से सुदृढ़ होता है, उसी भांति प्रणय भी दु:ख के आघातों ही से विकास पाता है। खुशी के साथ हंसनेवाले बहुतेरे मिल जाते हैं, रंज में जो साथ रोए, वह हमारा सच्चा मित्र है। जिन प्रेमियों को साथ रोना नहीं नसीब हुआ, वे मुहब्बत के मजे क्या जानें?

कृष्णा के विवाह के बाद सुधा चली गई, लेकिन निर्मला मैके ही में रह गई। वकील साहब बार-बार लिखते थे, पर वह न जाती थी। वहां जाने को उसका जी न चाहता था। वहां कोई ऐसी चीज न थी, जो उसे खींच ले जाए। यहां माता की सेवा और छोटे भाइयों की देखभाल में उसका समय बड़े आनंद के कट जाता था।

वकील साहब खुद आते तो शायद वह जाने पर राजी हो जाती, लेकिन इस विवाह में, मुहल्ले की लड़कियों ने उनकी वह दुर्गत की थी कि बेचारे आने का नाम ही न लेते थे। सुधा ने भी कई बार पत्र लिखा, पर निर्मला ने उससे भी हीले-हवाले किए। आखिरकार एक दिन सुधा ने नौकर को साथ लिया और स्वयं आ धमकी।

जब दोनों गले मिल चुकीं, तो सुधा धीरे से बोली—"तुम्हें तो वहां जाते मानो डर लगता है।"

निर्मला–हां बहन, डर तो लगता है। ब्याह की गई तीन साल में आई, अब की तो वहां उम्र ही खत्म हो जाएगी, फिर कौन बुलाता है और कौन आता है?

सुधा–आने को क्या हुआ, जब जी चाहे चली आना। वहां वकील साहब बहुत बेचैन हो रहे हैं।

निर्मला–बहुत बेचैन, रात को शायद नींद न आती हो।

सुधा–बहन, तुम्हारा कलेजा पत्थर का है। उनकी दशा देखकर तरस आता है। कहते थे, घर में कोई पूछने वाला नहीं, न कोई लड़का, न बाला, किससे जी बहलाएं? जब से दूसरे मकान में उठ आए हैं, बहुत दुखी रहते हैं।

निर्मला–लड़के तो ईश्वर के दिए दो-दो हैं।

सुधा–उन दोनों की तो बड़ी शिकायत करते थे। जियाराम तो अब बात ही नहीं सुनता–तुर्की-बतुर्की जवाब देता है। रहा छोटा, वह भी उसी के कहने में है। बेचारे बड़े लड़के की याद करके रोया करते हैं।

निर्मला–जियाराम तो शरीर न था, वह बदमाशी कब से सीख गया? मेरी तो कोई बात न टालता था, इशारे पर काम करता था।

सुधा–क्या जाने बहन, सुना है, कहता है, आप ही ने भैया को जहर देकर मार डाला, आप हत्यारे हैं। कई बार तुमसे विवाह करने के लिए ताने दे चुका है। ऐसी-ऐसी बातें कहता है कि वकील साहब रो पड़ते हैं। अरे, और तो क्या कहूं, एक दिन पत्थर उठाकर मारने दौड़ा था।

निर्मला ने गंभीर चिंता में पड़कर कहा–"यह लड़का तो बड़ा शैतान निकला। उसे यह किसने कहा कि उसके भाई को उन्होंने जहर दे दिया है?"

सुधा–वह तुम्हीं से ठीक होगा।

निर्मला को यह नई चिंता पैदा हुई। अगर जिया का यही रंग है, अपने बाप से लड़ने पर तैयार रहता है, तो मुझसे क्यों दबने लगा? वह रात को बड़ी देर तक इसी फिक्र में डूबी रही।

मंसाराम की आज उसे बहुत याद आई। उसके साथ जिंदगी आराम से कट जाती। इस लड़के का जब अपने पिता के सामने ही वह हाल है, तो उनके पीछे उसके साथ कैसे निर्वाह होगा! घर हाथ से निकल ही गया। कुछ-न-कुछ कर्ज अभी सिर पर होगा ही, आमदनी का यह हाल है तो अब ईश्वर ही बेड़ा पार लगाएंगे।

आज पहली बार निर्मला को बच्चों की फिक्र पैदा हुई। इस बेचारी का न जाने क्या हाल होगा? ईश्वर ने यह विपत्ति सिर डाल दी। मुझे तो इसकी जरूरत न थी। जन्म ही लेना था, तो किसी भाग्यवान के घर जन्म लेती। बच्ची उसकी

छाती से लिपटी हुई सो रही थी। माता ने उसको और भी चिपटा लिया मानो कोई उसके हाथ से उसे छीने लिए जाता है।

निर्मला के पास ही सुधा की चारपाई भी थी। निर्मला तो चिंता-सागर में गोता खा रही थी और सुधा मीठी नींद का आनंद उठा रही थी। क्या उसे अपने बालक की फिक्र सताती है? मृत्यु तो बूढ़े और जवान का भेद नहीं करती, फिर सुधा को कोई चिंता क्यों नहीं सताती? उसे तो कभी भविष्य की चिंता से उदास नहीं देखा।

सहसा सुधा की नींद खुल गई। निर्मला को अभी तक जागते देखा, तो बोली–"अरे अभी तुम सोई नहीं?"

निर्मला–नींद ही नहीं आती।

सुधा–आंखें बंद कर लो, आप ही नींद आ जाएगी। मैं तो चारपाई पर आते ही मर-सी जाती हूं। वह जागते भी हैं, तो खबर नहीं होती। न जाने मुझे क्यों इतनी नींद आती है। शायद कोई रोग है।

निर्मला–हां, बड़ा भारी रोग है। इसे राज-रोग कहते हैं। डॉक्टर साहब से कहो–दवा शुरू कर दें।

सुधा–तो आखिर जागकर क्या सोचूं? कभी-कभी मैके की याद आ जाती है, तो उस दिन जरा देर में आंख लगती है।

निर्मला–डॉक्टर साहब की याद नहीं आती?

सुधा–कभी नहीं, उनकी याद क्यों आए? जानती हूं कि टेनिस खेलकर आए होंगे, खाना खाया होगा और आराम से लेटे होंगे।

निर्मला–लो, सोहन भी जाग गया। जब तुम जाग गईं तो भला अब यह क्यों सोने लगा?

सुधा–हां बहन, इसकी अजीब आदत है। मेरे साथ सोता और मेरे ही साथ जागता है। उस जन्म का कोई तपस्वी है। देखो, इसके माथे पर तिलक का कैसा निशान है। बांहों पर भी ऐसे ही निशान हैं। जरूर कोई तपस्वी है।

निर्मला–तपस्वी लोग तो चंदन-तिलक नहीं लगाते। उस जन्म का कोई धूर्त पुजारी होगा। क्यों रे, तू कहां का पुजारी था? बता?

सुधा–इसका ब्याह मैं बच्ची से करूंगी।

निर्मला–चलो बहन, गाली देती हो। बहन से भी भाई का ब्याह होता है?

सुधा– मैं तो करूंगी, चाहे कोई कुछ कहे। ऐसी सुंदर बहू और कहां पाऊंगी? जरा देखो तो बहन, इसकी देह कुछ गरम है या मुझे ही मालूम होती है।

निर्मला ने सोहन का माथा छूकर कहा–"नहीं-नहीं, देह गरम है। यह ज्वर कब आ गया! दूध तो पी रहा है न?"

सुधा—अभी सोया था, तब तो देह ठंडी थी। शायद सर्दी लग गई, उढ़ाकर सुलाए देती हूं। सबेरे तक ठीक हो जाएगा।

सवेरा हुआ तो सोहन की दशा और भी खराब हो गई। उसकी नाक बहने लगी और बुखार और भी तेज हो गया। आंखें चढ़ गईं और सिर झुक गया। न वह हाथ-पैर हिलाता था, न हंसता-बोलता था। बस, चुपचाप पड़ा था। ऐसा मालूम होता था कि उसे इस वक्त किसी का बोलना अच्छा नहीं लगता। कुछ-कुछ खांसी भी आने लगी। अब तो सुधा घबराई।

निर्मला की भी राय हुई कि डॉक्टर साहब को बुलाया जाए, लेकिन उसकी बूढ़ी माता ने गंभीरता से कहा—"डॉक्टर-हकीम साहब का यहां कुछ काम नहीं। साफ तो देख रही हूं कि बच्चे को नजर लग गई है। भला डॉक्टर आकर क्या करेंगे?"

सुधा—अम्मांजी, भला यहां नजर कौन लगा देगा? अभी तक तो बाहर कहीं गया भी नहीं।

माता—नजर कोई लगाता नहीं बेटी, किसी-किसी आदमी की दीठ बुरी होती है, आप-ही-आप लग जाती है। कभी-कभी मां-बाप तक की नजर लग जाती है। जब से आया है, एक बार भी नहीं रोया। चोंचले बच्चों की यही गति होती है। मैं इसे हुमकते देखकर डरी थी कि कुछ-न-कुछ अनिष्ट होने वाला है। आंखें नहीं देखती हो, कितनी चढ़ गई हैं। यही नजर की सबसे बड़ी पहचान है।

बुढ़िया मेहरी और पड़ोस की पंडिताइन ने इस कथन का अनुमोदन कर दिया। बस महंगू ने आकर बच्चे का मुंह देखा और हंसकर बोला—"मालकिन, यह दीठ है और कुछ नहीं। जरा पतली-पतली तीलियां मंगवा दीजिए। भगवान ने चाहा तो संझा तक बच्चा हंसने लगेगा।"

सरकंडे के पांच टुकड़े लाए गए। महंगू ने उन्हें बराबर करके एक डोरे से बांध दिया और कुछ बुदबुदाकर उसी पोले हाथों से पांच बार सोहन का सिर सहलाया। अब जो देखा, तो पांचों तीलियां छोटी-बड़ी हो गई थीं। सब स्त्रियां यह कौतुक देखकर दंग रह गईं। अब नजर में किसे संदेह हो सकता था। महंगू ने फिर बच्चे को तीलियों से सहलाना शुरू किया। अब की तीलियां बराबर हो गईं। केवल थोड़ा-सा अंतर रह गया। यह सब इस बात का प्रमाण था कि नजर का असर अब थोड़ा-सा और रह गया है। महंगू सबको दिलासा देकर शाम को फिर आने का वायदा करके चला गया।

बालक की दशा दिन में और खराब हो गई। खांसी का जोर हो गया। शाम के समय महंगू ने आकर फिर तीलियों का तमाशा किया। इस वक्त पांचों तीलियां

बराबर निकलीं। स्त्रियां निश्चिंत हो गईं, लेकिन सोहन को सारी रात खांसते गुजरी। यहां तक कि कई बार उसकी आंखें उलट गईं।

सुधा और निर्मला दोनों ने बैठकर सबेरा किया। खैर, रात कुशल से कट गई। अब वृद्धा माताजी नया रंग लाईं। महंगू नजर न उतार सका, इसलिए अब किसी मौलवी से फूंक डलवाना जरूरी हो गया। सुधा फिर भी अपने पति को सूचना न दे सकी। मेहरी सोहन को एक चादर से लपेटकर एक मस्जिद में ले गई और फूंक डलवा लाई, शाम को भी फूंक छोड़ी, पर सोहन ने सिर न उठाया। रात आ गई, सुधा ने मन में निश्चय किया कि रात कुशल से बीतेगी, तो प्रातःकाल पति को तार दूंगी।' लेकिन रात कुशल से न बीतने पाई।

आधी रात जाते-जाते बच्चा हाथ से निकल गया। सुधा की जीवन-संपत्ति देखते-देखते उसके हाथों से छिन गई।

वही जिसके विवाह का दो दिन पहले विनोद हो रहा था, आज सारे घर को रुला रहा है। जिसकी भोली-भाली सूरत देखकर माता की छाती फूल उठती थी, उसी को देखकर आज माता की छाती फटी जाती है। सारा घर सुधा को समझाता था, पर उसके आंसू न थमते थे, सब्र न होता था। सबसे बड़ा दुःख इस बात का था कि पति को कौन मुंह दिखलाऊंगी! उन्हें खबर तक न दी।

रात ही को तार दे दिया गया और दूसरे दिन डॉक्टर सिन्हा नौ बजते-बजते मोटर पर आ पहुंचे। सुधा ने उनके आने की खबर पाई, तो और भी फूट-फूटकर रोने लगी। बालक की जल-क्रिया हुई, डॉक्टर साहब कई बार अंदर आए, किंतु सुधा उनके पास न गई। उनके सामने कैसे जाए? कौन मुंह दिखाए? उसने अपनी नादानी से उनके जीवन का रत्न छीनकर दरिया में डाल दिया।

अब उनके पास जाते उसकी छाती के टुकड़े-टुकड़े हुए जाते थे। बालक को उसकी गोद में देखकर पति की आंखें चमक उठती थीं। बालक हुमककर पिता की गोद में चला जाता था। माता फिर बुलाती, तो पिता की छाती से चिपट जाता था और लाख चुमकारने-दुलारने पर भी बाप की गोद न छोड़ता था, तब मां कहती थी–'बड़ा मतलबी है।'

आज वह किसे गोद मे लेकर पति के पास जाएगी? उसकी सूनी गोद देखकर कहीं वह चिल्लाकर रो न पड़े। पति के सम्मुख जाने की अपेक्षा उसे मर जाना कहीं आसान जान पड़ता था। वह एक क्षण के लिए भी निर्मला को न छोड़ती थी कि कहीं पति से सामना न हो जाए।

निर्मला ने कहा–"बहन, जो होना था, वह हो चुका। अब उनसे कब तक भागती फिरोगी? रात ही को चले जाएंगे, अम्मां कहती थीं।"

सुधा ने सजल नेत्रों से ताकते हुए कहा–"कौन मुंह लेकर उनके पास जाऊं? मुझे डर लग रहा है कि उनके सामने जाते ही मेरे पैर न थर्राने लगे और मैं गिर पड़ूं।"

निर्मला–चलो, मैं तुम्हारे साथ चलती हूं। तुम्हें संभाले रहूंगी।

सुधा–मुझे छोड़कर भाग तो न जाओगी?

निर्मला–नहीं-नहीं, भागूंगी नहीं।

सुधा–मेरा कलेजा तो अभी से उमड़ा आता है। मैं इतना घोर व्रजपात होने पर भी बैठी हूं, मुझे यही आश्चर्य हो रहा है। सोहन को वह बहुत प्यार करते थे बहन। न जाने उनके चित्त की क्या दशा होगी। मैं उन्हें ढाढ़स क्या दूंगी, आप ही रोती रहूंगी। क्या रात ही को चले जाएंगे?

निर्मला–हां, अम्मांजी तो कहती थीं, छुट्टी नहीं ली है।

दोनों सहेलियां मर्दाने कमरे की ओर चलीं, लेकिन कमरे के द्वार पर पहुंचकर सुधा ने निर्मला को विदा कर दिया। अकेली कमरे मे दाखिल हुई।

डॉक्टर साहब घबरा रहे थे कि न जाने सुधा की क्या दशा हो रही हो। भांति-भांति की शंकाएं बार-बार मन में आ रही थीं। जाने को तैयार बैठे थे, लेकिन जी न चाहता था। जीवन शून्य-सा मालूम होता था। मन-ही-मन कुढ़ रहे थे कि अगर ईश्वर को इतनी जल्दी यह पदार्थ देकर छीन लेना था, तो दिया ही क्यों था? उन्होंने तो कभी संतान के लिए ईश्वर से प्रार्थना न की थी। वह आजन्म निःसंतान रह सकते थे, पर संतान पाकर उससे वंचित हो जाना उन्हें असह्य जान पड़ता था।

क्या सचमुच मनुष्य ईश्वर का खिलौना है? यही मानव जीवन का महत्त्व है? यह केवल बालकों का घरौंदा है, जिसके बनने का न कोई हेतु है, न बिगड़ने का? फिर बालकों को भी तो अपने घरौंदे से अपनी कागज की नावों से, अपने लकड़ी के घोड़ों से ममता होती है। अच्छे खिलौने को वह जान के पीछे छिपाकर रखते हैं।

अगर ईश्वर बालक ही है तो वह विचित्र बालक है, किंतु बुद्धि तो ईश्वर का यह रूप स्वीकार नहीं करती। अनंत सृष्टि का कर्ता उद्दंड बालक नहीं हो सकता है। हम उसे उन सारे गुणों से विभूषित करते हैं, जो हमारी बुद्धि की पहुच से बाहर हैं। खिलाड़ीपन तो उन महान गुणों में नहीं! क्या हंसते-खेलते बालकों के प्राण हर लेना खेल है? क्या ईश्वर ऐसा पैशाचिक खेल खेलता है?

सहसा सुधा दबे पांव कमरे में दाखिल हुई। डॉक्टर साहब उठ खड़े हुए और उसके समीप आकर बोले–"तुम कहां थी, सुधा? मैं तुम्हारी राह देख रहा था।"

सुधा की आंखों में कमरा तैरता हुआ जान पड़ा। पति की गरदन में हाथ

डालकर उसने उनकी छाती पर सिर रख दिया और रोने लगी, लेकिन इस अश्रु-प्रवाह में उसे असीम धैर्य और सांत्वना का अनुभव हो रहा था। पति के वक्षस्थल से लिपटी हुई वह अपने हृदय में एक विचित्र स्फूर्ति और बल का संचार होते हुए पाती थी मानो पवन से थरथराता हुआ दीपक आंचल की आड़ में आ गया हो।

डॉक्टर साहब ने रमणी के अश्रु-सिंचित कपोलों को दोनों हाथों में लेकर कहा–"सुधा, तुम इतना छोटा दिल क्यों करती हो? सोहन अपने जीवन में जो कुछ करने आया था, वह कर चुका था, फिर वह क्यों बैठा रहता?"

जैसे कोई वृक्ष जल और प्रकाश से बढ़ता है, लेकिन पवन के प्रबल झोंकों ही से सुदृढ़ होता है, उसी भांति प्रणय भी दु:ख के आघातों ही से विकास पाता है। खुशी के साथ हंसनेवाले बहुतेरे मिल जाते हैं, रंज में जो साथ रोए, वह हमारा सच्चा मित्र है। जिन प्रेमियों को साथ रोना नहीं नसीब हुआ, वे मुहब्बत के मजे क्या जानें?

सोहन की मृत्यु ने आज हमारे द्वैत को बिलकुल मिटा दिया। आज ही हमने एक दूसरे का सच्चा स्वरूप देखा है।

सुधा ने सिसकते हुए कहा–"मैं नजर के धोखे में थी। हाय! तुम उसका मुंह भी न देखने पाए। न जाने इन दिनों उसे इतनी समझ कहां से आ गई थी! जब मुझे रोते देखता, तो अपने कष्ट भूलकर मुस्करा देता। तीसरे ही दिन मेरे लाडले की आंख बंद हो गई। कुछ दवा-दर्पन भी न करने पाई।"

यह कहते-कहते सुधा के आंसू फिर उमड़ आए।

डॉक्टर सिन्हा ने उसे सीने से लगाकर करुणा से कांपती हुई आवाज में कहा–"प्रिये, आज तक कोई ऐसा बालक या वृद्ध न मरा होगा, जिससे घरवालों की दवा-दर्पन की लालसा पूरी हो गई होगी।"

सुधा–निर्मला ने मेरी बड़ी मदद की। मैं तो एकाध झपकी ले भी लेती थी, पर उसकी आंखें नहीं झपकीं। रात-रात लिए बैठी या टहलती रहती थी। उसके अहसान कभी न भूलूंगी। क्या तुम आज ही जा रहे हो?

डॉक्टर–हां, छूट्टी लेने का मौका न था। सिविल सर्जन शिकार खेलने गया हुआ था।

सुधा–यह सब हमेशा शिकार ही खेला करते हैं?

डॉक्टर–राजाओं को और काम ही क्या है?

सुधा–मैं तो आज न जाने दूंगी।

डॉक्टर–जी तो मेरा भी नहीं चाहता।

सुधा—तो मत जाओ, तार दे दो। मैं भी तुम्हारे साथ चलूंगी। निर्मला को भी लेती चलूंगी।

सुधा वहां से लौटी, तो उसके हृदय का बोझ हल्का हो गया था। पति की प्रेमपूर्ण कोमल वाणी ने उसके सारे शोक और संताप का हरण कर लिया था। प्रेम में असीम विश्वास है, असीम धैर्य है और असीम बल है।

जब हमारे ऊपर कोई बड़ी विपत्ति आ पड़ती है, तो उससे हमें केवल दु:ख ही नहीं होता, हमें दूसरों के ताने भी सहने पड़ते हैं। जनता को हमारे ऊपर टिप्पणियां करने का वह सुअवसर मिल जाता है, जिसके लिए वह हमेशा बेचैन रहती है। मंसाराम क्या मरा मानो समाज को उन पर आवाजें कसने का बहाना मिल गया। भीतर की बातें कौन जाने, प्रत्यक्ष बात यह थी कि यह सब सौतेली मां की करतूत है, चारों तरफ यही चर्चा थी।

ईश्वर न करे, लड़कों का सौतेली मां से पाला पड़े। जिसे अपना बना-बनाया घर उजाड़ना हो, अपने प्यारे बच्चों की गरदन पर छुरी फेरनी हो, वह बच्चों के रहते हुए अपना दूसरा ब्याह करे। ऐसा कभी नहीं देखा कि सौत के आने पर घर तबाह न हो गया हो, वही बाप जो बच्चों पर जान देता था, सौत के आते ही उन्हीं बच्चों का दुश्मन हो जाता है, उसकी मति ही बदल जाती है। ऐसी देवी ने जन्म ही नहीं लिया, जिसने सौत के बच्चों का अपना समझा हो।

मुश्किल यह थी कि लोग टिप्पणियों पर ही संतुष्ट न होते थे। कुछ ऐसे सज्जन भी थे, जिन्हें अब जियाराम और सियाराम से विशेष स्नेह हो गया था। वे दोनों बालकों से बड़ी सहानुभूति प्रकट करते, यहां तक कि दो-एक महिलाएं तो उसकी माता के शील और स्वभाव को याद कर आंसू बहाने लगती थीं। हाय-हाय! बेचारी क्या जानती थी कि उसके मरते ही लाड़लों की यह दुर्दशा होगी! अब दूध-मक्खन काहे को मिलता होगा!

जियाराम कहता—"मिलता क्यों नहीं?"

महिला कहती—"मिलता है! अरे बेटा, मिलना भी कई तरह का होता है। पानीवाला दूध टके सेर का मंगाकर रख दिया, पियो चाहे न पियो, कौन पूछता है? नहीं तो बेचारी नौकर से दूध दुहवाकर मंगवाती थी। वह तो चेहरा ही कहे देता है। दूध की सूरत छिपी नहीं रहती, वह सूरत ही नहीं रही।"

जिया को अपनी मां के समय के दूध का स्वाद तो याद था नहीं, जो इस आक्षेप का उत्तर देता और न उस समय की अपनी सूरत ही याद थी, चुप रह

जाता। इन शुभाकांक्षाओं का असर भी पड़ना स्वाभाविक था। जियाराम को अपने घरवालों से चिढ़ होती जाती थी।

मुंशीजी मकान की नीलामी हो जाने के बाद दूसरे घर में उठ आए, तो किराए की फिक्र हुई। निर्मला ने मक्खन बंद कर दिया। वह आमदनी ही नहीं रही, तो खर्च कैसे रहता। दोनों कहार अलग कर दिए गए। जियाराम को यह कतर-ब्योंत बुरी लगती थी। जब निर्मला मैके चली गई, तो मुंशीजी ने दूध भी बंद कर दिया। नवजात कन्या की चिंता अभी से उनके सिर पर सवार हो गई थी।

सियाराम ने बिगड़कर कहा—"दूध बंद रहने से तो आपका महल बन रहा होगा, भोजन भी बंद कर दीजिए!"

मुंशीजी—दूध पीने का शौक है, तो जाकर दुहा क्यों नहीं लाते? पानी के पैसे तो मुझसे न दिए जाएंगे।

जियाराम—मैं दूध दुहाने जाऊं, कोई स्कूल का लड़का देख ले तब?

मुंशीजी—तब कुछ नहीं। कह देना अपने लिए दूध लिए जाता हूं। दूध लाना कोई चोरी नहीं है।

जियाराम—चोरी नहीं है! आप ही को कोई दूध लाते देख ले, तो आपको शरम न आएगी।

मुंशीजी—बिलकुल नहीं। मैंने तो इन्हीं हाथों से पानी खींचा है, अनाज की गठरियां लाया हूं। मेरे बाप लखपति नहीं थे।

जियाराम—मेरे बाप तो गरीब नहीं, मैं क्यों दूध दुहाने जाऊं? आखिर आपने कहारों को क्यों जवाब दे दिया?

मुंशीजी—क्या तुम्हें इतना भी नहीं सूझता कि मेरी आमदनी अब पहली-सी नहीं रही, इतने नादान तो नहीं हो?

जियाराम—आखिर आपकी आमदनी क्यों कम हो गई?

मुंशीजी—जब तुम्हें अकल ही नहीं है, तो क्या समझाऊं। यहां जिंदगी से तंग आ गया हूं, मुकदमें कौन ले और ले भी तो तैयार कौन करे? वह दिल ही नहीं रहा। अब तो जिंदगी के दिन पूरे कर रहा हूं। सारे अरमान लल्लू के साथ चले गए।

जियाराम—अपने ही हाथों न।

मुंशीजी ने चीखकर कहा—"अरे अहमक! यह ईश्वर की मर्जी थी। अपने हाथों कोई अपना गला काटता है।"

जियाराम—ईश्वर तो आपका विवाह करने न आया था।

मुंशीजी अब जब्त न कर सके, लाल-लाल आंखें निकालकर बोले—"क्या तुम आज लड़ने के लिए कमर बांधकर आए हो? आखिर किस बिरते पर? मेरी

रोटियां तो नहीं चलाते? जब इस काबिल हो जाना, मुझे उपदेश देना, तब मैं सुन लूंगा। अभी तुमको मुझे उपदेश देने का अधिकार नहीं है। कुछ दिनों अदब और तमीज सीखो। तुम मेरे सलाहकार नहीं हो कि मैं जो काम करू, उसमें तुमसे सलाह लूं। मेरी पैदा की हुई दौलत है, उसे जैसे चाहूं खर्च कर सकता हूं। तुमको जबान खोलने का भी हक नहीं है। अगर फिर तुमने मुझसे बेअदबी की, तो नतीजा बुरा होगा। जब मंसाराम जैसा रत्न खोकर मेरे प्राण न निकले, तो तुम्हारे बगैर मैं मर न जाऊंगा, समझ गए?"

यह कड़ी फटकार पाकर भी जियाराम वहां से न टला। निःशंक भाव से बोला–"तो आप क्या चाहते हैं कि हमें चाहे कितनी ही तकलीफ हो, मुंह न खोले? मुझसे तो यह न होगा। भाई साहब को अदब और तमीज का जो इनाम मिला, उसकी मुझे भूख नहीं। मुझमें जहर खाकर प्राण देने की हिम्मत नहीं। ऐसे अदब को दूर से दंडवत करता हूं।"

मुंशीजी–तुम्हें ऐसी बातें करते हुए शरम नहीं आती?

जियाराम–लड़के अपने बुजुर्गों ही की नकल करते हैं।

मुंशीजी का क्रोध शांत हो गया। जियाराम पर उसका कुछ भी असर न होगा, इसका उन्हें यकीन हो गया। उठकर टहलने चले गए। आज उन्हें सूचना मिल गई कि इस घर का शीघ्र ही सर्वनाश होने वाला है।

उस दिन से पिता और पुत्र में किसी-न-किसी बात पर रोज ही एक झपट हो जाती है। मुंशीजी ज्यों-ज्यों तरह देते थे, जियाराम और भी शेर होता जाता था।

एक दिन जियाराम ने रुक्मिणी से यहां तक कह डाला–"बाप हैं, यह समझकर छोड़ देता हूं, नहीं तो मेरे ऐसे-ऐसे साथी हैं कि चाहूं तो भरे बाजार पिटवा दूं।"

रुक्मिणी ने मुंशीजी से कह दिया। मुंशीजी ने प्रकट रूप से तो बेपरवाही ही दिखाई, पर उनके मन में शंका समा गई। शाम को सैर करना छोड़ दिया। यह नई चिंता सवार हो गई। इसी भय से निर्मला को भी न लाते थे कि शैतान उसके साथ भी यही बर्ताव करेगा।

जियाराम एक बार दबी जबान में कह भी चुका था–"देखूं, अबकी कैसे इस घर में आती है?"

मुंशीजी भी खूब समझ गए थे कि मैं इसका कुछ भी नहीं कर सकता। कोई बाहर का आदमी होता, तो उसे पुलिस और कानून के शिकंजे में कसते। अपने लड़के का क्या करें? सच कहा है–आदमी हारता है, तो अपने लड़कों ही से।

एक दिन डॉक्टर सिन्हा ने जियाराम को बुलाकर समझाना शुरू किया।

जियाराम उनका अदब करता था। चुपचाप बैठा सुनता रहा। जब डॉक्टर साहब ने अंत में पूछा, आखिर तुम चाहते क्या हो, तो वह बोला–"साफ-साफ कह दूं? बुरा तो न मानिएगा?"

सिन्हा–नहीं, जो कुछ तुम्हारे दिल में हो, साफ-साफ कह दो।

जियाराम–तो सुनिए, जब से भैया मरे हैं, मुझे पिताजी की सूरत देखकर क्रोध आता है। मुझे ऐसा मालूम होता है कि इन्होंने भैया की हत्या की है और एक दिन मौका पाकर हम दोनों भाइयों की भी हत्या करेंगे। अगर इनकी यह इच्छा न होती तो ब्याह ही क्यों करते?

डॉक्टर साहब ने बड़ी मुश्किल से हंसी रोककर कहा–"तुम्हारी हत्या करने के लिए उन्हें ब्याह करने की क्या जरूरत थी, यह बात मेरी समझ में नहीं आई। बिना विवाह किए भी तो वह हत्या कर सकते थे।"

जियाराम–कभी नहीं, उस वक्त तो उनका दिल ही कुछ और था। हम लोगों पर जान देते थे, अब मुंह तके नहीं देखना चाहते। उनकी यही इच्छा है कि उन दोनों प्राणियों के सिवा घर में और कोई न रहे। अब जो लड़के होंगे, उनके रास्ते से हम लोगों को हटा देना चाहते हैं। यही उन दोनों आदमियों की दिली मंशा है। हमें तरह-तरह की तकलीफें देकर भगा देना चाहते हैं, इसीलिए आजकल मुकदमे नहीं लेते। हम दोनों भाई आज मर जाएं, तो फिर देखिए, इनकी कैसी बहार होती है!

डॉक्टर–अगर तुम्हें भगाना ही होता, तो कोई इल्जाम लगाकर घर से निकल न देते?

जियाराम–इसके लिए पहले ही से तैयार बैठा हूं।

डॉक्टर–सुनूं, क्या तैयारी है?

जियाराम–जब मौका आएगा, देख लीजिएगा।

यह कहकर जियाराम चलता हुआ। डॉक्टर सिन्हा ने बहुत पुकारा, पर उसने फिरकर देखा भी नहीं।

कई दिन के बाद डॉक्टर साहब की जियाराम से फिर मुलाकात हो गई। डॉक्टर साहब सिनेमा के प्रेमी थे और जियाराम की तो जान ही सिनेमा में बसती थी।

डॉक्टर साहब ने सिनेमा पर आलोचना करके जियाराम को बातों में लगा लिया और अपने घर लाए। भोजन का समय आ गया था, दोनों आदमी एक साथ ही भोजन करने बैठे।

जियाराम को वहां भोजन बहुत स्वादिष्ट लगा, बोला–"मेरे यहां तो जब से

महाराज अलग हुआ, खाने का मजा ही जाता रहा। बुआजी पक्का वैष्णवी भोजन बनाती हैं। जबरदस्ती खा लेता हूं, पर खाने की तरफ ताकने को जी नहीं चाहता।"

डॉक्टर—मेरे यहां तो जब घर में खाना पकता है, तो इससे कहीं स्वादिष्ट होता है। तुम्हारी बुआजी प्याज-लहसुन न छूती होंगी?

जियाराम—हां साहब, उबालकर रख देती हैं। लालाली को इसकी परवाह ही नहीं कि कोई खाता है या नहीं, इसीलिए तो महाराज को अलग किया है। अगर रुपये नहीं हैं, तो गहने कहां से बनते हैं?

डॉक्टर—यह बात नहीं है जियाराम, उनकी आमदनी सचमुच बहुत कम हो गई है। तुम उन्हें बहुत दिक करते हो।

जियाराम—(हंसकर) मैं उन्हें दिक करता हूं? मुझसे कसम ले लीजिए, जो कभी उनसे बोलता भी हूं। मुझे बदनाम करने का उन्होंने बीड़ा उठा लिया है। बेसबब, बेवजह पीछे पड़े रहते हैं। यहां तक कि मेरे दोस्तों से भी उन्हें चिढ़ है। आप ही सोचिए, दोस्तों के बगैर कोई जिंदा रह सकता है? मैं कोई लुच्चा नहीं हूं कि लुच्चों की सोहबत रखूं, मगर आप दोस्तों ही के पीछे मुझे रोज सताया करते हैं। कल तो मैंने साफ कह दिया—मेरे दोस्त घर आएंगे, किसी को अच्छा लगे या बुरा। जनाब, कोई हो, हर वक्त की धौंस नहीं सह सकता। यह सब मुझसे भी नहीं सहा जा सकेगा।

डॉक्टर—मुझे तो भाई, उन पर बड़ी दया आती है। यह जमाना उनके आराम करने का था। एक तो बुढ़ापा, उस पर जवान बेटे का शोक, स्वास्थ्य भी अच्छा नहीं। ऐसा आदमी क्या कर सकता है? वह जो कुछ थोड़ा-बहुत करते हैं, वही बहुत है। तुम अभी और कुछ नहीं कर सकते, तो कम-से-कम अपने आचरण से तो उन्हें प्रसन्न रख सकते हो। बुड्ढों को प्रसन्न करना बहुत कठिन काम नहीं। यकीन मानो, तुम्हारा हंसकर बोलना ही उन्हें खुश करने को काफी है। इतना पूछने में तुम्हारा क्या खर्च होता है—बाबूजी, आपकी तबीयत कैसी है? वह तुम्हारी उद्दंडता देखकर मन-ही-मन कुढ़ते रहते हैं। मैं तुमसे सच कहता हूं, कई बार रो चुके हैं। उन्होंने मान लो, शादी करने में गलती की। इसे वह भी स्वीकार करते हैं, लेकिन तुम अपने कर्तव्य से क्यों मुंह मोड़ते हो? वह तुम्हारे पिता हैं, तुम्हें उनकी सेवा करनी चाहिए। एक बात भी ऐसी मुंह से न निकालनी चाहिए, जिससे उनका दिल दुखे। उन्हें यह ख्याल करने का मौका ही क्यों दें कि सब मेरी कमाई खाने वाले हैं, बात पूछने वाला कोई नहीं। मेरी उम्र तुमसे कहीं ज्यादा है जियाराम, पर आज तक मैंने अपने पिताजी की किसी बात का जवाब नहीं दिया। वह आज भी मुझे डांटते हैं, तो सिर झुकाकर सुन लेता हूं। जानता हूं, वह जो कुछ कहते

हैं, मेरे भले ही को कहते हैं। माता-पिता से बढ़कर हमारा हितैषी और कौन हो सकता है? उसके ऋण से कौन मुक्त हो सकता है?

जियाराम बैठा रोता रहा। अभी उसके सद्भावों का संपूर्णत: लोप न हुआ था, अपनी दुर्जनता उसे साफ नजर आ रही थी। इतनी ग्लानि उसे बहुत दिनों से न आई थी। रोकर डॉक्टर साहब से कहा-"मैं बहुत लज्जित हूं। दूसरों के बहकावे में आ गया। अब आप मेरी जरा भी शिकयत न सुनेंगे। आप पिताजी से मेरे अपराध क्षमा करा दीजिए। मैं सचमुच बड़ा अभागा हूं। उन्हें मैंने बहुत सताया। उनसे कहिए-मेरे अपराध क्षमा कर दें, नहीं तो मैं मुंह में कालिख लगाकर कहीं निकल जाऊंगा, डूब मरूंगा।"

डॉक्टर साहब अपनी उपदेश-कुशलता पर फूले न समाए। जियाराम को गले लगाकर विदा किया। जियाराम घर पहुंचा, तो ग्यारह बज गए थे। मुंशीजी भोजन करके अभी बाहर आए थे। उसे देखते ही बोले-"जानते हो कै बजे है? बारह का वक्त है।"

जियाराम ने बड़ी नम्रता से कहा-"डॉक्टर सिन्हा मिल गए। उनके साथ उनके घर तक चला गया। उन्होंने खाने के लिए जिद की, मजबूरन खाना पड़ा। इसी से देर हो गई।"

मुंशीजी-डॉक्टर सिन्हा से दुखड़े रोने गए होंगे या और कोई काम था?

जियाराम की नम्रता का चौथा भाग उड़ गया, बोला-"दुखड़े रोने की मेरी आदत नहीं है।"

मुंशीजी-जरा भी नहीं, तुम्हारे मुंह में तो जबान ही नहीं। मुझसे जो लोग तुम्हारी बातें करते हैं, वह गढ़ा करते होंगे?

जियाराम-और दिनों की मैं नहीं कहता, लेकिन आज डॉक्टर सिन्हा के यहां मैंने कोई बात ऐसी नहीं की, जो इस वक्त आपके सामने न कर सकूं।

मुंशीजी-बड़ी खुशी की बात है। बेहद खुशी हुई। आज से गुरुदीक्षा ले ली है क्या?

जियाराम की नम्रता का एक चतुर्थांश और गायब हो गया। सिर उठाकर बोला-"आदमी बिना गुरुदीक्षा लिए हुए भी अपनी बुराइयों पर लज्जित हो सकता है। अपना सुधार करने के लिए गुरुमंत्र कोई जरूरी चीज नहीं।"

मुंशीजी-अब तो लुच्चे न जमा होंगे?

जियाराम-आप किसी को लुच्चा क्यों कहते हैं, जब तक ऐसा कहने के लिए आपके पास कोई प्रमाण नहीं?

मुंशीजी-तुम्हारे दोस्त सब लुच्चे-लफंगे हैं। एक भी भला आदमी नहीं। मैं

तुमसे कई बार कह चुका कि उन्हें यहां मत जमा किया करो, पर तुमने सुना नहीं। आज मैं आखिर बार कहे देता हूं कि अगर तुमने उन शोहदों को जमा किया, तो मुझे पुलिस की सहायता लेनी पड़ेगी।

जियाराम की नम्रता का एक चतुर्थांश और गायब हो गया। फड़ककर बोला–"अच्छी बात है, पुलिस की सहायता लीजिए। देखें क्या करती है? मेरे दोस्तों में आधे से ज्यादा पुलिस के अफसरों ही के बेटे हैं। जब आप ही मेरा सुधार करने पर तुले हुए हैं, तो मैं व्यर्थ क्यों कष्ट उठाऊं?"

यह कहता हुआ जियाराम अपने कमरे में चला गया और एक क्षण के बाद हारमोनिया के मीठे स्वरों की आवाज बाहर आने लगी।

12

सियाराम ने मिठाई का बड़ा-सा दोना देखा, तो बाप का कहना न मानने का उसे दुख हुआ। अब वह किस मुंह से मिठाई लेने अंदर जाएगा। बड़ी भूल हुई। वह मन-ही-मन जियाराम के चांटों की चोट और मिठाई की मिठास में तुलना करने लगा।

अबकी सुधा के साथ निर्मला को भी आना पड़ा। वह तो मैके में कुछ दिन और रहना चाहती थी, लेकिन शोकातुर सुधा अकेले कैसे रहती! उसको आखिर आना ही पड़ा।

रुक्मिणी ने भूंगी से कहा–"देखती है, बहू मैके से कैसा निखरकर आई है!"

भूंगी ने कहा–"दीदी, मां के हाथ की रोटियां लड़कियों को बहुत अच्छी लगती हैं।"

रुक्मिणी–ठीक कहती है भूंगी, खिलाना तो बस मां ही जानती है।

निर्मला को ऐसा मालूम हुआ कि घर का कोई आदमी उसके आने से खुश नहीं। मुंशीजी ने खुशी तो बहुत दिखाई, पर हृदयगत चिंता को न छिपा सके। बच्ची का नाम सुधा ने आशा रख दिया था। वह आशा की मूर्ति-सी थी भी। देखकर सारी चिंता भाग जाती थी।

मुंशीजी ने उसे गोद में लेना चाहा, तो रोने लगी, दौड़कर मां से लिपट गई मानो पिता को पहचानती ही नहीं। मुंशीजी ने मिठाइयों से उसे परचाना चाहा। घर में कोई नौकर तो था नहीं, जाकर सियाराम से दो आने की मिठाइयां लाने को कहा।

जियाराम भी बैठा हुआ था। बोल उठा–"हम लोगों के लिए तो कभी मिठाइयां नहीं आतीं।"

मुंशीजी ने झुंझलाकर कहा–"तुम लोग बच्चे नहीं हो।"

जियाराम–और क्या बूढ़े हैं? मिठाइयां मंगवाकर रख दीजिए, तो मालूम हो कि बच्चे हैं या बूढ़े। निकालिए जल्दी से चार आना और आज आशा की बदौलत हमारे नसीब भी जागें।

मुंशीजी–मेरे पास इस वक्त पैसे नहीं है। जाओ सिया, जल्द जाना।

जियाराम–सिया नहीं जाएगा। किसी का गुलाम नहीं है। आशा अपने बाप की बेटी है, तो वह भी अपने बाप का बेटा है।

मुंशीजी–क्या फजूल की बातें करते हो। नन्हीं-सी बच्ची की बराबरी करते तुम्हें शरम नही आती? जाओ सियाराम, ये पैसे लो।

जियाराम–मत जाना सिया! तुम किसी के नौकर नहीं हो।

सिया बड़ी दुविधा में पड़ गया। किसका कहना माने? अंत में उसने जियाराम का कहना मानने का निश्चय किया। बाप ज्यादा-से-ज्यादा घुड़क देंगे, जिया तो मारेगा, फिर वह किसके पास फरियाद लेकर जाएगा। बोला–"मैं न जाऊंगा।"

मुंशीजी ने धमकाकर कहा–"अच्छा, तो मेरे पास फिर कोई चीज मांगने मत आना।"

मुंशीजी खुद बाजार चले गए और एक रुपये की मिठाई लेकर लौटे। दो आने की मिठाई मांगते हुए उन्हें शरम आई। हलवाई उन्हें पहचानता था। दिल में क्या कहेगा?

मिठाई लिए हुए मुंशीजी अंदर चले गए। सियाराम ने मिठाई का बड़ा-सा दोना देखा, तो बाप का कहना न मानने का उसे दुख हुआ। अब वह किस मुंह से मिठाई लेने अंदर जाएगा। बड़ी भूल हुई। वह मन-ही-मन जियाराम के चांटों की चोट और मिठाई की मिठास में तुलना करने लगा।

सहसा भूंगी ने दो तश्तरियां दोनों के सामने लाकर रख दीं। जियाराम ने बिगड़कर कहा–"इसे उठा ले जा!"

भूंगी–काहे को बिगड़ते हो बाबू, क्या मिठाई अच्छी नहीं लगती?

जियाराम–मिठाई आशा के लिए आई है, हमारे लिए नहीं आई? ले जा, नहीं

तो सड़क पर फेंक दूंगा। हम तो पैसे-पैसे के लिए रटते रहते हैं और यहां रुपये की मिठाई आती है।

भूंगी–तुम ले लो सिया बाबू, यह न लेंगे न सही।

सियाराम ने डरते-डरते हाथ बढ़ाया था कि जियाराम ने डांटकर कहा–"मत छूना मिठाई, नहीं तो हाथ तोड़कर रख दूंगा। लालची कहीं का!"

सियाराम यह घुड़की सुनकर सहम उठा, मिठाई खाने की हिम्मत न पड़ी।

निर्मला ने यह कथा सुनी, तो दोनों लड़कों को मनाने चली। मुंशीजी ने कड़ी कसम रख दी।

निर्मला–आप समझते नहीं हैं। यह सारा गुस्सा मुझ पर है।

मुंशीजी–गुस्ताख हो गया है। इस ख्याल से कोई सख्ती नहीं करता कि लोग कहेंगे, बिना मां के बच्चों को सताते हैं, नहीं तो सारी शरारत घड़ी-भर में निकाल दूं।

निर्मला–इसी बदनामी का तो मुझे डर है।

मुंशीजी–अब न डरूंगा, जिसके जी में जो आए कहे।

निर्मला–पहले तो ये ऐसे न थे।

मुंशीजी–अजी, कहता है कि आपके लड़के मौजूद थे, आपने शादी क्यों की! यह कहते भी इसे संकोच नहीं होता कि आप लोगों ने मंसाराम को विष दे दिया। लड़का नहीं है, शत्रु है।

जियाराम द्वार पर छिपकर खड़ा था। स्त्री-पुरुष में मिठाई के विषय में क्या बातें होती हैं, यही सुनने वह आया था।

मुंशीजी का अंतिम वाक्य सुनकर उससे न रहा गया। बोल उठा–"शत्रु न होता, तो आप उसके पीछे क्यों पड़ते? आप जो इस वक्त कह रहे हैं, वह मैं बहुत पहले समझे बैठा हूं। भैया न समझे थे, धोखा खा गए। हमारे साथ आपकी दाल न गलेगी। सारा जमाना कह रहा है कि भाई साहब को जहर दिया गया है। मैं कहता हूं तो आपको क्यों गुस्सा आता है?"

निर्मला तो सन्नाटे में आ गई। मालूम हुआ, किसी ने उसकी देह पर अंगारे डाल दिए। मुंशीजी ने डांटकर जियाराम को चुप कराना चाहा, जियाराम निःशंक खड़ा ईंट का जवाब पत्थर से देता रहा।

यहां तक कि निर्मला को भी उस पर क्रोध आ गया। यह कल का छोकरा, किसी काम का न काज का, यों खड़ा टर्रा रहा है, जैसे घर-भर का पालन-पोषण यही करता हो। त्योंरियां चढ़ाकर बोली–"बस, अब बहुत हुआ जियाराम, मालूम हो गया, तुम बड़े लायक हो, बाहर जाकर बैठो।"

मुंशीजी अब तक तो कुछ दब-दबकर बोलते रहे, निर्मला की शह पाई तो दिल बढ़ गया। दांत पीसकर लपके और इससे पहले कि निर्मला उनके हाथ पकड़ सकें, एक थप्पड़ चला ही दिया। थप्पड़ निर्मला के मुंह पर पड़ा, वही सामने पड़ी। माथा चकरा गया।

मुंशीजी के सूखे हाथों में इतनी शक्ति है, इसका वह अनुमान न कर सकती थी। सिर पकड़कर बैठ गई। मुंशीजी का क्रोध और भी भड़क उठा, फिर घूंसा चलाया, पर अबकी जियाराम ने उनका हाथ पकड़ लिया और पीछे ढकेलकर बोला–"दूर से बातें कीजिए, क्यों नाहक अपनी बेइज्जती करवाते हैं? अम्मांजी का लिहाज कर रहा हूं, नहीं तो दिखा देता।"

यह कहता हुआ वह बाहर चला गया।

मुंशीजी संज्ञा-शून्य से खड़े रहे।

इस वक्त अगर जियाराम पर दैवी वज्र गिर पड़ता, तो शायद उन्हें हार्दिक आनंद होता। जिस पुत्र को कभी गोद में लेकर निहाल हो जाते थे, उसी के प्रति आज भांति-भांति की दुष्कल्पनाएं मन में आ रही थीं।

रुक्मिणी अब तक तो अपनी कोठरी में थी। अब आकर बोली–"बेटा अपने बराबर का हो जाए तो उस पर हाथ न छोड़ना चाहिए।"

मुंशीजी ने होंठ चबाकर कहा–"मैं इसे घर से निकालकर छोडूंगा। भीख मांगे या चोरी करे, मुझसे कोई मतलब नहीं।"

रुक्मिणी–नाक किसकी कटेगी?

मुंशीजी–इसकी चिंता नहीं।

निर्मला–मैं जानती कि मेरे आने से यह तूफान खड़ा हो जाएगा, तो भूलकर भी न आती। अब भी भला है, मुझे भेज दीजिए। इस घर में मुझसे न रहा जाएगा।

रुक्मिणी–तुम्हारा लिहाज करता है बहू, नहीं तो आज अनर्थ ही हो जाता।

निर्मला–अब और क्या अनर्थ होगा दीदीजी? मैं तो फूंक-फूंककर पांव रखती हूं, फिर भी अपयश लग ही जाता है। अभी घर में पांव रखते देर नहीं हुई और यह हाल हो गया। ईश्वर ही कुशल करे।

रात को भोजन करने कोई न उठा, अकेले मुंशीजी ने खाया। निर्मला को आज नई चिंता हो गई–जीवन कैसे पार लगेगा? अपना ही पेट होता तो विशेष चिंता न थी। अब तो एक नई विपत्ति गले पड़ गई थी। वह सोच रही थी–'मेरी बच्ची के भाग्य में क्या लिखा है राम?'

13

"...तकदीर खोटी है और कुछ नहीं। पाप तो मैंने किया है, दंड कौन भोगेगा? एक लड़का था, उसकी वह दशा हुई, दूसरे की यह दशा हो रही है। नालायक था, गुस्ताख था, कामचोर था, पर था तो अपना ही लड़का, कभी-न-कभी चेत ही जाता। यह चोट अब न सही जाएगी।"

चिंता में नींद कब आती है? निर्मला चारपाई पर करवटें बदल रही थी। कितना चाहती थी कि नींद आ जाए, पर नींद ने न आने की कसम-सी खा ली थी। चिराग बुझा दिया था, खिड़की के दरवाजे खोल दिए थे, टिक-टिक करने वाली घड़ी भी दूसरे कमरे में रख आई थी, पर नींद का नाम न था। जितनी बातें सोचनी थीं, सब सोच चुकीं, चिंताओं का भी अंत हो गया, पर पलकें न झपकीं। तब उसने फिर लैंप जलाया और एक पुस्तक पढ़ने लगी। दो-चार ही पृष्ठ पढ़े होंगे कि झपकी आ गई। किताब खुली रह गई।

सहसा जियाराम ने कमरे में कदम रखा। उसके पांव थर-थर कांप रहे थे। उसने कमरे में ऊपर-नीचे देखा। निर्मला सोई हुई थी, उसके सिरहाने ताक पर एक छोटा-सा पीतल का संदूकचा रखा हुआ था।

जियाराम दबे पांव गया, धीरे से संदूकचा उतारा और बड़ी तेजी

से कमरे के बाहर निकला। उसी वक्त निर्मला की आंखें खुल गईं। चौंककर उठ खड़ी हुई। द्वार पर आकर देखा। कलेजा धक् से हो गया। क्या यह जियाराम है? मेरे कमरे में क्या करने आया था। कहीं मुझे धोखा तो नहीं हुआ? शायद दीदीजी के कमरे से आया हो। यहां उसका काम ही क्या था? शायद मुझसे कुछ कहने आया हो, लेकिन इस वक्त क्या कहने आया होगा? इसकी नीयत क्या है? उसका दिल कांप उठा।

मुंशीजी ऊपर छत पर सो रहे थे। मुंडेर न होने के कारण निर्मला ऊपर न सो सकती थी। उसने सोचा, चलकर उन्हें जगाऊं, पर जाने की हिम्मत न पड़ी। शक्की आदमी है, न जाने क्या समझ बैठें और क्या करने पर तैयार हो जाएं? आकर फिर पुस्तक पढ़ने लगी। सबेरे पूछने पर आप ही मालूम हो जाएगा। कौन जाने मुझे धोखा ही हुआ हो। नींद में कभी-कभी धोखा हो जाता है, लेकिन सबेरे पूछने का निश्चय कर भी उसे फिर नींद नहीं आई। सबेरे वह जलपान लेकर स्वयं जियाराम के पास गई, तो वह उसे देखकर चौंक पड़ा। रोज तो भूंगी आती थी, आज यह क्यों आ रही है? निर्मला की ओर ताकने की उसकी हिम्मत न पड़ी।

निर्मला ने उसकी ओर विश्वासपूर्ण नेत्रों से देखकर पूछा—"रात को तुम मेरे कमरे में गए थे?"

जियाराम ने विस्मय दिखाकर कहा—"मैं? भला मैं रात को क्या करने जाता? क्या कोई गया था?"

निर्मला ने इस भाव से कहा मानो उसे उसकी बात का पूरी विश्वास हो गया—"हां, मुझे ऐसा मालूम हुआ कि कोई मेरे कमरे से निकला। मैंने उसका मुंह तो न देखा, पर उसकी पीठ देखकर अनुमान किया कि शायद तुम किसी काम से आए हो। इसका पता कैसे चले कि कौन था? कोई था जरूर, इसमें कोई संदेह नहीं।"

जियाराम अपने को निरपराध सिद्ध करने की चेष्टा कर कहने लगा—"मैं तो रात को थिएटर देखने चला गया था। वहां से लौटा तो एक मित्र के घर लेट रहा। थोड़ी देर हुई लौटा हूं। मेरे साथ और भी कई मित्र थे। जिससे जी चाहें, पूछ लें। हां भाई, मैं बहुत डरता हूं। ऐसा न हो, कोई चीज गायब हो गई, तो मेरा नाम लगे। चोर को तो कोई पकड़ नहीं सकता, मेरे मत्थे जाएगी। बाबूजी को आप जानती हैं। मुझे मारने दौडेंगे।"

निर्मला—तुम्हारा नाम क्यों लगेगा? अगर तुम्हीं होते तो भी तुम्हें कोई चोरी नहीं लगा सकता। चोरी दूसरे की चीज की की जाती है, अपनी चीज की चोरी कोई नहीं करता।

निर्मला ❖ प्रेमचंद

अभी तक निर्मला की निगाह अपने संदूकचे पर न पड़ी थी। वह भोजन बनाने लगी। जब वकील साहब कचहरी चले गए, तो वह सुधा से मिलने चली। इधर कई दिनों से मुलाकात न हुई थी, फिर रातवाली घटना पर विचार परिवर्तन भी करना था। भूंगी से कहा–"कमरे में से गहनों का बक्स उठा ला।"

भूंगी ने लौटकर कहा–"वहां तो कहीं संदूक नहीं है। कहां रखा था?"

निर्मला ने चिढ़कर कहा–"एक बार में तो तेरा काम ही कभी नहीं होता। वहां छोड़कर और जाएगा कहां! अलमारी में देखा था?"

भूंगी–नहीं बहूजी, अलमारी में तो नहीं देखा, झूठ क्यों बोलूं?

निर्मला मुस्करा पड़ी। बोली–"जा देख, जल्दी आ।"

एक क्षण में भूंगी फिर खाली हाथ लौट आई–"अलमारी में भी तो नहीं है। अब जहां बताओ वहां देखूं।"

निर्मला झुंझलाकर यह कहती हुई उठ खड़ी हुई–"तुझे ईश्वर ने आंखें ही न जाने किसलिए दीं! देख, उसी कमरे में से लाती हूं कि नहीं।"

भूंगी भी पीछे-पीछे कमरे में गई। निर्मला ने ताक पर निगाह डाली, अलमारी खोलकर देखी। चारपाई के नीचे झांककर देखा, फिर कपड़ों का बडा संदूक खोलकर देखा। संदूकचे का कहीं पता नहीं। आश्चर्य हुआ, आखिर संदूकचा गया कहां?

सहसा रातवाली घटना बिजली की भांति उसकी आंखों के सामने चमक गई। कलेजा उछल पड़ा। अब तक निश्चिंत होकर खोज रही थी। अब ताप-सा चढ़ आया। बड़ी उतावली से चारों ओर खोजने लगी। कहीं पता नहीं। जहां खोजना चाहिए था, वहां भी खोजा और जहां नहीं खोजना चाहिए था, वहां भी खोजा। इतना बड़ा संदूकचा बिछावन के नीचे कैसे छिप जाता? पर बिछावन भी झाड़कर देखा। क्षण-क्षण मुख की कांति मलिन होती जाती थी। प्राण कंठ में समाते जाते थे। अंत में निराश होकर उसने छाती पर एक घूंसा मारा और रोने लगी।

गहने ही स्त्री की संपत्ति होते हैं। पति की और किसी भी संपत्ति पर उसका अधिकार नहीं होता। इन्हीं का उसे बल और गौरव होता है। निर्मला के पास पांच-छ: हजार के गहने थे। जब उन्हें पहनकर वह निकलती थी, तो उतनी देर के लिए उल्लास से उसका हृदय खिला रहता था। एक-एक गहना मानो विपत्ति और बाधा से बचाने के लिए एक-एक रक्षास्त्र था। अभी रात ही उसने सोचा था, जियाराम की लौंडी बनकर वह न रहेगी। ईश्वर न करे कि वह किसी के सामने हाथ फैलाए। इसी खेवे से वह अपनी नाव को भी पार लगा देगी और अपनी बच्ची को भी किसी-न-किसी घाट पहुंचा देगी। उसे किस बात की चिंता है!

उन्हें तो कोई उससे न छीन लेगा। आज ये मेरे सिंगार हैं, कल को मेरे आधार हो जाएंगे। इस विचार से उसके हृदय को कितनी सांत्वना मिली थी! वह संपत्ति आज उसके हाथ से निकल गई।

अब वह निराधार थी। संसार में उसका कोई अवलंब, कोई सहारा न था। उसकी आशाओं का आधार जड़ से कट गया, वह फूट-फूटकर रोने लगी। ईश्वर! तुमसे इतना भी न देखा गया? मुझ दुखिया को तुमने यों ही अपंग बना दिया था, अब आंखें भी फोड़ दीं। अब वह किसके सामने हाथ फैलाएगी, किसके द्वार पर भीख मांगेगी। पसीने से उसकी देह भीग गई, रोते-रोते आंखें सूज गईं। निर्मला सिर नीचा किए रो रही थी। रुक्मिणी उसे धीरज दिला रही थीं, लेकिन उसके आंसू न रुकते थे, शोक की ज्वाला कम न होती थी।

तीन बजे जियाराम स्कूल से लौटा। निर्मला उसके आने की खबर पाकर विक्षिप्त की भांति उठी और उसके कमरे के द्वार पर आकर बोली-"भैया, दिल्लगी की हो तो दे दो। दुखिया को सताकर क्या पाओगे?"

जियाराम एक क्षण के लिए कातर हो उठा। चोर-कला में उसका यह पहला ही प्रयास था। वह कठोरता, जिससे हिंसा में मनोरंजन होता है, अभी तक उसे प्राप्त न हुई थी। यदि उसके पास संदूकचा होता और फिर इतना मौका मिलता कि उसे ताक पर रख आवे, तो कदाचित् वह उस मौके को न छोड़ता, लेकिन संदूकचा उसके हाथ से निकल चुका था। यारों ने उसे सराफें में पहुंचा दिया था और औने-पौने बेच भी डाला थ। चोरों की झूठ के सिवा और कौन रक्षा कर सकता है! बोला-"भला अम्मांजी, मैं आपसे ऐसी दिल्लगी करूंगा? आप अभी तक मुझ पर शक करती जा रही हैं। मैं कह चुका कि मैं रात को घर पर न था, लेकिन आपको यकीन ही नहीं आता। बड़े दुःख की बात है कि मुझे आप इतना नीच समझती हैं।"

निर्मला ने आंसू पोंछते हुए कहा-"मैं तुम्हारे पर शक नहीं करती भैया, तुम्हें चोरी नहीं लगाती। मैंने समझा, शायद दिल्लगी की हो।"

जियाराम पर वह चोरी का संदेह कैसे कर सकती थी? दुनिया यही तो कहेगी कि लड़के की मां मर गई है, तो उस पर चोरी का इलजाम लगाया जा रहा है। मेरे मुंह में ही तो कालिख लगेगी!

जियाराम ने आश्वासन देते हुए कहा-"चलिए, मैं देखूं, आखिर ले कौन गया? चोर आया किस रास्ते से?"

भूंगी-भैया, तुम चोरों के आने को कहते हो। चूहे के बिल से तो निकल ही आते हैं, यहां तो चारों ओर ही खिड़कियां हैं।

जियाराम—खूब अच्छी तरह तलाश कर लिया है?

निर्मला ने निराशाजनक स्वर में कहां—"सारा घर तो छान मारा, अब कहां खोजने को कहते हो?"

जियाराम—आप लोग सो भी तो जाती हैं मुर्दों से बाजी लगाकर।

चार बजे मुंशीजी घर आए, तो निर्मला की दशा देखकर पूछा—"कैसी तबीयत है? कहीं दर्द तो नहीं है?" यह कहकर उन्होंने आशा को गोद में उठा लिया।

निर्मला कोई जवाब न दे सकी, फिर रोने लगी।

भूंगी ने कहा—"ऐसा कभी नहीं हुआ था। मेरी सारी उम्र इसी घर में कट गई। आज तक एक पैसे की चोरी नहीं हुई। दुनिया यही कहेगी कि भूंगी का काम है। अब तो भगवान ही पत-पानी रखें।"

मुंशीजी अचकन के बटन खोल रहे थे, फिर बटन बंद करते हुए बोले—"क्या हुआ? कोई चीज चोरी हो गई?"

भूंगी—बहूजी के सारे गहने उठ गए।

मुंशीजी—रखे कहां थे?

निर्मला ने सिसकियां लेते हुए रात की सारी घटना बयान कर दी, पर जियाराम की सूरत के आदमी के अपने कमरे से निकलने की बात न कही।

मुंशीजी ने ठंडी सांस भरकर कहा—"ईश्वर भी बड़ा अन्यायी है, जो मरे उन्हीं को मारता है। मालूम होता है, अदिन आ गए हैं, मगर चोर आया तो किधर से? कहीं सेंध नहीं पड़ी और किसी तरफ से आने का रास्ता नहीं। मैंने तो कोई ऐसा पाप नहीं किया, जिसकी मुझे यह सजा मिल रही है? बार-बार कहता रहा, गहनों का संदूकचा ताक पर मत रखो, मगर कौन सुनता है!"

निर्मला—मैं क्या जानती थी कि यह गजब टूट पड़ेगा!

मुंशीजी—इतना तो जानती थी कि सब दिन बराबर नहीं जाते। आज बनवाने जाऊं, तो दस हजार से कम न लगेंगे। आजकल अपनी जो दशा है, वह तुमसे छिपी नहीं, खर्च-भर का मुश्किल से मिलता है, गहने कहां से बनेंगे? जाता हूं, पुलिस में इत्तिला कर आता हूं, पर मिलने की उम्मीद न समझो।

निर्मला ने आपत्ति के भाव से कहा—"जब जानते हैं कि पुलिस में इत्तिला करने से कुछ न होगा, तो क्यों जा रहे हैं?"

मुंशीजी—दिल नहीं मानता और क्या? इतना बड़ा नुकसान उठाकर चुपचाप तो नहीं बैठ जाता।

निर्मला धीरे से बोली—"मिलनेवाले होते, तो जाते ही क्यों? तकदीर में न थे, तो कैसे रहते?"

मुंशीजी—तकदीर में होंगे, तो मिल जाएंगे, नहीं तो गए तो हैं ही।

मुंशीजी कमरे से निकले। निर्मला ने उनका हाथ पकड़कर कहा—"मैं कहती हूं, मत जाओ, कहीं ऐसा न हो, लेने के देने पड़ जाएं।"

मुंशीजी ने हाथ छुड़ाकर कहा—"तुम भी बच्चों की-सी जिद कर रही हो। दस हजार का नुकसान ऐसा नहीं है, जिसे मैं यों ही उठा लूं। मैं रो नहीं रहा हूं, पर मेरे हृदय पर जो बीत रही है, वह मैं ही जानता हूं। यह चोट मेरे कलेजे पर लगी है।"

मुंशीजी और कुछ न कह सके। गला फंस गया। वह तेजी से कमरे से निकल आए और थाने पर जा पहुंचे। थानेदार उनका बहुत लिहाज करता था। उसे एक बार रिश्वत के मुकदमे से बरी करा चुके थे। उनके साथ ही तफ्तीश करने आ पहुंचा। नाम था अलायार खां।

शाम हो गई थी। थानेदार ने मकान के अगवाड़े-पिछवाड़े घूम-घूमकर देखा। अंदर जाकर निर्मला के कमरे को गौर से देखा। ऊपर की मुंडेर की जांच की। मुहल्ले के दो-चार आदमियों से चुपके-चुपके कुछ बातें कीं और तब मुंशीजी से बोले—"जनाब, खुदा की कसम, यह किसी बाहर के आदमी का काम नहीं। खुदा की कसम, अगर कोई बाहर का आदमी निकले, तो आज से थानेदारी करना छोड़ दूं। आपके घर में कोई मुलाजिम ऐसा तो नहीं है, जिस पर आपको शुबहा हो?"

मुंशीजी—घर में तो आजकल सिर्फ एक मेहरी है।

थानेदार—अजी, वह पगली है। यह किसी बड़े शातिर का काम है, खुदा की कसम।

मुंशीजी—तो घर में और कौन है? मेरे दोनों लड़के हैं, स्त्री है और बहन है। इनमें से किस पर शक करूं?

थानेदार—खुदा की कसम, घर ही के किसी आदमी का काम है, चाहे, वह कोई हो, इंशाअल्लाह, दो-चार दिन में मैं आपको इसकी खबर दूंगा। यह तो नहीं कह सकता कि माल भी सब मिल जाएगा, पर खुदा की कसम, चोर जरूर पकड़ दिखाऊंगा।

थानेदार चला गया, तो मुंशीजी ने आकर निर्मला से उसकी बातें कहीं।

निर्मला सहम उठी—"आप थानेदार से कह दीजिए, तफ्तीश न करें, आपके पैरों पड़ती हूं।"

मुंशीजी—आखिर क्यों?

निर्मला—अब क्या बताऊं? वह कह रहा है कि घर ही के किसी का काम है।

मुंशीजी—उसे बकने दो।

जियाराम अपने कमरे में बैठा हुआ भगवान को याद कर रहा था। उसके मुंह

पर हवाइयां उड़ रही थीं। सुन चुका था कि पुलिसवाले चेहरे से भांप जाते हैं। बाहर निकलने की हिम्मत न पड़ती थी। दोनों आदमियों में क्या बातें हो रही हैं, यह जानने के लिए छटपटा रहा था। ज्यों ही थानेदार चला गया और भूंगी किसी काम से बाहर निकली, जियाराम ने पूछा–"थानेदार क्या कह रहा था भूंगी?"

भूंगी ने पास आकर कहा–"दाढ़ीजार कहता था, घर ही के किसी आदमी का काम है, बाहर का कोई नहीं है।"

जियाराम–बाबूजी ने कुछ नहीं कहा?

भूंगी–कुछ तो नहीं कहा, खड़े 'हूं-हूं' करते रहे। घर मे एक भूंगी ही गैर है न! और तो सब अपने ही हैं।

जियाराम–मैं भी तो गैर हूं, तू ही क्यों?

भूंगी–तुम गैर काहे हो भैया?

जियाराम–बाबूजी ने थानेदार से कहा नहीं, घर में किसी पर उनका शुबहा नहीं है।

भूंगी–कुछ तो कहते नहीं सुना। बेचारे थानेदार ने भले ही कहा–भूंगी तो पगली है, वह क्या चोरी करेगी। बाबूजी तो मुझे फंसाए ही देते थे।

जियाराम–तब तो तू भी निकल गई। अकेला मैं ही रह गया। तू ही बता, तूने मुझे उस दिन घर में देखा था?

भूंगी–नहीं भैया, तुम तो ठेठर देखने गए थे।

जियाराम–गवाही देगी न?

भूंगी–इसकी जरूरत नहीं पड़ेगी भैया! बहूजी तफ्तीश बंद करा देंगी।

जियराम–सच?

भूंगी–हां भैया, बार-बार कहती हैं कि तफ्तीश न कराओ। गहने गए, जाने दो, पर बाबूजी मानते ही नहीं।

पांच-छः दिन तक जियाराम ने पेट-भर भोजन नहीं किया। कभी दो-चार कौर खा लेता, कभी कह देता, भूख नहीं है। उसके चेहरे का रंग उड़ा रहता था। रातें जागते कटतीं, प्रतिक्षण थानेदार की शंका बनी रहती थी। यदि वह जानता कि मामला इतना तूल खींचेगा, तो कभी ऐसा काम न करता। उसने तो समझा था–किसी चोर पर शुबहा होगा। मेरी तरफ किसी का ध्यान भी न जाएगा, पर अब भंडा फूटता हुआ मालूम होता था। अभागा थानेदार जिस ढंग से छानबीन कर रहा था, उससे जियाराम को बड़ी शंका हो रही थी।

सातवें दिन संध्या समय घर लौटा तो बहुत चिंतित था। आज तक उसे बचने की कुछ-न-कुछ आशा थी। माल अभी तक कहीं से बरामद न हुआ था,

पर आज उसे माल के बरामद होने की खबर मिल गई थी। इसी दम थानेदार कांस्टेबल को लिए आता होगा। बचने का कोई उपाय नहीं। थानेदार को रिश्वत देने से संभव है मुकदमे को दबा दे, रुपये हाथ में थे, पर क्या बात छिपी रहेगी? अभी माल बरामद नहीं हुआ, फिर भी सारे शहर में अफवाह थी कि बेटे ने ही माल उड़ाया है। माल मिल जाने पर तो गली-गली बात फैल जाएगी, फिर वह किसी को मुंह न दिखा सकेगा।

मुंशीजी कचहरी से लौटे तो घबराए हुए थे। सिर थामकर चारपाई पर बैठ गए।

निर्मला ने कहा–"कपड़े क्यों नहीं उतारते? आज तो और दिनों से देर हो गई है।"

मुंशीजी–क्या कपड़े ऊतारूं? तुमने कुछ सुना?

निर्मला–क्या बात है? मैंने तो कुछ नहीं सुना?

मुंशीजी–माल बरामद हो गया। अब जिया का बचना मुश्किल है।

निर्मला को आश्चर्य नहीं हुआ। उसके चेहरे से ऐसा जान पड़ा मानो उसे यह बात मालूम थी। बोली–"मैं तो पहले ही कह रही थी कि थाने में इत्तला मत कीजिए।"

मुंशीजी–तुम्हें जिया पर शक था?

निर्मला–शक क्यों नहीं था, मैंने उन्हें अपने कमरे से निकलते देखा था।

मुंशीजी–फिर तुमने मुझसे क्यों न कह दिया?

निर्मला–यह बात मेरे कहने की न थी। आपके दिल में जरूर ख्याल आता कि यह ईर्ष्यावश आक्षेप लगा रही है। कहिए, यह ख्याल होता या नहीं? झूठ न बोलिएगा।

मुंशीजी–संभव है, मैं इनकार नहीं कर सकता, फिर भी उस दशा में तुम्हें मुझसे कह देना चाहिए था। रिपोर्ट की नौबत न आती। तुमने अपनी नेकनामी की तो फिक्र की, पर यह न सोचा कि परिणाम क्या होगा? मैं अभी थाने से चला आता हूं। अलायार खां आता ही होगा!

निर्मला ने हताश होकर पूछा–"फिर अब?"

मुंशीजी ने आकाश की ओर ताकते हुए कहा–"फिर जैसी भगवान की इच्छा। हजार-दो हजार रुपये रिश्वत देने के लिए होते तो शायद मामला दब जाता, पर मेरी हालत तो तुम जानती हो। तकदीर खोटी है और कुछ नहीं। पाप तो मैंने किया है, दंड कौन भोगेगा? एक लड़का था, उसकी वह दशा हुई, दूसरे की यह दशा हो रही है। नालायक था, गुस्ताख था, कामचोर था, पर था तो अपना ही लड़का, कभी-न-कभी चेत ही जाता। यह चोट अब न सही जाएगी।"

निर्मला—अगर कुछ दे-दिलाकर जान बच सके, तो मैं रुपये का प्रबंध कर दूं।

मुंशीजी—कर सकती हो? कितने रुपये दे सकती हो?

निर्मला—कितना दरकार होगा?

मुंशीजी—एक हजार से कम पर तो शायद बातचीत न हो सके। मैंने एक मुकदमे में उससे एक हजार लिए थे। वह कसर आज निकालेगा।

निर्मला—हो जाएगा। अभी थाने जाइए।

मुंशीजी को थाने में बड़ी देर लगी। एकांत में बातचीत करने का बहुत देर में मौका मिला। अलायार खां पुराना घाघ था। बड़ी मुश्किल से अंटी पर चढ़ा। पांच सौ रुपये लेकर भी अहसान का बोझ सिर पर लाद ही दिया। काम हो गया। लौटकर निर्मला से बोला—"लो भाई, बाजी मार ली, रुपये तुमने दिए, पर काम मेरी जबान ही ने किया। बड़ी-बड़ी मुश्किलों से राजी हो गया। यह भी याद रहेगी। जियाराम भोजन कर चुका है?

निर्मला—कहां, वह तो अभी घूमकर लौटे ही नहीं।

मुंशीजी—बारह तो बज रहे होंगे।

निर्मला—कई दफे जा-जाकर देख आई। कमरे में अंधेरा हुआ पड़ा है।

मुंशीजी—और सियाराम?

निर्मला—वह तो खा-पीकर सोए हैं।

मुंशीजी—उससे पूछा नहीं, जिया कहां गया?

निर्मला—वह तो कहते हैं, मुझसे कुछ कहकर नहीं गए।

मुंशीजी को कुछ शंका हुई। सियाराम को जगाकर पूछा—"तुमसे जियाराम ने कुछ कहा नहीं, कब तक लौटेगा? गया कहां है?"

सियाराम ने आंखें मलते हुए कहा—"मुझसे कुछ नहीं कहा।"

मुंशीजी—कपड़े सब पहनकर गया है?

सियाराम—जी नहीं, कुर्ता और धोती।

मुंशीजी—जाते वक्त खुश था?

सियाराम—खुश तो नहीं मालूम होते थे। कई बार अंदर आने का इरादा किया, पर देहरी से ही लौट गए। कई मिनट तक सायबान में खड़े रहे। चलने लगे, तो आंखें पोंछ रहे थे। इधर कई दिन से अक्सर रोया करते थे।

मुंशीजी ने ऐसी ठंडी सांस ली मानो जीवन में अब कुछ नहीं रहा और निर्मला से बोले—"तुमने किया तो अपनी समझ में भले ही के लिए, पर कोई शत्रु भी मुझ पर इससे कठोर आघात न कर सकता था। जियाराम की माता होती, तो क्या वह यह संकोच करती? कदापि नहीं।"

निर्मला बोली–"जरा डॉक्टर साहब के यहां क्यों नहीं चले जाते? शायद वहां बैठे हों। कई लड़के रोज आते हैं, उनसे पूछिए, शायद कुछ पता लग जाए। फूंक-फूंककर चलने पर भी अपयश लग ही गया।"

मुंशीजी ने मानो खुली हुई खिड़की से कहा–"हां, जाता हूं और क्या करूंगा?" मुंशीजी बाहर आए तो देखा, डॉक्टर सिन्हा खड़े हैं। चौंककर पूछा–"क्या आप देर से खड़े हैं?"

डॉक्टर–जी नहीं, अभी आया हूं। आप इस वक्त कहां जा रहे हैं? साढ़े बारह हो गए हैं।

मुंशीजी–आप ही की तरफ आ रहा था। जियाराम अभी तक घूमकर नहीं आया। आपकी तरफ तो नहीं गया था?

डॉक्टर सिन्हा ने मुंशीजी के दोनों हाथ पकड़ लिए और इतना कह पाए थे, 'भाई साहब, अब धैर्य से काम..' कि मुंशीजी गोली खाए हुए मनुष्य की भांति जमीन पर गिर पड़े।

रुक्मिणी ने निर्मला से त्यौरियां बदलकर कहा–"क्या नंगे पांव ही मदरसे जाएगा?" निर्मला ने बच्ची के बाल गूंथते हुए कहा–"मैं क्या करूं? मेरे पास रुपये नहीं हैं।"

रुक्मिणी–गहने बनवाने को रुपये जुड़ते हैं, लड़के के जूतों के लिए रुपयों में आग लग जाती है। दो तो चले ही गए, क्या तीसरे को भी रुला-रुलाकर मार डालने का इरादा है?

निर्मला ने एक सांस खींचकर कहा–"जिसको जीना है, जिएगा, जिसको मरना है, मरेगा। मैं किसी को मारने-जिलाने नहीं जाती।"

आजकल एक-न-एक बात पर निर्मला और रुक्मिणी में रोज ही झड़प हो जाती थी। जब से गहने चोरी गए हैं, निर्मला का स्वभाव बिलकुल बदल गया है। वह एक-एक कौड़ी दांत से पकड़ने लगी है। सियाराम रोते-रोते चाहे जान दे दे, मगर उसे मिठाई के लिए पैसे नहीं मिलते और यह बर्ताव कुछ सियाराम ही के साथ नहीं है, निर्मला स्वयं अपनी जरूरतों को भी टालती रहती है। धोती जब तक फटकर तार-तार न हो जाए, नई धोती नहीं आती। महीनों सिर का तेल नहीं मंगाया जाता। पान खाने का उसे शौक था, कई-कई दिन तक पानदान खाली पड़ा रहता है, यहां तक कि बच्ची के लिए दूध भी नहीं आता। नन्हे-से शिशु का भविष्य विराट रूप धारण करके उसके विचार-क्षेत्र पर मंडराता रहता।

निर्मला ❖ प्रेमचंद

मुंशीजी ने अपने को संपूर्णतया निर्मला के हाथों में सौंप दिया है। उसके किसी काम में दखल नहीं देते। न जाने क्यों उससे कुछ दबे रहते हैं। वह अब बिना नागा कचहरी जाते हैं। इतनी मेहनत उन्होंने जवानी में भी न की थी। आंखें खराब हो गई हैं, डॉक्टर सिन्हा ने रात को लिखने-पढ़ने की मुमानियत कर दी है, पाचनशक्ति पहले ही दुर्बल थी, अब और भी खराब हो गई है, दमे की शिकायत भी पैदा हो चली है, पर बेचारे सबेरे से आधी-आधी रात तक काम करते हैं। काम करने को जी चाहे या न चाहे, तबीयत अच्छी हो या न हो, काम करना ही पड़ता है।

निर्मला को उन पर जरा भी दया नहीं आती। भविष्य की भीषण चिंता उसके आंतरिक सद्भावों का सर्वनाश कर रही है। किसी भिक्षुक की आवाज सुनकर झल्ला पड़ती है। वह एक कोड़ी भी खर्च करना नहीं चाहती।

एक दिन निर्मला ने सियाराम को घी लाने के लिए बाजार भेजा। भूंगी पर उनका विश्वास न था, उससे अब कोई सौदा न मंगाती थी। सियाराम में काट-कपट की आदत न थी। औने-पौने करना न जानता था। प्रायः बाजार का सारा काम उसी को करना पड़ता।

निर्मला एक-एक चीज को तोलती, जरा भी कोई चीज तोल में कम पड़ती, तो उसे लौटा देती। सियाराम का बहुत-सा समय इसी लौट-फेरी में बीत जाता था। बाजार वाले उसे जल्दी कोई सौदा न देते। आज भी वही नौबत आई। सियाराम अपने विचार से बहुत अच्छा घी, कई दुकानें देखकर लाया, लेकिन निर्मला ने उसे सूंघते ही कहा–"घी खराब है, लौटा आओ।"

सियाराम ने झुंझलाकर कहा–"इससे अच्छा घी बाजार में नहीं है, मैं सारी दुकानें देखकर लाया हूं?"

निर्मला–तो मैं झूठ कहती हूं?

सियाराम–यह मैं नहीं कहता, लेकिन बनिया अब घी वापस न लेगा। उसने मुझसे कहा था, जिस तरह देखना चाहो, यहीं देखो, माल तुम्हारे सामने है। बोहिनी-बट्टे के वक्त मैं सौदा वापस न लूंगा। मैंने सूंघकर, चखकर लिया। अब किस मुंह से लौटाने जाऊ?

निर्मला ने दांत पीसकर कहा–"घी में साफ चरबी मिली हुई है और तुम कहते हो, घी अच्छा है। मैं इसे रसोई में न ले जाऊंगी, तुम्हारा जी चाहे लौटा दो, चाहे खा जाओ।"

घी की हांडी वहीं छोड़कर निर्मला घर में चली गई।

सियाराम क्रोध और क्षोभ से कातर हो उठा। वह कौन मुंह लेकर लौटाने

जाए? बनिया साफ कह देगा–मैं नहीं लौटाता, तब वह क्या करेगा? आस-पास के दस-पांच बनिए और सड़क पर चलने वाले आदमी खड़े हो जाएंगे। उन सभी के सामने उसे लज्जित होना पड़ेगा। बाजार में यों ही कोई बनिया उसे जल्दी सौदा नहीं देता, वह किसी दुकान पर खड़ा होने नहीं पाता। चारों ओर से उसी पर लताड़ पड़ेगी। उसने मन-ही-मन झुंझलाकर कहा–'पड़ा रहे घी, मैं लौटाने न जाऊंगा।'

मातृहीन बालक के समान दुखी, दीन प्राणी संसार में दूसरा नहीं होता, और सारे दुःख भूल जाते हैं। बालक को माता याद आई, अम्मां होती, तो क्या आज मुझे यह सब सहना पड़ता? भैया चले गए, मैं ही अकेला यह विपत्ति सहने के लिए क्यों बचा रहा?

सियाराम की आंखों में आंसुओं की झड़ी लग गई। उसके शोक कातर कंठ से एक गहरे निःश्वास के साथ मिले हुए ये शब्द निकल आए–"अम्मां! तुम मुझे भूल क्यों गईं, क्यों नहीं बुला लेतीं?"

सहसा निर्मला फिर कमरे की तरफ आई। उसने समझा था, सियाराम चला गया होगा। उसे बैठा देखा, तो गुस्से से बोली–"तुम अभी तक बैठे ही हो? आखिर खाना कब बनेगा?"

सियाराम ने आंखें पोंछ डालीं। बोला–"मुझे स्कूल जाने में देर हो जाएगी।"

निर्मला–एक दिन देर हो जाएगी तो कौन हरज है? यह भी तो घर ही का काम है?

सियाराम–रोज तो यही धंधा लगा रहता है। कभी वक्त पर स्कूल नहीं पहुंचता। घर पर भी पढ़ने का वक्त नहीं मिलता। कोई सौदा दो-चार बार लौटाए बिना नहीं जाता। डांट तो मुझ पर पड़ती है, शर्मिंदा तो मुझे होना पड़ता है, आपको क्या?

निर्मला–हां, मुझे क्या? मैं तो तुम्हारी दुश्मन ठहरी! अपना होता, तब तो उसे दुःख होता। मैं तो ईश्वर से मनाया करती हूं कि तुम पढ़-लिख न सको। मुझमें सारी बुराइयां-ही-बुराइयां हैं, तुम्हारा कोई कसूर नहीं। विमाता का नाम ही बुरा होता है। अपनी मां विष भी खिलाए, तो अमृत है; मैं अमृत भी पिलाऊं, तो विष हो जाएगा। तुम लोगों के कारण मैं मिट्टी में मिल गई, रोते रोते उम्र कटी जाती है, मालूम ही न हुआ कि भगवान ने किसलिए जन्म दिया था और तुम्हारी समझ में मैं विहार कर रही हूं। तुम्हें सताने में मुझे बड़ा मजा आता है। भगवान भी नहीं पूछते कि सारी विपत्ति का अंत हो जाता।

यह कहते-कहते निर्मला की आंखें भर आईं। अंदर चली गई। सियाराम उसको रोते देखकर सहम उठा। ग्लानि तो नहीं आई; पर शंका हुई कि न जाने कौन-सा

दंड मिले। चुपके से हांडी उठा ली और घी लौटाने चला, इस तरह जैसे कोई कुत्ता किसी नए गांव में जाता है। उसे देखकर साधारण बुद्धि का मनुष्य भी अनुमान कर सकता था कि वह अनाथ है।

सियाराम ज्यों-ज्यों आगे बढ़ता था, आनेवाले संग्राम के भय से उसकी हृदय-गति बढ़ती जाती थी। उसने निश्चय किया–बनिए ने घी न लौटाया, तो वह घी वहीं छोड़कर चला आएगा। झख मारकर बनिया आप ही बुलाएगा। बनिए को डांटने के लिए भी उसने शब्द सोच लिए। वह कहेगा–क्यों साहूजी, आंखों में धूल झोंकते हो? दिखाते हो चोखा माल और और देते हो रद्दी माल? पर यह निश्चय करने पर भी उसके पैर आगे बहुत धीरे-धीरे उठते थे। वह यह न चाहता था, बनिया उसे आता हुआ देखे। वह अकस्मात् ही उसके सामने पहुंच जाना चाहता था, इसलिए वह चक्कर काटकर दूसरी गली से बनिए की दुकान पर गया।

बनिए ने उसे देखते ही कहा–"हमने कह दिया था कि हम सौदा वापस न लेंगे। बोलो, कहा था कि नहीं?"

सियाराम ने बिगड़कर कहा–"तुमने वह घी कहां दिया, जो दिखाया था? दिखाया एक माल, दिया दूसरा माल, लौटाओगे कैसे नहीं? क्या कुछ राहजनी है?"

साह–इससे चोखा घी बाजार में निकल आए तो जरीबाना दूं। उठा लो हांडी और दो-चार दुकान देख आओ।

सियाराम–हमें इतनी फुर्सत नहीं है। अपना घी लौटा लो।

साह–घी न लौटेगा।

बनिए की दुकान पर एक जटाधारी साधु बैठा हुआ यह तमाशा देख रहा था। उठकर सियाराम के पास आया और हांडी का घी सूंघकर बोला–"बच्चा, घी तो बहुत अच्छा मालूम होता है।"

साह ने शह पाकर कहा–"बाबाजी, हम लोग तो आप ही इनको घटिया माल नहीं देते। खराब माल क्या जाने-सुने ग्राहकों को दिया जाता है?"

साधु–घी ले जाव बच्चा, बहुत अच्छा है।

सियाराम रो पड़ा। घी को बुरा सिद्ध करने के लिए उसके पास अब क्या प्रमाण था? बोला–"वही तो कहती हैं, घी अच्छा नहीं है, लौटा आओ। मैं तो कहता था कि घी अच्छा है।"

साधु–कौन कहता है?

साह–इसकी अम्मां कहती होगी। कोई सौदा उनके मन ही नहीं भाता। बेचारे लड़के को बार-बार दौड़ाया करती है। सौतेली मां है न! अपनी मां हो तो कुछ ख्याल भी करे।

साधु ने सियाराम को सदय नेत्रों से देखा मानो उसे त्राण देने के लिए उनका हृदय विकल हो रहा है। तब करुण स्वर से बोले–"तुम्हारी माता का स्वर्गवास हुए कितने दिन हुए बच्चा?"

सियाराम–छठा साल है।

साधु–तो तुम उस वक्त बहुत ही छोटे रहे होंगे। भगवान तुम्हारी लीला कितनी विचित्र है। इस दुधमुंहे बालक को तुमने मातृ-प्रेम से वंचित कर दिया। बड़ा अनर्थ करते हो भगवान! छ: साल का बालक और राक्षसी विमाता के पाले पड़े! धन्य हो दयानिधि! साहजी, बालक पर दया करो, घी लौटा लो, नहीं तो इसकी माता इसे घर में रहने न देगी। भगवान की इच्छा से तुम्हारा घी जल्द बिक जाएगा। मेरा आशीर्वाद तुम्हारे साथ रहेगा।

साहजी ने रुपये वापस न किए। आखिर लड़के को फिर घी लेने आना ही पड़ेगा। न जाने दिन में कितनी बार चक्कर लगाना पड़े और किस जालिए से पाला पड़े। उसकी दुकान में जो घी सबसे अच्छा था, वह सियाराम को दिया।

सियाराम दिल में सोच रहा था, बाबाजी कितने दयालु हैं? इन्होंने सिफारिश न की होती, तो साहजी क्यों अच्छा घी देते? सियाराम घी लेकर चला, तो बाबाजी भी उसके साथ हो लिए। रास्ते में मीठी-मीठी बातें करने लगे।

"बच्चा, मेरी माता भी मुझे तीन साल का छोड़कर परलोक सिधारी थीं, तभी से मातृ-विहीन बालकों को देखता हूं तो मेरा हृदय फटने लगता हैं।"

सियाराम ने दुख भरे स्वर में पूछा–"आपके पिताजी ने भी दूसरा विवाह कर लिया था?"

साधु–हां बच्चा, नहीं तो आज साधु क्यों होता? पहले तो पिताजी विवाह न करते थे। मुझे बहुत प्यार करते थे, फिर न जाने क्यों मन बदल गया, विवाह कर लिया। साधु हूं, कटु वचन मुंह से नहीं निकालना चाहिए, पर मेरी विमाता जितनी सुंदर थीं, उतनी ही कठोर थीं। मुझे दिन-दिन-भर खाने को न देतीं, रोता तो मारतीं। पिताजी की आंखें भी फिर गईं। उन्हें मेरी सूरत से घृणा होने लगी। मेरा रोना सुनकर मुझे पीटने लगते। अंत में मैं एक दिन घर से निकल खड़ा हुआ।

सियाराम के मन में भी घर से निकल भागने का विचार कई बार हुआ था। इस समय भी उसके मन में यही विचार उठ रहा था। बड़ी उत्सुकता से बोला–"घर से निकलकर आप कहां गए?"

बाबाजी ने हंसकर कहा–"उसी दिन मेरे सारे कष्टों का अंत हो गया जिस दिन घर के मोह-बंधन से छूटा और भय मन से निकला, उसी दिन मानो मेरा उद्धार हो गया। दिन-भर मैं एक पुल के नीचे बैठा रहा। संध्या समय मुझे एक

महात्मा मिल गए। उनका नाम स्वामी परमानंदजी था। वे बाल-ब्रह्मचारी थे। मुझ पर उन्होंने दया की और अपने साथ रख लिया। उनके साथ मैं देश-देशांतरों में घूमने लगा। वह बड़े अच्छे योगी थे। मुझे भी उन्होंने योग-विद्या सिखाई। अब तो मेरे को इतना अभ्यास हो गया है कि जब इच्छा होती है, माताजी के दर्शन कर लेता हूं, उनसे बात कर लेता हूं।"

सियाराम ने विस्फारित नेत्रों से देखकर पूछा—"आपकी माता का तो देहांत हो चुका था?"

साधु—तो क्या हुआ बच्चा, योग विद्या में वह शक्ति है कि जिस मृत-आत्मा को चाहे बुला लो।

सियाराम ने प्रसन्न होते हुए कहां—"मैं योग विद्या सीख लूं, तो मुझे भी माताजी के दर्शन होंगे?"

साधु—अवश्य, अभ्यास से सब कुछ हो सकता है। हां, योग्य गुरु चाहिए। योग से बड़ी-बड़ी सिद्धियां प्राप्त हो सकती हैं। जितना धन चाहो, पल-अंग्रेज में मंगा सकते हो। कैसी ही बीमारी हो, उसकी औषधि बता सकते हो।

सियाराम—आपका स्थान कहां है?

साधु—बच्चा, मेरा कोई स्थान कहीं नहीं है। देश-देशांतरों में रमता फिरता हूं। अच्छा बच्चा, अब तुम जाओ, मैं जरा स्नान-ध्यान करने जाऊंगा।

सियाराम—चलिए, मैं भी उसी तरफ चलता हूं। आपके दर्शन से जी नहीं भरा।

साधु—नहीं बच्चा, तुम्हें पाठशाला जाने को देरी हो रही है।

सियाराम—फिर आपके दर्शन कब होंगे?

साधु—कभी आ जाऊंगा बच्चा, तुम्हारा घर कहां है?

सियाराम प्रसन्न होकर बोला—"चलिएगा मेरे घर? बहुत नजदीक है। आपकी बड़ी कृपा होगी।"

सियाराम कदम बढ़ाकर आगे-आगे चलने लगा। इतना प्रसन्न था मानो सोने की गठरी लिए जाता हो। घर के सामने पहुंचकर बोला—"आइए, बैठिए कुछ देर।"

साधु—नहीं बच्चा, बैठूंगा नहीं, फिर कल-परसों किसी समय आ जाऊंगा। यही तुम्हारा घर है?

सियाराम—कल किस वक्त आइएगा?

साधु—निश्चय से नहीं कह सकता। किसी समय आ जाऊंगा।

साधु आगे बढ़े, तो थोड़ी ही दूरी पर उन्हें एक दूसरा साधु मिला। उसका नाम था हरिहरानंद। उसने पूछा—"परमानंद कहां-कहां की सैर की? कोई शिकार फंसा?"

हरिहरानंद–इधर चारों तरफ घूम आया, कोई शिकार न मिला, एकाध मिला भी, तो मेरी हंसी उड़ाने लगा।

परमानंद–मुझे तो एक मिलता हुआ जान पड़ता है! फंस जाए तो जानूं।

हरिहरानंद–तुम यों ही कहा करते हो। जो आता है, दो-एक दिन के बाद निकल भागता है।

परमानंद–अबकी न भागेगा, देख लेना। इसकी मां मर गई है। बाप ने दूसरा विवाह कर लिया है। मां भी सताया करती है। घर से ऊबा हुआ है।

हरिहरानंद–खूब...अच्छी तरह। यही तरकीब सबसे अच्छी है। पहले इसका पता लगा लेना चाहिए कि मुहल्ले में किन-किन घरों में विमाताएं हैं? उन्हीं घरों में फंदा डालना चाहिए।

14

संसार में सभी बालक दूध की कुल्लियां नहीं करते, सभी सोने के कौर नहीं खाते। कितनों को पेट-भर भोजन भी नहीं मिलता; पर घर से विरक्त वही होते हैं, जो मातृ-स्नेह से वंचित हैं।

निर्मला ने बिगड़कर कहा–"इतनी देर कहां लगाई?"
सियाराम ने ढिठाई से कहा–"रास्ते में एक जगह सो गया था।"

निर्मला–यह तो मैं नहीं कहती, पर जानते हो, कै बज गए हैं? दस कभी के बज गए। बाजार कुछ दूर भी तो नहीं है।

सियाराम–कुछ दूर नहीं। दरवाजे ही पर तो है।

निर्मला–सीधे से क्यों नहीं बोलते? ऐसा बिगड़ रहे हो, जैसे मेरा ही कोई काम करने गए हो?

सियाराम ने क्रोधित होकर कहा–"तो आप व्यर्थ की बकवास क्यों करती हैं? लिया सौदा लौटाना क्या आसान काम है? बनिए से घंटों हुज्जत करनी पड़ी। यह तो कहो, एक बाबाजी ने कह-सुनकर फेरवा दिया, नहीं तो किसी तरह न फेरता। रास्ते में कहीं एक मिनट भी न रुका, सीधा चला आता हूं।"

निर्मला–घी के लिए गए-गए, तो तुम ग्यारह बजे लौटे हो,

लकड़ी के लिए जाओगे, तो सांझ ही कर दोगे। तुम्हारे बाबूजी बिना खाए ही चले गए। तुम्हें इतनी देर लगानी थी, तो पहले ही क्यों न कह दिया? जाते हो लकड़ी के लिए?

सियाराम अब अपने को संभाल न सका।

वह झल्लाकर बोला–"लकड़ी किसी और से मंगाइए। मुझे स्कूल जाने को देर हो रही है।"

निर्मला–खाना न खाओगे?

सियाराम–न खाऊंगा।

निर्मला–मैं खाना बनाने को तैयार हूं। हां, लकड़ी लाने नहीं जा सकती।

सियाराम–भूंगी को क्यों नहीं भेजती?

निर्मला–भूंगी का लाया सौदा तुमने कभी देखा नहीं है?

सियाराम–तो मैं इस वक्त न जाऊंगा।

निर्मला–मुझे दोष न देना।

सियाराम कई दिनों से स्कूल नहीं गया था। बाजार-हाट के मारे उसे किताबें देखने का समय ही न मिलता था। स्कूल जाकर झिड़कियां खाने, बेंच पर खड़े होने या ऊंची टोपी देने के सिवा और क्या मिलता? वह घर से किताबें लेकर चलता, पर शहर के बाहर जाकर किसी वृक्ष की छांव में बैठा रहता या पलटनों की कवायद देखता। तीन बजे घर से लौट आता। आज भी वह घर से चला, लेकिन बैठने में उसका जी न लगा, उस पर आंतें अलग जल रही थीं। 'हा! अब उसे रोटियों के भी लाले पड़ गए। दस बजे क्या खाना न बन सकता था? माना कि बाबूजी चले गए थे। क्या मेरे लिए घर में दो-चार पैसे भी न थे? अम्मां होतीं, तो इस तरह बिना कुछ खाए-पिए आने देतीं? मेरा अब कोई नहीं रहा।'

सियाराम का मन बाबाजी के दर्शन के लिए व्याकुल हो उठा। उसने सोचा–'इस वक्त वह कहां मिलेंगे? कहां चलकर देखूं? उनकी मनोहर वाणी, उनकी उत्साहप्रद सांत्वना, उसके मन को खींचने लगी।

उसने आतुर होकर कहा–"मैं उनके साथ ही क्यों न चला गया? घर पर मेरे लिए क्या रखा था?"

वह आज यहां से चला तो घर न जाकर सीधा घी वाले साहजी की दुकान पर गया। शायद बाबाजी से वहां मुलाकात हो जाए, पर वहां बाबाजी न थे। बड़ी देर तक खड़ा-खड़ा लौट आया। घर आकर बैठा ही था किस निर्मला ने आकर कहा–"आज देर कहां लगाई? सवेरे खाना नहीं बना, क्या इस वक्त भी उपवास होगा? जाकर बाजार से कोई तरकारी लाओ।"

सियाराम ने झल्लाकर कहा–"दिन-भर का भूखा चला आता हूं; कुछ पानी पीने तक को लाई नहीं, ऊपर से बाजार जाने का हुक्म दे दिया। मैं नहीं जाता बाजार, किसी का नौकर नहीं हूं। आखिर रोटियां ही तो खिलाती हो या और कुछ? ऐसी रोटियां जहां मेहनत करूंगा, वहीं मिल जाएंगी। जब मजूरी ही करनी है, तो आपकी न करूंगा, जाइए मेरे लिए खाना मत बनाइएगा।"

निर्मला अवाक् रह गई। लड़के को आज क्या हो गया? और दिन तो चुपके से जाकर काम कर लाता था, आज क्यों त्योरियां बदल रहा है?

अब भी उसको यह न सूझी कि सियाराम को दो-चार पैसे कुछ खाने के दे दे। उसका स्वभाव अत्यंत कृपण हो गया था। वह क्रोधित होते हुए तीव्र स्वर में बोली–"घर का काम करना तो मजूरी नहीं कहलाती। इसी तरह मैं भी कह दूं कि मैं खाना नहीं पकाती, तुम्हारे बाबूजी कह दें कि कचहरी नहीं जाता, तो क्या हो बताओ? नहीं जाना चाहते, तो मत जाओ, भूंगी से मंगा लूंगी। मैं क्या जानती थी कि तुम्हें बाजार जाना बुरा लगता है, नहीं तो बला से धेले की चीज पैसे में आती, तुम्हें न भेजती। लो, आज से कान पकड़ती हूं।"

सियाराम दिल में कुछ लज्जित तो हुआ, पर बाजार न गया। उसका ध्यान बाबाजी की ओर लगा हुआ था। अपने सारे दुखों का अंत और जीवन की सारी आशाएं उसे अब बाबाजी के आशीर्वाद में मालूम होती थीं। उन्हीं की शरण में जाकर उसका यह आधारहीन जीवन सार्थक होगा। सूर्यास्त के समय वह अधीर हो गया। सारा बाजार छान मारा, लेकिन बाबाजी का कहीं पता न मिला।

दिन-भर का भूखा-प्यासा, वह अबोध बालक दुखते हुए दिल को हाथों से दबाए, आशा और भय की मूर्ति बना, दुकानों, गलियों और मंदिरों में उस आश्रय को खोजता फिरता था, जिसके बिना उसे अपना जीवन दुस्सह हो रहा था। एक बार मंदिर के सामने उसे कोई साधु खड़ा दिखाई दिया। उसने समझा वही हैं। हर्षोल्लास से वह फूल उठा। दौड़ा और साधु के पास जाकर खड़ा हो गया, पर यह कोई और ही महात्मा थे। निराश होकर आगे बढ़ गया। धीरे-धीरे सड़कों पर सन्नाटा छा गया, घरों के द्वारा बंद होने लगे। सड़क की पटरियों पर और गलियों में बंसखटे या बोरे बिछा-बिछाकर भारत की प्रजा सुख-निद्रा में मग्न होने लगी, लेकिन सियाराम घर न लौटा। उस घर से उसक दिल फट गया था, जहां किसी को उससे प्रेम न था, जहां वह किसी पराश्रित की भांति पड़ा हुआ था, केवल इसीलिए कि उसे और कहीं शरण न थी। इस वक्त भी उसके घर न जाने की किसे चिंता होगी?

बाबूजी भोजन करके लेटे होंगे, अम्मांजी भी आराम करने जा रही होंगी। किसी ने मेरे कमरे की ओर झांककर देखा भी न होगा।

हां, बुआजी घबरा रही होंगी। वह अभी तक मेरी राह देखती होंगी। जब तक मैं न जाऊंगा, भोजन न करेंगी।

रुक्मिणी की याद आते ही सियाराम घर की ओर चल दिया। वह अगर और कुछ न कर सकती थी, तो कम-से-कम उसे गोद में चिमटाकर रोती थी? उसके बाहर से आने पर हाथ-मुंह धोने के लिए पानी तो रख देती थीं।

संसार में सभी बालक दूध की कुल्लियां नहीं करते, सभी सोने के कौर नहीं खाते। कितनों को पेट-भर भोजन भी नहीं मिलता; पर घर से विरक्त वही होते हैं, जो मातृ-स्नेह से वंचित हैं।

सियाराम घर की ओर चला ही था कि सहसा बाबा परमानंद एक गली से आते दिखाई दिए।

सियाराम ने जाकर उनका हाथ पकड़ लिया।

परमानंद ने चौंककर पूछा—"बच्चा, तुम यहां कहां?"

सियाराम ने बात बनाकर कहा—"एक दोस्त से मिलने आया था। आपका स्थान यहां से कितनी दूर है?"

परमानंद—हम लोग तो आज यहां से जा रहे हैं बच्चा, हरिद्वार की यात्रा है।

सियाराम ने हतोत्साहित होकर कहा—"क्या आज ही चले जाइएगा?"

परमानंद—हां बच्चा, अब लौटकर आऊंगा, तो दर्शन दूंगा?

सियाराम ने कातर कंठ से कहा—"मैं भी आपके साथ चलूंगा।"

परमानंद—मेरे साथ! तुम्हारे घर के लोग जाने देंगे?

सियाराम—घर के लोगों को मेरी क्या परवाह है? इसके आगे सियाराम और कुछ न कह सका। उसके अश्रुपूरित नेत्रों ने उसकी करुणगाथा उससे कहीं विस्तार के साथ सुना दी, जितनी उसकी वाणी कह सकती थी।

परमानंद ने बालक को कंठ से लगाकर कहा—"अच्छा बच्चा, तेरी इच्छा हो तो चल। साधु-संतों की संगति का आनंद उठा। भगवान की इच्छा होगी, तो तेरी इच्छा पूरी होगी।"

दाने पर मंडराता हुआ पक्षी अंत में दाने पर गिर पड़ा। उसके जीवन का अंत पिंजरे में होगा या व्याध की छुरी के तले—यह कौन जानता है?

15

अगर निर्मला के संदूक में पैसे न फलते थे, तो इस संदूकचे में शायद इसके फूल भी न लगते हों, लेकिन संयोग ही कहिए कि कागजों को झाड़ते हुए एक चवन्नी गिर पड़ी। मारे हर्ष के मुंशीजी उछल पड़े। बड़ी-बड़ी रकमें इससे पहले कमा चुके थे, पर यह चवन्नी पाकर इस समय उन्हें जितना आह्लाद हुआ, उतना पहले कभी न हुआ था।

मुंशीजी पांच बजे कचहरी से लौटे और अंदर आकर चारपाई पर गिर पड़े। बुढ़ापे की देह, उस पर आज सारे दिन भोजन न मिला। मुंह सूख गया। निर्मला समझ गई, आज का दिन खाली गया। निर्मला ने पूछा–"आज कुछ न मिला?"

मुंशीजी–सारा दिन दौड़ते गुजरा, पर हाथ कुछ न लगा।

निर्मला–फौजदारी वाले मामले में क्या हुआ?

मुंशीजी–मेरे मुवक्किल को सजा हो गई।

निर्मला–पंडित वाले मुकदमे में?

मुंशीजी–पंडित पर डिग्री हो गई।

निर्मला–आप तो कहते थे, दावा खारिज हो जाएगा।

मुंशीजी–कहता तो था और अब भी कहता हूं कि दावा खारिज हो जाना चाहिए था, मगर उतना सिर मगजन कौन करे?

निर्मला—और सौरवाले दावे में?

मुंशीजी—उसमें भी हार हो गई।

निर्मला—तो आज आप किसी अभागे का मुंह देखकर उठे थे।

मुंशीजी से अब काम बिलकुल न हो सकता था। एक तो उनके पास मुकदमे आते ही न थे और जो आते भी थे, वह बिगड़ जाते थे, मगर अपनी असफलताओं को वह निर्मला से छिपाते रहते थे। जिस दिन कुछ हाथ न लगता, उस दिन किसी से दो-चार रुपये उधार लाकर निर्मला को देते, प्रायः सभी मित्रों से कुछ-न-कुछ ले चुके थे। आज वह डौल भी न लगा।

निर्मला ने चिंतापूर्ण स्वर में कहा—"आमदनी का यह हाल है, तो ईश्वर ही मालिक है, उस पर बेटे का यह हाल है कि बाजार जाना मुश्किल है। भूंगी ही से सब काम कराने को जी चाहता है। घी लेकर ग्यारह बजे लौटा। कितना कहकर हार गई कि लकड़ी लेते आओ, पर सुना ही नहीं।"

मुंशीजी—तो खाना नहीं पकाया?

निर्मला—ऐसी ही बातों से तो आप मुकदमे हारते हैं। ईंधन के बिना किसी ने खाना बनाया है कि मैं ही बना लेती?

मुंशीजी—तो बिना कुछ खाए ही चला गया।

निर्मला—घर में और क्या रखा था, जो खिला देती?

मुंशीजी ने डरते-डरते कहा—"कुछ पैसे-वैसे न दे दिए?"

निर्मला ने भौंहें सिकोड़कर कहा—"घर में पैसे फलते हैं न?"

मुंशीजी ने कुछ जवाब न दिया। जरा देर तक तो प्रतीक्षा करते रहे कि शायद जलपान के लिए कुछ मिलेगा, लेकिन जब निर्मला ने पानी तक न मंगवाया, तो बेचारे निराश होकर चले गए। सियाराम के कष्ट का अनुमान करके उनका चित्त चंचल हो उठा। एक बार भूंगी ही से लकड़ी मंगा ली जाती, तो ऐसा क्या नुकसान हो जाता? ऐसी किफायत भी किस काम की कि घर के आदमी भूखे रह जाएं। अपना संदूकचा खोलकर टटोलने लगे कि शायद दो-चार आने पैसे मिल जाएं। उसके अंदर के सारे कागज निकाल डाले, एक-एक, खाना देखा, नीचे हाथ डालकर देखा, पर कुछ न मिला।

अगर निर्मला के संदूक में पैसे न फलते थे, तो इस संदूकचे में शायद इसके फूल भी न लगते हों, लेकिन संयोग ही कहिए कि कागजों को झाड़ते हुए एक चवन्नी गिर पड़ी। मारे हर्ष के मुंशीजी उछल पड़े। बड़ी-बड़ी रकमें इससे पहले कमा चुके थे, पर यह चवन्नी पाकर इस समय उन्हें जितना आह्लाद हुआ, उतना पहले कभी न हुआ था।

चवन्नी हाथ में लिए हुए सियाराम के कमरे के सामने आकर पुकारा। कोई जवाब न मिला, तब कमरे में जाकर देखा। सियाराम का कहीं पता नहीं–क्या अभी स्कूल से नहीं लौटा? मन में यह प्रश्न उठते ही मुंशीजी ने अंदर जाकर भूंगी से पूछा। मालूम हुआ स्कूल से लौट आए।

मुंशीजी ने पूछा–"कुछ पानी पिया है?"

भूंगी ने कुछ जवाब न दिया। नाक सिकोड़कर मुंह फेरे हुए चली गई।

मुंशीजी आहिस्ता–आहिस्ता आकर अपने कमरे में बैठ गए। आज पहली बार उन्हें निर्मला पर क्रोध आया, लेकिन एक ही क्षण में क्रोध का आघात अपने ऊपर होने लगा। उस अंधेरे कमरे में फर्श पर लेटे हुए वह अपने पुत्र की ओर से इतना उदासीन हो जाने पर धिक्कारने लगे। दिन-भर के थके थे। थोड़ी ही देर में उन्हें नींद आ गई।

भूंगी ने आकर पुकारा–"बाबूजी, रसोई तैयार है।"

मुंशीजी चौंककर उठ बैठे। कमरे में लैंप जल रहा था, पूछा–"कै बज गए भूंगी? मुझे तो नींद आ गई थी।"

भूंगी ने कहा–"कोतवाली के घंटे में नौ बज गए हैं और हम नाहीं जानत।"

मुंशीजी–सिया बाबू आए?

भूंगी–आए होंगे, तो घर ही में न होंगे।

मुंशीजी ने झल्लाकर पूछा–"मैं पूछता हूं, आए कि नहीं और तू न जाने क्या-क्या जवाब देती है? आए कि नहीं?"

भूंगी–मैंने तो नहीं देखा, झूठ कैसे कह दूं?

मुंशीजी फिर लेट गए और बोले–"उनको आ जाने दे, तब चलता हूं।"

आधा घंटे द्वार की ओर आंख लगाए मुंशीजी लेटे रहे, तब वह उठकर बाहर आए और दाहिने हाथ कोई दो फर्लांग तक चले, तब लौटकर द्वार पर आए और पूछा–"सिया बाबू आ गए?"

अंदर से आवाज आई–"अभी नहीं।"

मुंशीजी फिर बाईं ओर चले और गली के नुक्कड़ तक गए। सियाराम कहीं दिखाई न दिया। वहां से फिर घर आए और द्वारा पर खड़े होकर पूछा–"सिया बाबू आ गए?"

अंदर से जवाब मिला–"नहीं।"

कोतवाली के घंटे में दस बजने लगे।

मुंशीजी बड़े वेग से कंपनी बाग की तरफ चले। सोचने लगे, शायद वहां घूमने गया हो और घास पर लेटे-लेटे नींद आ गई हो। बाग में पहुंचकर उन्होंने

हरेक बेंच को देखा, चारों तरफ घूमे। बहुत से आदमी घास पर पड़े हुए थे, पर सियाराम का निशान न था। उन्होंने सियाराम का नाम लेकर जोर से पुकारा, पर कहीं से आवाज न आई।

ख्याल आया, शायद स्कूल में तमाशा हो रहा हो। स्कूल एक मील से कुछ ज्यादा ही था। स्कूल की तरफ चले, पर आधे रास्ते से ही लौट पड़े। बाजार बंद हो गया था। स्कूल में इतनी रात तक तमाशा नहीं हो सकता। अब भी उन्हें आशा हो रही थी कि सियाराम लौट आया होगा। द्वार पर आकर उन्होंने पुकारा–"सिया बाबू आए?" किवाड़ बंद थे। कोई आवाज न आई, फिर जोर से पुकारा।

भूंगी किवाड़ खोलकर बोली–"अभी तो नहीं आए।"

मुंशीजी ने धीरे से भूंगी को अपने पास बुलाया और करुण स्वर में बोले–"तू तो घर की सब बातें जानती है, बता आज क्या हुआ था?"

भूंगी–बाबूजी, झूठ न बोलूंगी, मालकिन छुड़ा देंगी और क्या? दूसरे का लड़का इस तरह नहीं रखा जाता। जहां कोई काम हुआ, बस बाजार भेज दिया। दिन-भर बाजार दौड़ते बीतता था। आज लकड़ी लाने न गए, तो चूल्हा ही नहीं जला। कहो तो मुंह फुलावें। जब आप ही नहीं देखते, तो दूसरा कौन देखेगा? चलिए, भोजन कर लीजिए, बहूजी कब से बैठी हैं।

मुंशीजी–कह दे, इस वक्त नहीं खाएंगे।

मुंशीजी फिर अपने कमरे में चले गए और एक लंबी सांस ली। वेदना से भरे हुए ये शब्द उनके मुंह से निकल पड़े–"ईश्वर, क्या अभी दंड पूरा नहीं हुआ? क्या इस अंधे की लकड़ी को हाथ से छीन लोगे?"

निर्मला ने आकर कहा–"आज सियाराम अभी तक नहीं आए। कहती रही कि खाना बनाए देती हूं, खा लो मगर न जाने कब उठकर चल दिए! न जाने कहां घूम रहे हैं। बात तो सुनते ही नहीं। कब तक उनकी राह देखा करूं! आप चलकर खा लीजिए, उनके लिए खाना उठाकर रख दूंगी।"

मुंशीजी ने निर्मला की ओर कठोर नेत्रों से देखकर कहा–"अभी कै बजे होंगे?"

निर्मला–क्या जाने, दस बजे होंगे।

मुंशीजी–जी नहीं, बारह बजे हैं।

निर्मला–बारह बज गए? इतनी देर तो कभी न करते थे। तो कब तक उनकी राह देखोगे! दोपहर को भी कुछ नहीं खाया था। ऐसा सैलानी लड़का मैंने नहीं देखा।

मुंशीजी–तुम्हें बहुत दिक करता है, क्यों?

निर्मला—देखिए न, इतनी रात गई और घर की सुध ही नहीं।

मुंशीजी—शायद यह आखिरी शरारत हो।

निर्मला—कैसी बातें मुंह से निकालते हैं? जाएंगे कहां? किसी यार-दोस्त के यहां पड़ रहे होंगे।

मुंशीजी—शायद ऐसा ही हो। ईश्वर करे, ऐसा ही हो।

निर्मला—सबेरे आवें, तो जरा तम्बीह कीजिएगा।

मुंशीजी—खूब अच्छी तरह करूंगा।

निर्मला—चलिए, खा लीजिए, देर बहुत हुई।

मुंशीजी—सबेरे उसकी तम्बीह करके खाऊंगा, कहीं न आया, तो तुम्हें ऐसा ईमानदार नौकर कहां मिलेगा?

निर्मला ने ऐंठकर कहा—"तो क्या मैंने भगा दिया?"

मुंशीजी—नहीं, यह कौन कहता है? तुम उसे क्यों भगाने लगीं? तुम्हारा तो काम करता था, शामत आ गई होगी।

निर्मला ने और कुछ नहीं कहा। बात बढ़ जाने का भय था। भीतर चली आई। सोने को भी न कहा। जरा देर में भूंगी ने अंदर से किवाड़ भी बंद कर दिए।

क्या मुंशीजी को नींद आ सकती थी? तीन लड़कों में केवल एक बच रहा था। वह भी हाथ से निकल गया, तो फिर जीवन में अंधकार के सिवा और क्या है? कोई नाम लेनेवाला भी नहीं रहेगा।

हा! कैसे-कैसे रत्न हाथ से निकल गए? मुंशीजी की आंखों से अश्रुधारा बह रही थी, तो आश्चर्य है? उस व्यापक पश्चाताप, उस सघन ग्लानि-तिमिर में आशा की एक हल्की-सी रेखा उन्हें संभाले हुए थी। जिस क्षण वह रेखा लुप्त हो जाएगी, कौन कह सकता है, उन पर क्या बीतेगी? उनकी उस वेदना की कल्पना कौन कर सकता है? कई बार मुंशीजी की आंखें झपकीं, लेकिन हर बार सियाराम की आहट के धोखे में चौंक पड़े।

सवेरा होते ही मुंशीजी फिर सियाराम को खोजने निकले। किसी से पूछते शरम आती थी। किस मुंह से पूछें? उन्हें किसी से सहानुभूति की आशा न थी। प्रकट न कहकर मन में सब यही कहेंगे, जैसा किया, वैसा भोगो! पूरा दिन वह स्कूल के मैदानों, बाजारों और बगीचों का चक्कर लगाते रहे, दो दिन निराहार रहने पर भी उनमें इतनी शक्ति कैसे आई, यह वही जानें।

रात के बारह बजे मुंशीजी घर लौटे। दरवाजे पर लालटेन जल रही थी। निर्मला द्वार पर खड़ी थी। देखते ही बोली—"कहा भी नहीं, न जाने कब चल दिए। कुछ पता चला?"

मुंशीजी ने आग्नेय नेत्रों से ताकते हुए कहा–"हट जाओ सामने से, नहीं तो बुरा होगा। मैं आपे में नहीं हूं। यह तुम्हारी करनी है। तुम्हारे ही कारण आज मेरी यह दशा हो रही है। आज से छ: साल पहले क्या इस घर की यह दशा थी? तुमने मेरा बना-बनाया घर बिगाड़ दिया, तुमने मेरे लहलहाते बाग को उजाड़ डाला। केवल एक ठूंठ रह गया है। उसका निशान मिटाकर तभी तुम्हें संतोष होगा। मैं अपना सर्वनाश करने के लिए तुम्हें घर नहीं लाया था। सुखी जीवन को और भी सुखमय बनाना चाहता था। यह उसी का प्रायश्चित्त है। जो लड़के पान की तरह फेरे जाते थे, उन्हें मेरे जीते-जी तुमने चाकर समझ लिया और मैं आंखों से सब कुछ देखते हुए भी अंधा बना बैठा रहा। जाओ, मेरे लिए थोड़ा-सा संखिया भेज दो। बस, यही कसर रह गई है, वह भी पूरी हो जाए।"

निर्मला ने रोते हुए कहा–"मैं तो अभागिन हूं ही, आप कहेंगे तब जानूंगी? न जाने ईश्वर ने मुझे जन्म क्यों दिया था, मगर यह आपने कैसे समझ लिया कि सियाराम आवेंगे ही नहीं?"

मुंशीजी ने अपने कमरे की ओर जाते हुए कहा–"जलाओ मत, जाकर खुशियां मनाओ। तुम्हारी मनोकामना पूरी हो गई।"

16

खाना भी जीवन का काम है, इसकी किसी को सुध ही न थी। मुंशीजी बाहर बेजान-से पड़े थे और निर्मला भीतर। बच्ची कभी भीतर जाती, कभी बाहर। कोई उससे बोलने वाला न था। बार-बार सियाराम के कमरे के द्वार पर जाकर खड़ी होती और 'बैया-बैया' पुकारती, पर 'बैया' कोई जवाब न देता था।

निर्मला सारी रात रोती रही। इतना कलंक! उसने जियाराम को गहने ले जाते देखने पर भी मुंह खोलने का साहस नहीं किया। क्यों?

केवल इसीलिए तो कि लोग समझेंगे कि यह मिथ्या दोषारोपण करके लड़के से वैर साध रही है। आज उसके मौन रहने पर उसे अपराधिनी ठहराया जा रहा है। यदि वह जियाराम को उसी क्षण रोक देती और जियाराम लज्जावश कहीं भाग जाता, तो क्या उसके सिर अपराध न मढ़ा जाता?

सियाराम ही के साथ उसने कौन-सा दुर्व्यवहार किया था। वह कुछ बचत करने के ही विचार से तो सियाराम से सौदा मंगवाया करती थी। क्या वह बचत करके अपने लिए गहने गढ़वाना चाहती थी? जब आमदनी का यह हाल हो रहा था तो पैसे-पैसे पर निगाह

रखने के सिवा कुछ जमा करने का उसके पास और साधन ही क्या था? जवानों की जिंदगी का तो कोई भरोसा नहीं, बूढ़ों की जिंदगी का क्या ठिकाना? बच्ची के विवाह के लिए वह किसके सामने हाथ फैलाती? बच्ची का भार कुछ उसी पर तो नहीं था। वह केवल पति की सुविधा ही के लिए कुछ बटोरने का प्रयत्न कर रही थी। पति ही की क्यों? सियाराम ही तो पिता के बाद घर का स्वामी होता। बहन के विवाह करने का भार क्या उसके सिर पर न पड़ता? निर्मला सारी कतर-ब्योंत पति और पुत्र का संकट-मोचन करने ही के लिए कर रही थी। बच्ची का विवाह इस परिस्थिति में संकट के सिवा और क्या था? पर इसके लिए भी उसके भाग्य में अपयश ही बदा था।

दोपहर हो गई, पर आज भी चूल्हा नहीं जला। खाना भी जीवन का काम है, इसकी किसी को सुध ही न थी। मुंशीजी बाहर बेजान-से पड़े थे और निर्मला भीतर। बच्ची कभी भीतर जाती, कभी बाहर। कोई उससे बोलने वाला न था। बार-बार सियाराम के कमरे के द्वार पर जाकर खड़ी होती और 'बैया-बैया' पुकारती, पर 'बैया' कोई जवाब न देता था।

संध्या समय मुंशीजी आकर निर्मला से बोले–"तुम्हारे पास कुछ रुपये हैं?"

निर्मला ने चौंककर पूछा–"क्या कीजिएगा?"

मुंशीजी–मैं जो पूछता हूं, उसका जवाब दो।

निर्मला–क्या आपको नहीं मालूम है? देनेवाले तो आप ही हैं।

मुंशीजी–तुम्हारे पास कुछ रुपये हैं या नहीं? अगर हों, तो मुझे दे दो, न हों तो साफ जवाब दो।

निर्मला ने अब भी साफ जवाब न दिया। बोली–"होंगे तो घर ही में न होंगे। मैंने कहीं और नहीं भेज दिए।"

मुंशीजी बाहर चले गए। वह जानते थे कि निर्मला के पास रुपये हैं, वास्तव में थे भी। निर्मला ने यह भी नहीं कहा कि नही हैं या मैं न दूंगी, पर उसकी बातों से प्रकट हो गया कि वह देना नहीं चाहती।

नौ बजे रात को मुंशीजी ने आकर रुक्मिणी से कहा–"बहन, मैं जरा बाहर जा रहा हूं। मेरा बिस्तर भूंगी से बंधवा देना और ट्रंक में कुछ कपड़े रखवाकर बंद कर देना।"

रुक्मिणी भोजन बना रही थीं। बोलीं–"बहू तो कमरे में है, कह क्यों नही देते? कहां जाने का इरादा है?"

मुंशीजी–मैं तुमसे कहता हूं, बहू से कहना होता, तो तुमसे क्यों कहता? आज तुम क्यों खाना पका रही हो?

रुक्मिणी—कौन पकावे? बहू के सिर में दर्द हो रहा है। आखिर इस वक्त कहां जा रहे हो? सबेरे न चले जाना।

मुंशीजी—इसी तरह टालते-टालते तो आज तीन दिन हो गए। इधर-उधर घूम-घामकर देखूं, शायद कहीं सियाराम का पता लग जाए। कुछ लोग कहते हैं कि वह एक साधु के साथ बातें कर रहा था। शायद वह साधु उसे कहीं बहकाकर ले गया हो।

रुक्मिणी—तो लौटोगे कब तक?

मुंशीजी—कुछ कह नहीं सकता। हफ्ता-भर लग जाए, महीना-भर लग जाए। क्या ठिकाना है?

रुक्मिणी धीरे से बोली—"आज कौन-सा दिन है? किसी पंडित से पूछ लिया है कि नहीं?"

मुंशीजी भोजन करने बैठे। निर्मला को इस वक्त उन पर बड़ी दया आई। उसका सारा क्रोध शांत हो गया। खुद तो न बोली, बच्ची को जगाकर चुमकारती हुई बोली—"देख, तेरे बाबूजी कहां जा रहे हैं? पूछ तो?"

बच्ची ने द्वार से झांककर पूछा—"बाबू दी, तहां दाते हो?"

मुंशीजी—बड़ी दूर जाता हूं बेटी, तुम्हारे भैया को खोजने जाता हूं।

बच्ची ने वहीं से खड़े-खड़े कहा—"अम बी तलेंगे।"

मुंशीजी—बड़ी दूर जाते हैं बच्ची, तुम्हारे वास्ते चीजें लाएंगे। यहां क्यों नहीं आती?

बच्ची मुस्कराकर छिप गई और एक क्षण में फिर किवाड़ से सिर निकालकर बोली—"अम बी तलेंगे।"

मुंशीजी ने उसी स्वर में कहा—"तुमको नहीं ले तलेंगे।"

बच्ची—हमको क्यों नई ले तलोगे?

मुंशीजी—तुम तो हमारे पास आती नहीं हो।

लड़की ठुमकती हुई आकर पिता की गोद में बैठ गई। थोड़ी देर के लिए मुंशीजी उसकी बाल-क्रीड़ा में अपनी अंतर्वेदना भूल गए।

भोजन करके मुंशीजी बाहर चले गए।

निर्मला खड़ी ताकती रही। कहना चाहती थी—व्यर्थ जा रहे हो, पर कह न सकती थी। कुछ रुपये निकालकर देने का विचार करती थी, पर दे न सकती थी।

अंत को न रहा गया, तो रुक्मिणी से बोली—"दीदीजी, जरा समझा दीजिए, कहां जा रहे हैं! मेरी जबान पकड़ी जाएगी, पर बिना बोले रहा नहीं जाता। बिना ठिकाने कहां खोजेंगे? व्यर्थ की हैरानी होगी।"

रुक्मिणी ने करुणा-सूचक नेत्रों से देखा और अपने कमरे में चली गईं।

निर्मला बच्ची को गोद में लिए सोच रही थी कि शायद जाने से पहले बच्ची को देखने या मुझसे मिलने के लिए आवें, पर उसकी आशा विफल हो गई।

मुंशीजी ने बिस्तर उठाया और तांगे पर जा बैठे।

उसी वक्त निर्मला का कलेजा मसोसने लगा। उसे ऐसा जान पड़ा कि अब इनसे भेंट न होगी। वह अधीर होकर द्वार पर आई कि मुंशीजी को रोक ले, पर तांगा चल चुका था।

17

"...ऐसे सौभाग्य से मैं वैधव्य को बुरा नहीं समझती। दरिद्र प्राणी उस धनी से कहीं सुखी है, जिसे उसका धन सांप बनकर काटने दौड़े। उपवास कर लेना आसान है, विषैला भोजन करना उससे कहीं मुश्किल।"

दिन गुजरने लगे। एक महीना पूरा निकल गया, लेकिन मुंशीजी न लौटे। कोई खत भी न भेजा। निर्मला को अब नित्य यही चिंता बनी रहती कि वह लौटकर न आए तो क्या होगा? उसे इसकी चिंता न होती थी कि उन पर क्या बीत रही होगी, वह कहां मारे-मारे फिरते होंगे, स्वास्थ्य कैसा होगा? उसे केवल अपनी और उससे भी बढ़कर बच्ची की चिंता थी। गृहस्थी का निर्वाह कैसे होगा? ईश्वर कैसे बेड़ा पार लगाएंगे? बच्ची का क्या हाल होगा? उसने कतर-ब्योंत करके जो रुपये जमा कर रखे थे, उनमें कुछ-न-कुछ रोज ही कमी होती जाती थी। निर्मला को उनमें से एक-एक पैसा निकालते इतनी अखर होती थी मानो कोई उसकी देह से रक्त निकाल रहा हो। झुंझलाकर मुंशीजी को कोसती। लड़की किसी चीज के लिए रोती, तो उसे अभागिन, कलमुंही कहकर झल्लाती। यही नहीं, रुक्मिणी का घर में रहना उसे ऐसा जान पड़ता था मानो वह गरदन पर सवार है। जब हृदय जलता है, तो वाणी भी अग्निमय हो जाती है।

निर्मला बड़ी मधुर-भाषिणी स्त्री थी, पर अब उसकी गणना कर्कशाओं में की जा सकती थी। दिन-भर उसके मुख से जली-कटी बातें निकला करती थीं। उसके शब्दों की कोमलता न जाने क्या हो गई! भावों में माधुर्य का कहीं नाम नहीं।

भूंगी बहुत दिनों से इस घर मे नौकर थी। स्वभाव की सहनशील थी, पर यह आठों पहर की बकबक उससे भी न सही गई। एक दिन उसने भी अपने घर की राह ली। यहां तक कि जिस बच्ची को प्राणों से भी अधिक प्यार करती थी, उसकी सूरत से भी घृणा हो गई। बात-बात पर घुड़क पड़ती, कभी-कभी मार बैठती।

रुक्मिणी रोती हुई बालिका को गोद में बैठा लेती और चुमकार-दुलारकर चुप करातीं। उस अनाथ के लिए अब यही एक आश्रय रह गया था।

निर्मला को अब अगर कुछ अच्छा लगता था, तो वह सुधा से बात करना था। वह वहां जाने का अवसर खोजती रहती थी। बच्ची को अब वह अपने साथ न ले जाना चाहती थी। पहले जब बच्ची को अपने घर सभी चीजें खाने को मिलती थीं, तो वह वहां जाकर हंसती-खेलती थी। अब वहीं जाकर उसे भूख लगती थी। निर्मला उसे घूर-घूरकर देखती, मुट्ठियां बांधकर धमकाती, पर लड़की भूख की रट लगाना न छोड़ती थी, इसलिए निर्मला उसे साथ न ले जाती थी।

सुधा के पास बैठकर उसे मालूम होता था कि मैं भी आदमी हूं। उतनी देर के लिए वह चिंताओं से मुक्त हो जाती थी। जैसे शराबी शराब के नशे में सारी चिंताएं भूल जाता है, उसी तरह निर्मला सुधा के घर जाकर सारी बातें भूल जाती थी। जिसने उसे उसके घर पर देखा हो, वह उसे यहां देखकर चकित रह जाता। वही कर्कशा, कटु-भाषिणी स्त्री यहां आकर हास्यविनोद और माधुर्य की पुतली बन जाती थी। यौवन-काल की स्वाभाविक वृत्तियां अपने घर का रास्ता बंद पाकर यहां किलोलें करने लगती थीं। यहां आते वक्त वह मांग-चोटी, कपड़े-लत्ते से लैस होकर आती और यथासाध्य अपनी विपत्ति-कथा को मन ही में रखती थी। वह यहां रोने के लिए नहीं, हंसने के लिए आती थी, पर कदाचित् उसके भाग्य में यह सुख भी नहीं बदा था।

निर्मला मामूली तौर से दोपहर को या तीसरे पहर से सुधा के घर जाए करती थी। एक दिन उसका जी इतना ऊबा कि सवेरे ही जा पहुंची।

सुधा नदी स्नान करने गई थी, डॉक्टर साहब अस्पताल जाने के लिए कपड़े पहन रहे थे। मेहरी अपने काम-धंधे में लगी हुई थी।

निर्मला अपनी सहेली के कमरे में जाकर निश्चिंत बैठ गई। उसने समझा, सुधा कोई काम कर रही होगी, अभी आती होगी। जब बैठे दो-तीन मिनट गुजर गए, तो उसने अलमारी से तस्वीरों की एक किताब उतार ली और केश खोल पलंग

पर लेटकर चित्र देखने लगी। इसी बीच डॉक्टर साहब को किसी जरूरत से सुधा के कमरे में आना पड़ा। वे अपनी ऐनक ढूंढते फिरते थे। बेधड़क अंदर चले आए।

निर्मला द्वार की ओर केश खोले लेटी हुई थी। डॉक्टर साहब को देखते ही चौंककर उठ बैठी और सिर ढांकती हुई चारपाई से उतकर खड़ी हो गई।

डॉक्टर साहब ने लौटते हुए चिक के पास खड़े होकर कहा–"क्षमा करना निर्मला, मुझे मालूम न था कि यहां हो! मेरी ऐनक मेरे कमरे में नहीं मिल रही है, न जाने कहां उतारकर रख दी थी। मैंने समझा शायद यहां हो।"

निर्मला ने चारपाई के सिरहाने आले पर निगाह डाली तो ऐनक की डिबिया दिखाई दी। उसने आगे बढ़कर डिबिया उतार ली और सिर झुकाए, देह समेटे, संकोच से डॉक्टर साहब की ओर हाथ बढ़ाया।

डॉक्टर साहब ने निर्मला को दो-एक बार पहले भी देखा था, पर इस समय के-से भाव कभी उसके मन में न आए थे। जिस ज्वाला को वह बरसों से हृदय में दबाए हुए थे, वह आज पवन का झोंका पाकर दहक उठी। उन्होंने ऐनक लेने के लिए हाथ बढ़ाया, तो हाथ कांप रहा था। ऐनक लेकर भी वह बाहर न गए, बल्कि वहीं खोए हुए-से खड़े रहे।

निर्मला ने इस एकांत से भयभीत होकर पूछा–"सुधा कहीं गई है क्या?"

डॉक्टर साहब ने सिर झुकाए हुए जवाब दिया–"हां, जरा स्नान करने चली गई हैं।"

फिर भी डॉक्टर साहब बाहर न गए, वहीं खड़े रहे। निर्मला ने फिर पूछा–"कब तक आएगी?"

डॉक्टर साहब ने सिर झुकाए हुए कहा–"आती होंगी।"

फिर भी वह बाहर नहीं आए। उनके मन में घोर द्वंद्व मचा हुआ था। औचित्य का बंधन नहीं, भीरुता का कच्चा तागा उनकी जान को रोके हुए था।

निर्मला ने कहा–"कहीं घूमने-घामने लगी होंगी। मैं भी इस वक्त जाती हूं।"

भीरुता का कच्चा तागा भी टूट गया। नदी के कगार पर पहुंचकर भागती हुई सेना में अद्‌भुत शक्ति आ जाती है। डॉक्टर साहब ने सिर उठाकर निर्मला को देखा और अनुराग में डूबे हुए स्वर में बोले–"नहीं निर्मला, अब आती ही होंगी। अभी न जाओ। रोज सुधा की खातिर बैठती हो, आज मेरी खातिर बैठो। बताओ, कब तक इस आग में जला करूं? सत्य कहता हूं निर्मला...।"

निर्मला ने कुछ और नहीं सुना। उसे ऐसा जान पड़ा मानो सारी पृथ्वी चक्कर खा रही है मानो उसके प्राणों पर सहस्रों वज्रों का आघात हो रहा है। उसने जल्दी से अलगनी पर लटकी हुई अपनी चादर उतार ली और बिना मुंह से एक शब्द

निकाले कमरे से निकल गई। डॉक्टर साहब खिसियाए हुए-से रोना मुंह बनाए खड़े रहे! उसको रोकने की या कुछ कहने की हिम्मत न पड़ी।

निर्मला ज्यों ही द्वार पर पहुंची। उसने सुधा को तांगे से उतरते देखा। सुधा उसे देखते ही जल्दी से उतरकर उसकी ओर लपकी और कुछ पूछना चाहती थी, मगर निर्मला ने उसे अवसर न दिया, तीर की तरह झपटकर चली गई। सुधा एक क्षण तक विस्मय की दशा में खड़ी रही। बात क्या है, उसकी समझ में कुछ न आ सका। वह व्यग्र हो उठी। जल्दी से अंदर गई मेहरी से पूछने कि क्या बात हुई है। वह अपराधी का पता लगाएगी और अगर उसे यह मालूम हुआ कि मेहरी या और किसी नौकर ने उसे कोई अपमान-सूचक बात कह दी है, तो वह खड़े-खड़े निकाल देगी। लपकी हुई वह अपने कमरे में गई। अंदर कदम रखते ही डॉक्टर को मुंह लटकाए चारपाई पर बैठे देखा। पूछा–"निर्मला यहां आई थी?"

डॉक्टर साहब ने सिर खुजलाते हुए कहा–"हां, आई तो थीं।"

सुधा–किसी मेहरी-अहरी ने उन्हें कुछ कहा तो नहीं? मुझसे बोली तक नहीं, झपटकर निकल गईं।

डॉक्टर साहब की मुख-कांति मलिन हो गई, कहा–"यहां तो उन्हें किसी ने भी कुछ नहीं कहा।"

सुधा–किसी ने कुछ कहा है। देखो, मैं पूछती हूं न, ईश्वर जानता है, पता पा जाऊंगी, तो खड़े-खड़े निकाल दूंगी।

डॉक्टर साहब सिटपिटाते हुए बोले–"मैंने तो किसी को कुछ कहते नहीं सुना। तुम्हें उन्होंने देखा न होगा।"

सुधा–वाह, देखा ही न होगा! उनके सामने तो मैं तांगे से उतरी हूं। उन्होंने मेरी ओर ताका भी, पर बोलीं कुछ नहीं। इस कमरे में आई थी?

डॉक्टर साहब के प्राण सूखे जा रहे थे। हिचकिचाते हुए बोले–"आई क्यों नहीं थी?"

सुधा–तुम्हें यहां बैठे देखकर चली गई होंगी। बस, किसी मेहरी ने कुछ कह दिया होगा। नीच जात हैं न, किसी को बात करने की तमीज तो है नहीं। अरे, ओ सुंदरिया, जरा यहां तो आ!

डॉक्टर–उसे क्यों बुलाती हो, वह यहां से सीधे दरवाजे की तरफ गईं। मेहरियों से बात तक नहीं हुई।

सुधा–तो फिर तुम्हीं ने कुछ कह दिया होगा।

डॉक्टर साहब का कलेजा धक्-धक् करने लगा। बोले–"मैं भला क्या कह देता, क्या ऐसा गंवार हूं?"

निर्मला ❖ प्रेमचंद

सुधा–तुमने उन्हें आते देखा, तब भी बैठे रह गए?

डॉक्टर–मैं यहां था ही नहीं। बाहर बैठक में अपनी ऐनक ढूंढता रहा, जब वहां न मिली, तो मैंने सोचा, शायद अंदर हो। यहां आया तो उन्हें बैठे देखा। मैं बाहर जाना चाहता था कि उन्होंने खुद पूछा–किसी चीज की जरूरत है? मैंने कहा–जरा देखना, यहां मेरी ऐनक तो नहीं है। ऐनक इसी सिरहाने वाले ताक पर थी। उन्होंने उठाकर दे दी। बस इतनी ही बात हुई।

सुधा–बस, तुम्हें ऐनक देते ही वह झल्लाई हुई बाहर चली गई, क्यों?

डॉक्टर–झल्लाई हुई तो नहीं चली गईं। जाने लगीं, तो मैंने कहा–बैठिए, वह आती होंगी। न बैठीं तो मैं क्या करता?

सुधा–बात समझ में नहीं आती। मैं जरा उसके पास जाकर देखूं, क्या बात है।

डॉक्टर–तो चली जाना ऐसी जल्दी क्या है? सारा दिन तो पड़ा हुआ है।

सुधा ने चादर ओढ़ते हुए कहा–"मेरे पेट में खलबली मची हुई है, कहते हो, जल्दी क्या है?" सुधा तेजी से कदम बढ़ाती हुई निर्मला के घर की ओर चली और पांच मिनट में जा पहुंची। देखा तो निर्मला अपने कमरे में चारपाई पर पड़ी रो रही थी और बच्ची उसके पास खड़ी थी–"अम्मां, क्यों लोती हो?"

सुधा ने लड़की को गोद में उठा लिया और निर्मला से बोली–"बहन, सच बताओ, क्या बात है? मेरे यहां किसी ने तुम्हें कुछ कहा है? मैं सबसे पूछ चुकी, कोई नहीं बतलाता।"

निर्मला आंसू पोंछती हुई बोली–"किसी ने कुछ कहा नहीं बहन, भला वहां मुझे कौन कुछ कहता?"

सुधा–तो फिर मुझसे बोली क्यों नहीं और यहां आते-ही-आते अचानक रोने क्यों लगीं?

निर्मला–अपने नसीबों को रो रही हूं, और क्या!

सुधा–तुम यों न बतलाओगी, तो मैं कसम दूंगी।

निर्मला–कसम-कसम न रखाना भाई, मुझे किसी ने कुछ नहीं कहा, झूठ किसे लगा दूं?

सुधा–खाओ मेरी कसम।

निर्मला–तुम तो नाहक ही जिद करती हो।

सुधा–अगर तुमने न बताया निर्मला, तो मैं समझूंगी, तुम्हें मुझसे जरा भी प्रेम नहीं है। बस, सब जबानी जमा-खर्च है। मैं तुमसे किसी बात का परदा नहीं रखती और तुम मुझे गैर समझती हो। तुम्हारे ऊपर मुझे बड़ा भरोसा था। अब जान गई कि कोई किसी का नहीं होता।

सुधा कीं आंखें सजल हो गईं। उसने बच्ची को गोद से उतार दिया और द्वार की ओर चली।

निर्मला ने उठकर उसका हाथ पकड़ लिया और रोती हुई बोली–"सुधा, मैं तुम्हारे पैर पड़ती हूं, मत पूछो। सुनकर दुख होगा और शायद मैं फिर तुम्हें अपना मुंह न दिखा सकूं। मैं अभागिनी न होती, तो यह दिन ही क्यों देखती? अब तो ईश्वर से यही प्रार्थना है कि संसार से मुझे उठा ले। अभी यह दुर्गति हो रही है, तो आगे न जाने और क्या-क्या होगा?"

इन शब्दों में जो संकेत था, वह बुद्धिमति सुधा से छिपा न रह सका। वह समझ गई कि डॉक्टर साहब ने कुछ छेड़-छाड़ की है। उनका हिचक-हिचककर बातें करना और उसके प्रश्नों को टालना, उनकी वह ग्लानिमय, कांतिहीन मुद्रा उसे याद आ गई। वह सिर से पांव तक कांप उठी और बिना कुछ कहे-सुने सिंहनी की भांति क्रोध से भरी हुई द्वार की ओर चली।

निर्मला ने उसे रोकना चाहा, पर रोक न सकी। देखते-देखते वह सड़क पर आ गई और घर की ओर चली, तब निर्मला वहीं भूमि पर बैठ गई और फूट-फूटकर रोने लगी।

निर्मला दिन-भर चारपाई पर पड़ी रही। मालूम होता है, उसकी देह में प्राण नहीं है। न स्नान किया, न भोजन करने उठी। संध्या समय उसे ज्वर हो आया। रात-भर देह तवे की भांति तपती रही। दूसरे दिन ज्वर न उतरा। हां, कुछ-कुछ कम हो गया था।

वह चारपाई पर लेटी हुई निश्चल नेत्रों से द्वार की ओर ताक रही थी। चारों ओर शून्य था, अंदर भी शून्य, बाहर भी शून्य! कोई चिंता न थी, न कोई स्मृति, न कोई दुःख, मस्तिष्क में स्पंदन की शक्ति ही न रही थी।

सहसा रुक्मिणी बच्ची को गोद में लिए हुए आकर खड़ी हो गई।

निर्मला ने पूछा–"क्या यह बहुत रोती थी?"

रुक्मिणी–नहीं, यह तो सिसकी तक नहीं। रात-भर चुपचाप पड़ी रही, सुधा ने थोड़ा-सा दूध भेज दिया था।

निर्मला–अहीरिन दूध न दे गई थी?

रुक्मिणी–कहती थी, पिछले पैसे दे दो, तो दूं। तुम्हारा जी अब कैसा है?

निर्मला–मुझे कुछ नहीं हुआ है? कल देह गरम हो गई थी।

रुक्मिणी–डॉक्टर साहब का बुरा हाल है?

निर्मला ❖ प्रेमचंद

निर्मला ने घबराकर पूछा–"क्या, हुआ क्या? कुशल से है न?"

रुक्मिणी–कुशल से हैं कि लाश उठाने की तैयारी हो रही है! कोई कहता है, जहर खा लिया था, कोई कहता है, दिल का चलना बंद हो गया था। भगवान जाने क्या हुआ था।

निर्मला ने एक ठंडी सांस ली और रुंधे हुए कंठ से बोली–"हाय भगवान! सुधा की क्या गति होगी! कैसे जिएगी?"

यह कहते-कहते वह रो पड़ी और बड़ी देर तक सिसकती रही। बड़ी मुश्किल से उठकर सुधा के पास जाने को तैयार हुई। उसके पांव थर-थर कांप रहे थे, दीवार थामे खड़ी थी, पर जी न मानता था। न जाने सुधा ने यहां से जाकर पति से क्या कहा? मैंने तो उससे कुछ कहा भी नहीं, न जाने मेरी बातों का वह क्या मतलब समझी? हाय! ऐसे रूपवान, दयालु, ऐसे सुशील प्राणी का यह अंत! अगर निर्मला को मालूम होता कि उसके क्रोध का यह भीषण परिणाम होगा, तो वह जहर का घूंट पीकर भी उस बात को हंसी में उड़ा देती।

यह सोचकर कि मेरी ही निष्ठुरता के कारण डॉक्टर साहब का यह हाल हुआ, निर्मला के हृदय के टुकड़े होने लगे ऐसी वेदना होने लगी मानो हृदय में शूल उठ रहा हो। वह डॉक्टर साहब के घर चली।

लाश उठ चुकी थी। बाहर सन्नाटा छाया हुआ था। घर में स्त्रियां जमा थीं। सुधा जमीन पर बैठी रो रही थी।

निर्मला को देखते ही वह जोर से चिल्लाकर रो पड़ी और आकर उसकी छाती से लिपट गई। दोनों देर तक रोती रहीं।

जब औरतों की भीड़ कम हुई और एकांत हो गया, तो निर्मला ने पूछा–"यह क्या हो गया बहन, तुमने क्या कह दिया था?"

सुधा अपने मन को इसी प्रश्न का उत्तर कितनी ही बार दे चुकी थी। उसका मन जिस उत्तर से शांत हो गया था, वही उत्तर उसने निर्मला को दिया। बोली–"चुप भी तो न रह सकती थी बहन, क्रोध की बात पर क्रोध आता ही है।"

निर्मला–मैंने तो तुमसे कोई ऐसी बात भी न कही थी।

सुधा–तुम कैसे कहती, कह ही नहीं सकती थीं, लेकिन उन्होंने जो बात हुई थी, वह कह दी थी। उस पर मैंने जो कुछ मुंह में आया, कहा। जब एक बात दिल में आ गई, तो उसे हुआ ही समझना चाहिए। अवसर और घात मिले, तो वह अवश्य ही पूरी हो जाती है। यह कहकर कोई नहीं निकल सकता कि मैंने तो हंसी की थी। एकांत में ऐसा शब्द जबान पर लाना ही कह देता है कि नीयत बुरी थी। मैंने तुमसे कभी कहा नहीं बहन, लेकिन मैंने उन्हें कई बार तुम्हारी ओर

झांकते देखा। उस वक्त मैंने भी यही समझा कि शायद मुझे धोखा हो रहा हो। अब मालूम हुआ कि उस ताक-झांक का क्या मतलब था! अगर मैंने दुनिया ज्यादा देखी होती, तो तुम्हें अपने घर न आने देती। कम-से-कम तुम पर उनकी निगाह कभी न पड़ने देती, लेकिन यह क्या जानती थी कि पुरुषों के मुंह में कुछ और मन में कुछ और होता है। ईश्वर को जो मंजूर था, वह हुआ। ऐसे सौभाग्य से मैं वैधव्य को बुरा नहीं समझती। दरिद्र प्राणी उस धनी से कहीं सुखी है, जिसे उसका धन सांप बनकर काटने दौड़े। उपवास कर लेना आसान है, विषैला भोजन करना उससे कहीं मुश्किल। इसी वक्त डॉक्टर सिन्हा के छोटे भाई और कृष्णा ने घर में प्रवेश किया। घर में कोहराम मच गया।

एक महीना और गुजर गया। सुधा अपने देवर के साथ तीसरे ही दिन चली गई। अब निर्मला अकेली थी। पहले हंस-बोलकर जी बहला लिया करती थी। अब रोना ही एक काम रह गया। उसका स्वास्थ्य दिन-दिन बिगड़ता गया। पुराने मकान का किराया अधिक था। दूसरा मकान थोड़े किराए का लिया, यह तंग गली में था। अंदर एक कमरा था और छोटा-सा आंगन। न प्रकाश जाता, न वायु। दुर्गंध उड़ा करती थी। भोजन का यह हाल कि पैसे रहते हुए भी कभी-कभी उपवास करना पड़ता था। बाजार से लाए कौन? फिर अपना कोई मर्द नहीं, कोई लड़का नहीं, तो रोज भोजन बनाने का कष्ट कौन उठाए? औरतों के लिए रोज भोजन करने की आवश्यकता ही क्या? अगर एक वक्त खा लिया, तो दो दिन के लिए छुट्टी हो गई। बच्ची के लिए ताजा हलुआ या रोटियां बन जाती थीं! ऐसी दशा में स्वास्थ्य क्यों न बिगड़ता? चिंता, शोक, दुरावस्था, एक हो तो कोई कहे। यहां तो त्रयताप का धावा था। उस पर निर्मला ने दवा न खाने की कसम खा ली थी। करती ही क्या? उन थोड़े-से रुपयों में दवा की गुंजाइश कहां थी? जहां भोजन का ठिकाना न था, वहां दवा का जिक्र ही क्या? दिन-दिन सूखती चली जाती थी।

एक दिन रुक्मिणी ने कहा–"बहू, इस तरह कब तक घुला करोगी, जी ही से तो जहान है। चलो, किसी वैद्य को दिखा लाऊं।"

निर्मला–जिसे रोने के लिए जीना हो, उसका मर जाना ही अच्छा।

रुक्मिणी–बुलाने से तो मौत नहीं आती?

निर्मला–मौत तो बिन बुलाए आती है, बुलाने से क्यों न आएगी? उसके आने में बहुत दिन न लगेंगे बहन, जै दिन चलती हूं, उतने साल समझ लीजिए।

रुक्मिणी–दिल ऐसा छोटा मत करो बहू, अभी संसार का सुख ही क्या देखा है?

निर्मला–अगर संसार का यही सुख है, जो इतने दिनों से देख रही हूं, तो उससे जी भर गया। सच कहती हूं बहन, इस बच्ची का मोह मुझे बांधे हुए है, नहीं तो

अब तक कभी की चली गई होती। न जाने इस बेचारी के भाग्य में क्या लिखा है?

दोनों महिलाएं रोने लगीं। इधर जब से निर्मला ने चारपाई पकड़ ली है, रुक्मिणी के हृदय में दया का सोता-सा खुल गया है। द्वेष का लेश भी नहीं रहा। कोई काम करती हों, निर्मला की आवाज सुनते ही दौड़ती हैं। घंटों उसके पास कथा-पुराण सुनाया करती हैं। कोई ऐसी चीज पकाना चाहती हैं, जिसे निर्मला रुचि से खाए। निर्मला को कभी हंसते देख लेती हैं, तो निहाल हो जाती है और बच्ची को तो अपने गले का हार बनाए रहती हैं। उसी की नींद सोती हैं, उसी की नींद जागती हैं। वही बालिका अब उसके जीवन का आधार है।

रुक्मिणी ने जरा देर बाद कहा–"बहू, तुम इतनी निराश क्यों होती हो? भगवान चाहेंगे, तो तुम दो-चार दिन में अच्छी हो जाओगी। मेरे साथ आज वैद्यजी के पास चलो। बड़े सज्जन हैं।

निर्मला–दीदीजी, अब मुझे किसी वैद्य, हकीम की दवा फायदा न करेगी। आप मेरी चिंता न करें। बच्ची को आपकी गोद में छोड़े जाती हूं। अगर जीती-जागती रहे, तो किसी अच्छे कुल में विवाह कर दीजिएगा। मैं तो इसके लिए अपने जीवन में कुछ न कर सकी, केवल जन्म देने-भर की अपराधिनी हूं। चाहे क्वांरी रखिएगा, चाहे विष देकर मार डालिएगा, पर कुपात्र के गले न मढ़िएगा, इतनी ही आपसे मेरी विनय है। मैंने आपकी कुछ सेवा न की, इसका बड़ा दु:ख हो रहा है। मुझ अभागिनी से किसी को सुख नहीं मिला। जिस पर मेरी छाया भी पड़ गई, उसका सर्वनाश हो गया। अगर स्वामीजी कभी घर आवें, तो उनसे कहिएगा कि इस करमजली के अपराध क्षमा कर दें।

रुक्मिणी रोती हुई बोली–"बहू, तुम्हारा कोई अपराध नहीं। ईश्वर से कहती हूं, तुम्हारी ओर से मेरे मन में जरा भी मैल नहीं है। हां, मैंने सदैव तुम्हारे साथ कपट किया, इसका मुझे मरते दम तक दु:ख रहेगा।"

निर्मला ने कातर नेत्रों से देखते हुए कहा–"दीदीजी, कहने की बात नहीं, पर बिना कहे रहा नहीं जाता। स्वामीजी ने हमेशा मुझे अविश्वास की दृष्टि से देखा, लेकिन मैंने कभी मन में भी उनकी उपेक्षा नहीं की। जो होना था, वह तो हो ही चुका था। अधर्म करके अपना परलोक क्यों बिगाड़ती? पूर्व जन्म में न जाने कौन-सा पाप किया था, जिसका यह प्रायश्चित्त करना पड़ा। इस जन्म में कांटे बोती, तो कौन गति होती?"

निर्मला की सांस बड़े वेग से चलने लगी, फिर वह खाट पर लेट गई और बच्ची की ओर एक ऐसी दृष्टि से देखा, जो उसके जीवन की संपूर्ण विपत्तिकथा की बृहत आलोचना थी, वाणी में इतनी सामर्थ्य कहा?

तीन दिनों तक निर्मला की आंखों से आंसुओं की धारा बहती रही। वह न किसी से बोलती थी, न किसी की ओर देखती थी और न किसी का कुछ सुनती थी। बस, रोए चली जाती थी। उस वेदना का कौन अनुमान कर सकता है?

चौथे दिन संध्या समय वह विपत्तिकथा समाप्त हो गई। उसी समय जब पशु-पक्षी अपने-अपने बसेरे को लौट रहे थे, निर्मला का प्राण-पक्षी भी दिन-भर शिकारियों के निशानों, शिकारी चिड़ियों के पंजों और वायु के प्रचंड झोंकों से आहत और व्यथित अपने बसेरे की ओर उड़ गया।

मुहल्ले के लोग जमा हो गए। लाश बाहर निकाली गई। कौन दाह करेगा, यह प्रश्न उठा। लोग इसी चिंता में थे कि सहसा एक बूढ़ा पथिक एक बकुचा लटकाए आकर खड़ा हो गया। यह मुंशी तोताराम थे।